暴走弁護士

麻野　涼

Asano Ryo

目次

プロローグ　クラッシュ

「今、どのあたりを走っているの」

　助手席に座る桑原麻由美《くわはらまゆみ》がレクサスを運転している大河内壮太《おおこうちそうた》に聞いた。大河内は新宿歌舞伎町にあるホストクラブ・スターダストのホストで、麻由美はそこに通ってくる客のひとりだ。

「府中のインターを過ぎたところだ」

「高速道路の上をモノレールが走るんだね、知らなかった」

　麻由美が驚嘆の声を上げた。多摩モノレールの高架下を貫くように中央道は走っている。しばらくすると中央道日野バス停を通り過ぎた。前方に追い越し車線を制限速度で走っているトラックが視界に入った。ヘッドライトを上下させ、追い越し車線から出るように促したが、トラックは道を開けなかった。

「うぜえよ、前のトラック」

　大河内は追い越し車線から第一走行車線に入り加速した。

「そんなにスピードを上げないで、私、怖いわ」

　麻由美は言葉とは裏腹に運転する大河内の下腹部に手をあてて、ズボンの上からさすってきた。

大河内はアクセルを踏み込み、トラックを横目に猛スピードで追い抜いた。同時にトラックの走行を邪魔するように追い越し車線に強引に割り込んだ。トラックがクラクションを鳴らした。

大河内はさらにアクセルを踏み込み、トラックとの距離は瞬く間に広がった。

「いい話があるって言うから、大事な休みをつぶして付き合っているんだ。ホントにいい話なんだろうな」

大河内の下腹部が隆起してくる。麻由美はズボンのジッパーを下げ、そこから手を挿入させてきた。大河内の男性自身が引き出された。

「止めろよ、こんなところで」大河内は前方に目をやりながら言った。

富士吉田のホテルに一泊し、翌日は富士急ハイランドで遊ぶ約束になっている。

新宿のホストクラブで働き始めた頃は、金に困り切っていた。給料を日払いで支払ってもらうように経営者に頼みこんだ。一ヶ月も経たないうちに日払い給与が数十万円単位で入ってくるようになった。

アルコールは十代の頃から飲み始めていた。子供の頃はよく女の子に間違えられるほどやさしい顔立ちをしていた。それは今も変わらない。最初は先輩ホストのアシスタントで、シャンパンやワインのボトルをテーブルに運んでいた。すぐにテーブルに着けてと、客から店のオーナーにリクエストが入ったようだ。

クラブではシンゴという名前を使った。特別に他のホストに比べて話がうまいわけでもない。むしろそんな芸当は下手だった。店でどんなに金を使う客にも、シンゴは自分の女と酒を飲んでいるように振る舞った。すべて命令口調で対応した。そんな対応しかシンゴにはできなかった。

「ドンペリニヨンを飲むぞ」

とひとこと言うだけで、クラブでは百万円もするドンペリを客の女は注文した。

この時ばかりは、女が好む顔立ちに生んでくれた両親に感謝した。店の売り上げにも貢献し、先輩ホストを押しのけてあっという間にナンバーワンホストの座に収まった。

当然、客を取られた先輩ホストから呼び出され、彼らはシンゴを店から放逐しようとした。しかし、シンゴはいとも簡単にそうした連中を追い払った。腕力には自信がある。

ホストは天職のように思えた。クラブが終わった後、女との食事に付き合うだけで十万円をチップで払ってくれた。その金額が日増しに増えて、「シンゴを落とすには百万円用意しないと無理」という情報が客の間に流れていたらしい。実際にホテルまで付き合った女から百万円の封筒を渡されたこともあった。

助手席に座っている麻由美も風俗で働いているらしい。時折、スターダストに顔を見せる客のひとりだ。麻由美も金を用意してきているだろうと思った。

麻由美はシートベルトを外し、運転席に身を預けるようにしてかがみこみ、男性自身を口に含んだ。

「ちゃんと運転してよ」

口から唾液を流しながら麻由美がからかうように言った。

麻由美は舌を絡ませるようにして何度も口元を上下させた。大河内はスピードを落とし第一走行車線に車線変更した。

「もうがまんできねえよ」

「なら止めてよ」

交通量は昼間より少ないとはいえ、深夜の中央道は猛スピードで輸送トラックが通り過ぎていく。

「もうすぐ八王子バス停だ」

「それまでいっちゃダメだよ」

中央道八王子バス停には、松本、伊那、河口湖方面に向かう高速バスが停車する。しかし、最終の高速バスはとっくに出ている。止まるバスはない。そこに止めてセックスをした後、富士吉田に向かえばいい。

制限速度で走行しているために、後続車は追い越し車線に車線変更し、レクサスを次々に追い抜いていく。バックミラーを見ると、はるか後方より八王子インターから入ってきた車が数台、レクサスの後方についたが、すぐに追い抜いていった。八王子バス停までは数分で着く。

八王子バス停の待避線が見えてきた。大河内は左ウィンカーを点滅させ、さらに速度を落とした。案の定、バス停には乗客もいないし、さいわい休憩中の車もなかった。バス停には小さな待合室があった。その少し前に大河内はレクサスを停車させ、非常点滅表示灯のスイッチを入れた。

麻由美は待ちきれないのか、まだ停車していないのに大河内のズボンと下着を強引に下ろすと、後部座席に放り投げてしまった。

「寝て」

麻由美の声に大河内はリクライニングシートを倒した。麻由美の顔が大河内の下腹部に覆いかぶさる。麻由美は自分でブラウスのボタンを乱暴に外した。

「早く脱いで来てくれよ、焦らすなよ」

それでも麻由美はからめ取るように大河内の男性自身を舌で執拗に愛撫し続けた。

大河内はたまらず放出した。

麻由美が下腹部から顔を離し、口の中のモノを大河内の顔面に向かって吐き出した。

生温かいねっとりとした感触の液体がゆっくりと流れ落ちる。

突然、助手席のドアが開いた。その瞬間、麻由美は自分のコートを持ち車から飛び出し、バス停待合室に向かって走った。

「待てよ、どこへ行く気だ」顔面に付着した液体を手で拭いながら言った。

大河内は何が起きているのかわからなかった。これまでにもSっ気のある女性客を何度か相手にしてきた。そうした嗜好の女性は、突然豹変して攻撃的なセックスを挑んできた。麻由美もそのひとりかと思った。

麻由美はバス停待合室の横にある扉を開けようとするところだった。扉の外には一般道に通じる階段がある。下りきったところから五十メートル先には八王子市街地と郊外を結ぶ通りが走り、昼間ならバスやタクシーが行き交っている。

大河内は下半身裸だというのに気がつき、下着をつけズボンを穿くと麻由美の後を追った。外気は身を切るように冷たい。階段を下りる途中だった。

「ふざけるなよ、早く戻ってこい」大河内は麻由美を呼び戻そうとした。吐く息は白い。

麻由美は振り向くと、街灯の下で中指を立て「地獄へ堕ちろ」と怒鳴り、コートを羽織りながら一般道に出てしまった。

階段を下り麻由美を追いかけようとした大河内だが、愛車をそのまま放置するわけにもいかなかった。愛車といっても、大河内に入れ込んだ風俗嬢に貢がせた車だ。一般道に逃げられたことを悟ると、運転席に戻りすぐにレクサスのハンドルを握った。

「あのクソ女が……」

次のインターで下りて東京に引き返すしかなかった。ギアを入れ、バス停を離れ、ゆっくりと走り出した。

トラックが第一走行車線と追い越し車線を、ゆっくり、そして大きく蛇行しながら走ってくるのが見えた。

運転手に心臓発作とか脳梗塞などの症状が現れたケースもあるが、蛇行運転が長く続くのはほとんどが居眠りだ。事故を恐れたためなのか、後続車のヘッドライトが見えない。

「ヤベー」

大河内はトラックより先に走行車線に出ようと思い、アクセルを踏み込んだ。しかし、蛇行していたトラックはその瞬間レクサスを目がけて突然加速してきた。

急ブレーキをかけてもトラックがレクサスの右側面に衝突するのは避けられない。咄嗟の判断だった。アクセルを床に着くまで踏み込んだ。

大型トラックのフロントが迫ってきた。

運転席への直撃は回避できた。しかし、後部座席に激突し、軋むような鈍い金属音がしたかと思うと、レクサスはセンターラインと直角に交わるように向きを変えた。その刹那、回転し、天井を下に向けてガードレールにぶつかった格好で止まった。トラックはブレーキを踏むどころか、そこに突っ込んできた。トラックの運転手はアクセルを踏みっぱなしなのか、タイヤが激しくスリップする音が聞こえた。

麻由美に逃げられた直後で、シートベルトを装着していなかった。大河内はフロントガラスに激しく頭をぶつけた。首筋に生温かいものが流れるのを感じた。

トラックはアクセルを全開にしたままでエンジンが唸り、あたりを排気ガスが覆った。トラックの運転手も負傷したのか、なかなか車から降りてこない。

衝撃で車は大破して、ひしゃげた車内で自分がどんな状態になっているのかも大河内にはわからなかった。足を動かそうにも感覚がないし痛みも感じなかった。両手の感覚はあるが、何かに挟まれているのか身動きが取れない。

トラックのエンジンが聞こえなくなった。意識が遠のいていくのがわかる。意識を失えば、このまま死んでしまうような気がした。

天井がつぶれ、窓のわずかな隙間から人の声がした。

「生きているのか」

救急隊が来たのかと大河内は思った。

「助けてくれ……」かすれる声で言った。

「なんだよ……」トラックの運転手のようだ。その声には落胆がこもっているように感じられた。

「早く救急車を呼んでくれ」

口を切ったのか、肺を強打したためなのか、声を張り上げようとすると、口から血が激しく流れた。

「しかたねえな」

聞き覚えのある声で、しかも笑いを含み楽しげな口調だ。相手をなんとか確認しようとするが、目に血が入り何も見えない。

「助かるといいなあ」隙間から中を覗きながら運転手が言った。

その声で運転手の正体がわかった。

「このヤロー……」

と言いかけたところで大河内は意識を完全に失った。

運転手は慌てることもなく、トラックの運転席に戻ると、コンソールボックスに置かれていた携帯電話を取り、一一〇番に通報し、事故が発生したことを伝えた。再びレクサスのところに戻り、運転手に声をかけた。しかし、応答はなかった。

パトカーが事故現場に到着するまでに五分とはかからなかった。

パトカーから降りてきた警察官は真っ先にトラックのナンバープレートを確認した。

「やっぱりこのトラックか」

つぶれたレクサスの横で、中の様子を見つめていると警察官が「トラックの運転手さんですか」と聞いた。

運転手は無言で頷き、「救急車を大至急お願いします」と頼んだ。

「運転手さんの方はなんともないの」

「はい」

パトカーから降りてきたもうひとりの警察官はレクサスの車内の様子を見ると、無線で応援を依頼した。

「これは救出までに時間がかかるぞ」

事故直前に複数のドライバーから、居眠り運転を告げる電話が警察に寄せられていたようだ。

事故から一時間後、大河内はレスキュー隊によって、くの字に歪んだ車内から救出され、病院に搬送された。

さいわいにも全面通行禁止にはならずにすんだ。しかし、数台のパトカーの赤色灯が点滅し、事故車両を見ようと追い越し車線をゆっくりと車が通過していく。第一走行車線だけを通行禁止にし、現場検証が始まった。

運転手は現場検証に立ち会い、終了したのは東の空が闇から群青色に変わる頃だった。そのまま八王子警察署に連行され、レクサスを運転していた大河内壮太が一命を取りとめたことをそこで知らされた。

1　救急搬送

大河内壮太は病室で意識を回復した。医師や看護師の問いかけに応えるが、目を開けても視点が定まらない。部屋全体が回転しているようで激しいめまいを覚える。目を閉じるとすぐに引き込まれるような睡魔に襲われ、再び意識を失った。そんなことを何度も繰り返した。ベッドに縛り付けられているようで、身体はピクリとも動かせない。

トラックに追突されたのは真冬なのに、常に身体全体から汗が流れ落ちるように暑く感じる。夜なのか、昼なのか、それもわからない。事故から何日経過したのか、大河内には時間の感覚すらなくなっていた。生死の境をさまよっていたのだろう。

大河内が激痛とともに意識を回復するのは、最初は遠くから聞こえてきた男女の激しく言い争う声だった。大河内は夢を見ているのだと思った。しかし、声は次第に大きくなり、男女の怒声だとわかった。同時にそれまでは曇りガラス越しに風景を見ているようなぼんやりとした大河内の意識が、確実に覚醒した。

男女の怒声は、子供の頃から何度となく聞いてきた、両親の言い争う声だった。反射的に胃液がこみ上げてくるような不快感が襲ってくる。

「誰がこのクソガキを育てたと思っているんだよ」

母親の百合子《ゆりこ》が父親の大介《だいすけ》を激しくなじっていた。

壮太は母方の祖父母の顔を知らない。百合子は児童養護施設で育ち、中学を卒業すると、水商売、風俗の世界で生きてきたらしい。壮太が物心つく頃には夫婦仲は最悪で、毎日のように夫婦喧嘩をしていた。

百合子はアルコール依存症で、部屋にはいつも紙パックの日本酒が転がり、トイレは嘔吐物で詰まり、汚物が散乱していた。

〈何が育てただよ、テメーが何をしてくれたっていうんだ〉

口には酸素吸入マスクが当てられていて声が出せない。

二歳になった頃だった。児童相談所から職員が派遣されてきた。壮太はがりがりにやせ細り息も絶え絶えだったようだ。枕元にコンビニのおにぎりが二つ置かれ、すでにカビが生えていたらしい。百合子は夫とは別に愛人をつくり、遊び歩いていたのだ。

児童相談所の職員から厳重に注意を受けたが、おにぎりを与えていたと平然と言い返した。職員はその場で壮太を保護し、施設に連れていった。

父親の大介はヤクザだった。戸籍上は、二人は正式な夫婦だった。しかし、大介はヤクザで傷害、窃盗、覚せい剤の不法所持、使用で何度も逮捕され、刑務所を出たり入ったりの生活だった。

「いいからよ、警察から預かった保険証書を出せや」

「そんなモン、知らないわよ」

「ウソつくんじゃねえぞ。こっちは八王子警察で確かめてきているんだよ」

壮太は客の女性からレクサスを貢がせる時、自賠責保険だけではなく、任意の自動車保険、ついでに傷害特約付きの生命保険にも加入し、その保険代もその女性に支払わせていた。保険証書は車検証と一緒に助手席前のグローブボックスに入れてあった。

保険金請求手続きは壮太本人にしかできないようにしてある。しかし、本人が死亡した場合は、請求権は親に移り、保険金も親に渡る。壮太の側に事故の責任があるわけではなく、相手のトラックが一方的に衝突してきたのだ。壮太への自動車保険金は相手側の保険から支払われるはずだ。

二人は保険金をどちらが受け取るかで揉めているようだ。

「ひとり占めしようと思っても無駄だからね」

百合子は正直に保険証書のありかを答えようとしない。

「早く出せ。金が必要なんだよ」

大介の苛立つ声が聞こえる。

喧嘩の声は廊下にも響きわたったのか、看護師が走って壮太の病室にやってきた。ひとりでは対応できないと思ったのか、三、四人の看護師が病室にいるようだ。

「お二人とも息子さんにも、そして他の患者さんにも迷惑がかかります。喧嘩をするなら病院の外でお願いします」

年配の女性看護師の声が聞こえる。

「ウルセー、引っ込んでろ。内輪の話をしているんだ」

大介はさらに大きな声で看護師を怒鳴った。

「お静かに願います。静かにできないのなら警備員を呼んでもかまいませんよ」

「勝手になんでもしろよ」

大介は看護師の忠告など耳に入らないといった様子で、百合子に再び迫った。

「早く出せよ」

大介は今にも暴力を振るいそうな気配だ。百合子は黙って殴られているような女ではない。近くに茶碗や皿があればそれを投げるし、一升瓶やビール瓶で大介の頭を叩き、畳を鮮血で染めた夫婦喧嘩も一度や二度ではなかった。

「看護師さん、聞いてよ。うちの亭主ったら、父親づらして壮太の生命保険金をひとり占めする気でいるんだよ」

「生命保険金って……」

看護師は百合子の言っている意味が最初は理解できなかったのだろう。しばらく沈黙した。

「保険金って、まさか患者の生命保険金のことをおっしゃっているんですか」看護師が確認を求めた。

「決まっているだろうがよ、さんざこのガキにはてこずってきたんだよ。最後くらい親孝行してもらってもかまわねえだろ。どうせ長くもたねえんだからよ」

夫婦そろって壮太が死亡するのを望んでいるのだ。自動車保険、生命保険の保険金を二人して狙っている。

「警備員を呼んで」

話が通じる相手ではないのが看護師にもわかったのだろう。

「今、息子さんは懸命に生きようとしているのに、その枕元で保険金の取り合いをして恥ずかしくないのですか。病院から出ていってください。二度と病室に入らないでください」

すぐに屈強な体格の警備員が四人やってきた。

「自分の息子の見舞いに来ているのに、何故私まで追い出されなきゃいけないのよ」

百合子も金切り声を張り上げた。

警備員がうむも言わさずに二人を両脇から抱えるようにして病室から連れ出そうとした。大介はひとりの警備員に殴りかかった。予期していたのか、体を交わすと大介はもんどりうって床に崩れ落ちた。警備員は訓練されているのか、大介の右腕をねじり上げ身動きが取れないようにした。

「静かにしてください。これ以上騒ぐと警察沙汰になりますよ」

警備員は大介の右手をねじり上げたまま、床から起こした。

壮太は酸素吸入マスクをしたまま声を張り上げた。しかし、声にならない。意識が戻ったことを知った他の若い看護師が枕元に駆け寄り、壮太の口元に耳を寄せた。

「マスクを外してくれ」

壮太は酸素吸入マスクを外すように頼んだ。若い看護師が年配の看護師の指示をあおいだ。二人の仲裁に入っていた年配の看護師がマスクを外しながら聞いた。

「ここがどこだかわかりますか」

壮太は首を縦に振った。

右手を上げようとするが、腕には注射針が刺され固定されていた。

「二度と……、来るな」

壮太は二人に睨みつけながら言った。腹の底から怒鳴ったが、かすれるような声しか出ない。

壮太はある事件を起こし、東京地方・家庭裁判所立川支部で審判を受け、久里浜少年院送致の決定を受けた。二年間の長期処遇だったが、両親は一度たりとも少年院に面会には来なかった。

「なんだ。死んじゃいねえのかよ」

大介は穴の開いた風船のように期待がしぼんでいく表情を浮かべた。

「手を放せよ。何もしねえからよ」

大介は自分から病室を出て行こうとした。それは百合子も同じで、壮太に話しかけるでもなく、激励するでもなく、病室を自ら出ていった。

あまりのできごとに看護師も警備員も茫然としている。

年配の看護師が酸素吸入マスクを元に戻すと、若い看護師に医師を呼ぶように命じた。

「大河内壮太さん、もう大丈夫ですからね。今、先生が来ますからね」

看護師の声に頷いたが、すぐに睡魔に襲われ目を閉じると深い眠りに落ちていた。

意識を回復しては眠り、そして再び眠るという日々をどれほど繰り返したのか、大河内にはまったく自覚がない。眠っている間は身体の痛みも感じなかった。モルヒネが投与されていたのだろう。

病院のＩＣＵ（集中治療室）で二〇一六年の年明けを迎えたようだが、まったく気づかなかった。

入院三週間が経過した頃から、ようやく昼間と夜がわかるようになり、上半身を起こして流動食が摂れるようになった。最初に上半身を起こした時は、起立性の貧血に襲われ、激しい立ちくらみ状態になり、視界が真っ暗に閉ざされた。それも上半身を起こしたままにしていると、次第におさまってきた。

大河内が入院していたのは八王子インターからも近いT大学医学部付属病院だった。出血量も多く、救命救急センターに運び込まれた時は、かなり危険な状態だったらしい。事故後、車から救出するのに一時間以上もかかったが、設備の整っている病院に搬送されたことでかろうじて一命を取りとめることができたようだ。

身体のいたるところを打撲し、傷を負ったが外傷の治りは早かった。しかし、気になったのは、何日も経過しているのに下半身の感覚がいっさいないことだ。そのことについて医師からも看護師からも何の説明もない。

事故から一ヶ月が経過した。八王子警察署の刑事が訪ねてきた。白髪交じりの髪を角刈りにした五十年配と思われる刑事が馬場洋太郎《ばばようたろう》で、三十代の刑事は斉藤《さいとう》と名乗った。事故なのに刑事が調べに来たことに大河内は違和感を覚えたが、それ以上の思考はできなかった。二人から事故に遭った時の状況を聞かれた。看護師は不調を訴えたら、ナースコールで呼ぶように言って病室から出ていった。

事故に遭遇した時の記憶は鮮明だった。病室には大河内と刑事二人の三人だけになった。上半身を起こすと病室からは天気のいい日には富士山が視界に入った。

大河内は新宿区高田馬場のマンションでひとり暮らしをしている。何時頃にマンシヨンを出たのかは記憶にないが、早稲田大学の正門前で、ホストクラブの客でもある桑原麻由美を乗せたのは、午前一時前後だった。外苑インターから首都高速に乗り、新宿を経由して中央道に入った。明け方までに富士吉田に着き、ラブホテルで睡眠を取り、午後から富士急ハイランドで遊ぶ予定になっていた。

八王子バス停前にレクサスを停車させたのは午前二時をわずかに過ぎた頃だった。

「バス停でどれくらいの時間止めていたんだ」

馬場刑事が聞いた。馬場は最初からまるで被疑者を尋問するかのような荒い口調だった。

「十分も止めていなかったと思う」

「休憩でもしていたのか」

深夜のバス停前は長距離トラックの運転手が休憩するためか、あるいは携帯電話をかけるために止まる車がほとんどだ。大河内がバス停前に車を止めたのは、車内でセックスをするためだが、そこまで話す必要はない。

「俺は新宿でホストをしているんだ。客の女とドライブしていたんだが、その女が急に不機嫌になり、車から降りると言い出したんだ。まさか中央道に放り出すわけにもいかないので、八王子バス停で落ち着いて話をしようと思ったけど、結局喧嘩別れして、相手はバス停横のドアから外に出てしまったんだ」

中央道相模湖インターまで走り、そこから引き返して東京に戻ろうと考えた。大河内は仕方なく中央道の走行車線に戻ろうとレクサスをスタートさせた。加速し、第一走行車線に入ろうとした。トラックが蛇行運転しながら接近してくるのが見えた。

「居眠り運転に違いないと思った。トラックが走り去るのを待つより先に走行車線に出て、距離を開いた方が安全だと思った。それで……」

「それでスピードを上げて第一走行車線に出ようとしたのか」

馬場が確認するように聞いた。大河内の証言は斉藤がメモしていた。

「その後はどうなったんだ」

「トラックとの距離はまだあったし、よたよたしながら追い越し車線を走っていた。それでスピードを上げれば十分な車間距離が取れるはずだった。ところがトラックは急にスピードを上げて、俺の車に向かって加速してきたんだ」

トラックは蛇行運転を続けてきたらしく、事故を恐れて後続車両は速度を落とし、トラックとの車間距離を空けた。後続車両のヘッドライトは見えなかった。

「それで……」

「俺の車が加速するよりトラックの方が速くて、後部ドアをぶつけられたところまでは覚えているが、そこから先は記憶が飛んでしまって覚えていない」

現場検証から浮かび上がったその後の状況を斉藤刑事が説明した。

トラックは時速百十五キロで走行し、加速し時速八十キロで第一走行車線に入ろうとしたレクサスの後部座席に追突した。

その衝撃でレクサスは反転したまま運転席側のボディをガードレールにぶつけ、車は大破して止まった。

トラックにも相当の衝撃があったことは想像できるが、運転手がブレーキを踏んだ形跡はまったく見られない。反転して止まったレクサスの助手席側のドアにアクセルを踏んだままフロントバンパーをぶつけている。

「トラックはなおもアクセルを踏み続けたようで、タイヤの横滑りスリップ痕が確認されています」

斉藤刑事が異様な事故の現場を説明した。

居眠り運転、あるいは心臓疾患、脳内での異常で意識を失い、蛇行運転、追突を起こすケースはある。しかし、追突し、車が止まっているにもかかわらずアクセルを床に着くまで踏み込んだ事故など、警察にとっても珍しいケースなのだろう。

「追突された直後の記憶はあるのか」

どのくらいの時間、大河内は意識を失っていたのかわからない。しかし、それほど長い時間ではなかったような気がする。数十秒なのか、数分だったのか。あるいは十数分だったのか。はっきりとした記憶はないが、首筋や顔に血が流れ、鼻の穴に入ってくるのを感じた。

「トラックから運転手が降りてきたという記憶はどうなんだ」

　馬場刑事が聞いた。

「すぐかどうかははっきりしないが、運転手に救急車を呼んでくれと頼んだのは覚えている」

「それで運転手は？」

「運転手が警察に電話したかどうかはわからないが、その直後にまた追突されたような衝撃を受けた」

　馬場と斉藤は顔を見合わせた。

「トラックの運転手が誰だかわかりますか」斉藤が確かめた。

　大河内は一瞬答えるのを躊躇《ためら》った。しかし、隠しておく必要は何もない。大河内は被害者なのだ。

「加瀬忠《かせただし》のオヤジさんだろう」

「トラックを運転していたのは加瀬邦夫《くにお》だとわかっているんだな」

　馬場が鋭い視線を投げつけてきた。

「目に血は入るし、意識はもうろうとしていたからはっきり確認できたわけではないが、あの声はあいつのオヤジさんだと思う」

「そうです。トラックを運転していたのは、加瀬忠の父親、加瀬邦夫です」

斉藤が運転手の名前を明らかにした。

「最後に会ったのはいつか覚えていますか」

加瀬邦夫と会ったのは一年以上も前だったような気がする。鮮明な記憶はなかった。

「直接会わなくても、電話とか手紙のやりとりくらいはあったのか」

馬場がカミソリのような目付きで大河内を睨みつけながら聞いた。口調も明らかに変わった。

大河内は無言で首を横に振った。

「最近、身の回りに不審なできごとはなかったか」

馬場の口調は交通事故の事情聴取というより、最初から最後まで容疑者の尋問のように大河内には感じられた。

「不審なできごとって何ですか?」

「誰かに尾行されたり、日常生活を調べられたりとかだよ」

馬場が面倒臭そうに答えた。

「尾行にも気づかないし、ホストという職業柄、昼間は寝ているので日常生活を調べられているかどうかなんてわかりません」

「加瀬邦夫に怨まれているというのは感じていたのか?」

大河内は返事に詰まった。加瀬邦夫の怒りを買っているのは重々承知している。

「俺なりに反省は深めたつもりだ」

大河内の言葉遣いも取り調べを受ける被疑者のように変わった。

「そんなことは聞いてはいない。そういう自覚があるのかって聞いているんだよ」

「忠のオヤジからどう思われているかなんて、今回の事故と関係あんのかよ」

大河内ははねつけるように答えた。

「関係あるから聞いているんだ。どうなんだ」

「そりゃ怨んでいるだろうよ」

険悪になる病室の雰囲気を変えようとしたのか、若い斉藤刑事が割って入った。

「あなたが所有されているレクサスですが、三ヶ月前に所有者名義、現住所を加瀬が陸運局で調べているのを知っていましたか」

「えっ」

寝起きに水を顔面にかけられたような驚きを大河内は感じた。

「知らなかったのですね」斉藤が確認を求めた。

大河内はそんなことはまったく知らずに、客が所有していたレクサスを自分の名義に切り替えて乗り回していたのだ。

「人ひとりを殺しているのにいい身分だな」

馬場は相変わらず挑発するような口調だ。

「俺なりに反省の日々は送ってきたんだよ」

「反省か。まあ反省を深めてきたということで話は聞いておくことにする。それであの日のドライブだが、富士吉田に向かうというのを知っていたのは、お前の他に誰かいるのか」

「ホストをやっているって言っただろうがよ。ホストがベラベラと客とのデートを口にしたら、客なんか誰も来なくなってしまう」

「あの晩、富士吉田に向かうというのを知っていたのは、同乗していた女性だけなんですね」斉藤がなだめすかすように聞いた。

「そうだよ」

ここまで答えると、大河内はナースコールを押した。すぐに看護師が部屋にやってきた。

「どうされましたか」看護師が聞いた。

「ずっと起きていたせいか、めまいがひどくなってきたんです」

「長期間横になっていたので、まだ起立性貧血が十分に治っていないのかもしれません。お話はこれくらいにしてもらった方がいいかもしれませんね」

看護師が二人の刑事に退室を促した。

「ではもう一点だけ聞いて引き揚げることにします」

斉藤がレクサスに同乗していた女性の名前と連絡先を聞いた。

名前と携帯電話の番号はわかるが現住所は知らなかった。斉藤は名前、電話番号を手帳に記した。

二人はようやく部屋を出ていった。めまいは二人を追い出すためのウソだが、体力的な衰えは自分でも感じる。一ヶ月も寝たきりになると、腕の筋肉も削げ落ちてしまい、重い物が持てなくなっている。相変わらず歩くことができない。看護師を呼ばないと、ひとりでは用が足せないどころか、トイレにも行けないのだ。

刑事は事故が起きた前後の状況だけでなく、大河内と加瀬邦夫との関係を根掘り葉掘り聞いてきた。その理由が明確になったのは、刑事が訪ねてきた二日後のことだった。

保険会社の調査員が訪ねてきた。調査員は回復までの入院、治療費はすべて保険金で支払われると告げた。保険金で支払われる具体的な金額を調査員は事務的に説明した。その上で、「詳細はこちらの書類をご確認ください」と封筒に入れられた書類を渡した。大河内は封筒を開けもせずに、サイドボードの上に置いた。

「保険の詳細をご理解していただいたということで、改めて事件前後の様子をお聞かせください」

「おい、事故に遭って死にそうになったんだぜ。俺のこの姿を見れば保険金詐欺でもなんでもねえのはわかるだろ。事故のことなんか警察で聞いてくれ。事故の様子なんて意識を失っていてわかるはずがねえだろう」

「おっしゃる通りです。今回のケースは加害者側の責任が大きいと見られ、加害者側の保険で入院その他の費用の大部分が支払われるのが通常です。でも今回のこのケースはまだはっきりしていませんが、大河内様が加入されている保険から支払われる可能性も出てきています」


――――


「どういうことなんだ」

訝《いぶか》る表情を滲ませながら大河内は尋ねた。

「警察も、そして私どもも一般の交通事故だと思いました。しかし、実況見分が進むにつれて不審な点が多々あることが明らかになってきました」

「不審な点……」

「そうです。トラック運転手の勤務状況から見て過労運転の可能性は極めて少なく、居眠りをしていたとも考えられません。現場にはブレーキを踏んだ形跡もなく、追突した後もレクサスを押しつぶそうとしたかのようにアクセルを踏み込んでいました。事故後に現場を通過した車両の運転手の目撃証言が出てきています。単なる交通事故ではなく、事件の可能性が濃厚で警察も慎重に調査を進めています」

「事件って、まさか計画的に事故を起こしたっていうことかよ」

「簡単に言ってしまうとそういうことです。でも、ご心配いりません。どういう事態になろうとも、入院治療費、また後遺障害が残ったとしても保険金で支払われるべき金額は補償されます。また傷害特約付き生命保険は事件、事故にかかわらず入院期間、障害の程度によって所定の保険金が支給されます」

調査員は安心させるために言ったのだろうが、「後遺障害」という言葉が大河内の心に深く突き刺さった。

両足を曲げてみようと思って力を入れようとするが、足そのものに感覚が蘇ってこないのだ。

2　依頼人

二〇一六年の年明けで、まだ正月気分が抜けきらない御用始めから二日目だった。オフィスの電話がなった。受話器を取ったのは事務局の三枝豊子《さえぐさとよこ》だ。

「はい、黎明《れいめい》法律事務所です」事件の相談のようだ。「少々お待ち下さい。今、弁護士と代わります」

黎明法律事務所が新聞で紹介されたのは、三年前の正月だった。黎明法律事務所という名前が新年の記事にふさわしかったのか、あるいは弁護士の真行寺悟《しんぎょうじさとる》のプロフィールが変わっていたからなのか、大きく取り上げられた。記事が掲載されて以来、相談の依頼が増えた。

「弁護士の真行寺ですが」

相手の男は「単なる交通事故を起こしただけなのに、殺人犯にされそうなんだ」と言った。

真行寺は相談用件を聞く前に、名前、年齢、連絡先を聞いた。

「加瀬さん、それで相談の内容ですが、どういうことなのですか。殺人犯にされそうだというのは？」

加瀬の言い分は、中央道を走行中に乗用車に追突し、相手に重傷を負わせてしまった。警察のいいかげんな実況見分によって、過失ではなく殺人未遂として立件されようとしているというものだった。過失運転致傷罪になるべきところを、危険運転致傷罪として立件しようとしているのではないかと、真行寺は想像した。単なる交通事故が殺人未遂罪の適用を受けるとは考えられなかった。

「事務所に来ていただいて、お話を詳しく聞かないと何とも答えようがありませんね」

真行寺は手帳を開いた。都合のいい時間を伝えると、加瀬は休職扱いになり、いつでも時間は取れる様子だ。

「では明日の午後二時に事務所においで下さい」

と伝えて受話器を置いた。

新聞記事の掲載以降、交通事故と少年犯罪の相談件数が確実に増えていた。

真行寺は東京都日野市多摩平で生まれた。両親と兄の四人家族で、父親は自動車メーカーの生産ラインで働いていた。母親は専業主婦だった。父親は工業高校を卒業していたが、大学卒業の後輩にいつも追い抜かれ、年齢とともに生産ラインからは外れたが課長止まりで、それ以上の出世は見込めなかった。

「大学だけは卒業しろ」

それが父親の口癖だった。母親も似たり寄ったりで、

「お父さんのような苦労をお前たちにはさせたくない」と小学校高学年頃から毎日のように兄弟に言って聞かせていた。

父親は、長男を秀吉《ひでよし》と、次男には悟と名づけた。秀吉は両親の思いを一身に受け止めたのか、子供の頃から何をやらせても天才肌で、成績も優秀だったし、スポーツも万能だった。

家庭でも学校でも何かにつけて二人は比較された。悟は小学五年生くらいから帰宅しても自分の机に座ることはなかった。

「お願い。普通でいいの。普通の成績ならお前にも取れるでしょう」

母親はこう言って毎日のように懇願した。勉強する気持ちなどまったく失せていた。

地元の中学校に進むと、学校にも通わず朝からゲームセンターに入り浸った。中学二年の頃には、暴走族に加わり、無免許運転をし、国道一六号線、二〇号線を改造車に乗り爆音を響かせて走りまくっていた。

初めて補導されたのは中学二年の夏休みだった。この頃から両親は警察、学校、近所に頭の下げっぱなしだった。

中学三年になり、高校進学が迫ってきた。成績はどの科目も一か二で、体育だけが

三というありさまだった。進学相談が行われた。

「どの高校なら入れるのか教えてくれ」

悟は進学指導の教師に頼みこんだ。

「高校に進学する気でいるのか。お前の内申書、これまでの素行で、入学できる高校があるなら、こっちが教えてほしいくらいだ」

無理もない。悟の偏差値はどの教科も三十五、三十六程度だった。欠席日数も多く、何度も補導された中学生を受け入れる高校があるはずもなかった。担任教師は進学は無理と最初から諦めていたが、進学指導の教師は「一つだけ方法がある」と言った。

「内申書は最低だ。だから偏差値を六十近くに上げれば、理屈の上では入学可能な高校はある」

大学どころか高校にも行けないと、母親は毎晩のように泣きながら悟を責めていた。それが煩わしくて友人や暴走族の先輩の家を泊まり歩いていたが、いつまでもそうした生活を続けるわけにもいかなかった。

兄に手伝ってもらい基礎を学ぶための参考書を買い込んだ。それを何度も繰り返し勉強した。一日の睡眠時間四時間で、高校に進学したら、免許を取って思い切り走ってやると考えながら苦痛極まりない勉強に耐えた。

二学期最初のテストではどの科目も偏差値は五十八から五十九に達していた。二学期の成績も一はなくなり、二が数個で、あとは三と四になっていた。都立高校上位校は無理でも、それ以外の高校は進学可能な成績に上がっていた。

驚いたのは担任教師だけではなく、学校中で大騒ぎになった。偏差値が高い生徒はいくらでもいたが、数ヶ月で偏差値を二十以上も上げたのは悟しかいなかったからだ。都立F高校に進学した。六大学や一橋、上智、国際基督教大学、青山大学に進学する者は少なかったが、ほとんどの卒業生が中央、東海、亜細亜大学に進学するような高校だった。暴走族に加わるような生徒は誰ひとりとしていなかった。

その頃、立川、調布、八王子周辺ではブラックエンペラーという暴走族が勢力を誇っていた。その暴走族と対立していたのが立川を本拠地にしていた紅蠍《べにさそり》だった。悟は紅蠍に所属していた。悟がブラックエンペラーとの抗争を興奮気味に話しても、興味を抱く同級生は皆無だった。悟は入るべき高校を間違えたと思った。

高校も五月頃からは登校しなくなってしまった。紅蠍のメンバーとして悟は頭角を現し、やがて総長となった。週末は白バイに追われているか、ブラックエンペラーのメンバーと喧嘩をしているか、そのどちらかだった。

F高校を無期停学処分になる契機は、新聞にも報道されたほどの喧嘩だった。相手はブラックエンペラーの立川支部総長だった。どういう経緯からそうなったかは覚えていないが、一対一で喧嘩をする羽目になった。

相手は空手の有段者で、悟はまったく歯が立たなかった。面白いように殴られ、蹴られ、顔は腫れあがり、口からは血が噴き出した。額は正拳突きでパックリ割られていた。何度倒されても、ふらふらしながら立ち上がる悟に、紅蠍の仲間も立ち上がるなと警告した。

相手も「いいかげんに負けを認めろ」とうんざりといった顔をした。しかし、何もできないと思い相手が一瞬油断した。腹部に入れようとした蹴りをかわして、悟は相手のみぞおちに渾身の一撃を見舞った。相手は呼吸ができなくなった。その隙を悟は見逃さなかった。

喧嘩の場所は郊外にある公園で、近くに民家はない。警察に通報されることもないと、相手が指定してきた場所だった。周囲は木々に囲まれている。公園の中ほどに公衆トイレがあり、周囲はブロック塀で囲まれていた。

悟は相手の首をつかむと、頬と額をブロック塀に擦りつけながら公衆トイレを一周したのだ。相手の額も頬も皮膚がはがれ、肉がむき出しになり、元の場所に戻ってきた時は血ダルマになっていた。首を離すと、相手は激痛のあまり地面をのたうち回った。

「今度俺に喧嘩を売る時には、倍返しくらいじゃすまねえぞ。いいか二乗返しだ」

悟はのたうちまわる相手に怒鳴った。

あまりの出血量にブラックエンペラーのメンバーが救急車を要請し、ことが明らかになり、全員が逮捕された。相手の男と、悟は家裁に呼ばれたが、結局少年院送致だけは免れた。しかし、立川支部総長は暴力団組員の子弟で、立川警察署から組員に狙われているから、しばらくは繁華街をうろつくなと警告を受けた。

この騒ぎが原因で悟は無期停学処分を受けたが、真行寺悟の名前は三多摩だけではなく、都内、そして横浜、湘南地区の暴走族にも知られるようになってしまった。額には二センチほどの傷痕が残った。暴走族に囲まれても、その傷痕を見て真行寺悟だとわかり、喧嘩を売ってくる者はいなくなった。

その後も暴走族、喧嘩とは縁が切れなかった。高校は、結局自主退学し、定時制高校へ編入し、そこでも問題を起こし次の定時制高校へ転校した。結局、高校を卒業するのに転校編入を三回繰り返し卒業まで六年もかかった計算になる。

大学に進学したのも、高校卒業の資格では働こうにも、その場が極めて限られているのがわかったからだ。父親と同じ人生を歩みたくないという思いだけは強かった。

定員割れを起こし、二次募集をしているZ大学法学部を受験した。弁護士になるつもりなどまったくなかった。

改造車を運転し、深夜の交差点で信号無視をした。物陰に隠れていた覆面パトカーに追尾され、結局警察署に連行された。

「何故信号無視なんかしたんだ」

　警察官に訊問された。

「あんたがいないと思ったからだ」

　つい本音を言ったら、烈火のごとく怒られた。法律を知っていれば、警察官をやりこめてもっとうまく立ち回れると思ったから法学部を受験したのだ。そのたまたまから弁護士の一歩が始まったといっても過言ではない。

　すんなりと司法試験に合格したわけではないが、自分の事務所を開設するまでに至った。事務所の名前をつける時、真行寺の中学、高校時代を知っている連中からは「紅蠍法律事務所」という提案もあった。「暴走法律事務所」がピッタリだと真顔で言ってきたヤツもいた。

　当時は荒れた生活を送っていた連中も、ごく一部を除きまじめな生活を送るようになっていた。中には中学校の教師になった元暴走族もいた。彼が言った。

「最近の少年非行の報道を見ていて思うのは、俺たちの時代とは非行の質が違ってきている。だからこそそいつらの道標となるような法律事務所を立ち上げてほしいんだ」

　その提案に、「太陽法律事務所」、そして夜明け前に東の空に輝くことから「明けの明星法律事務所」といくつか候補が挙がったが、教師をしている仲間が「黎明法律事務所はどうだ」と提案した。

「俺たちは一時期行き場を失って、どの方向に進んでいいのかもわからずに暴走行為と喧嘩に明け暮れていた。この真っ暗闇がいつまで続くのか不安を抱きながら、ああするしかなかった。でも今振り返って思うことは、いちばん闇が深かったその時こそが、実はいちばん夜明けに近い瞬間でもあったということだ。行き場のない連中に、太陽のように輝く強烈な光でなくてもいい。一筋の夜明けの光になり、新たな一日の始まりを迎えられるような、そんな法律事務所になってほしい。それで黎明法律事務所っていうのを考えてみた」

真行寺はその友人の提案を受けて黎明法律事務所と名づけた。

暴走族出身の弁護士ということでマスコミにも注目され始めていた。少年事案は暴走行為、窃盗、傷害事件が圧倒的に多く、依頼者は親がほとんどだった。そんな依頼者の中で、交通事故を起こし、殺人容疑のような取り調べを受けていると相談してきたのが、加瀬邦夫だった。

黎明法律事務所は、JR中央線立川駅北口から徒歩で十分ほどの距離のところにある雑居ビルの二階に開いた。東京地裁八王子支部は建物の老朽化から二〇〇九年四月に新築した立川支部に機能を移転した。

二〇〇八年に司法試験に合格し、一年の司法修習期間を経て、都内の大手法律事務所で四年ほど実務を経験した。黎明法律事務所を立ち上げたのは二〇一三年で、隣接する日野市で育った真行寺は立川に事務所を開設することに決めたのだ。

　事務局は三枝豊子で、真行寺が実務経験をさせたもらった大手事務所から所長の了解のもとに来てもらったのだ。ベテランの事務局で、ひとり歩きして間もない真行寺にとってはなくてはならない存在だ。

　約束の日、時間ちょうどに加瀬邦夫は現れた。無精ヒゲを伸ばし、髪も寝癖がついたままで、ブルーのつなぎの作業着に、その上にダウンのコートを羽織っていた。

「こちらへどうぞ」

　三枝はパーテーションで区切られた相談室に導いた。

　事務所はドアを開けると右手にカウンターがあり、カウンターの内側には机が二つ並び、一つは空席で、もう一つが三枝の机だ。窓際の奥の机が真行寺弁護士の席になっている。窓と反対側には相談室が二つ設けられている。

　相談室は相談者と向かい合うように机と椅子が置かれ、机の上には筆記用具とメモ用紙が並べられていた。真行寺は机の中から相談内容を記す用紙を取り出し、加瀬の前に差し出した。

「住所、氏名、概略でいいですから相談内容を書いてください」

加瀬はすぐに住所、氏名を書いたが、相談内容は「複雑なので口で説明します」と言った。年齢は五十歳だが、年齢よりは老けて見えた。老けているという言葉が不適切なら、生活にくたびれているようでもあり、だらしない生活を送っているような印象を受けた。しかし、その印象とは異なり、時間厳守のところをみると、意外と律儀な性格なのかもしれない。

眠っていないのか、加瀬の目は充血していた。職業は都内の小さな運送会社に所属するトラックの運転手だった。会社は世田谷区下高井戸にあるが、トラックの駐車場は調布市にある。

「交通事故なのに殺人犯にされそうだとおっしゃっていましたが……」真行寺が事故の内容を尋ねた。加瀬はダウンコートの内ポケットから小さく折りたたまれたメモ用紙を取り出し、机の上に広げ、それを見ながら説明を始めた。

「その日の仕事は午前一時に駐車場を出発し、中央道を松本まで走り、荷物を都内に持ち帰る仕事だった」

運転手の仕事を二十年近く続けているが、無事故、無違反で通してきたと胸を張った。人生最初の事故が乗用車を押しつぶしてしまった追突事故だった。

定刻通り、駐車場事務所で飲酒していないか、体調に異常がないか、事務所で点呼確認し、乗務についた。睡眠も十分に取っている。松本で荷物を積み、調布まで戻ってくるだけの仕事で、年末の交通渋滞に注意を払えば、それほど大変な仕事ではなかった。

調布インターから中央道下り車線に入った。十二月だが、深夜ということもあってそれほどの交通量ではなかった。メモはＡ４用紙で、加瀬は掌で用紙の皺を伸ばしながら、びっしりと書き込まれた文字に視線を落としながら説明を続けた。

トラックは府中競馬場の横を走り、国立府中インターを順調に通り過ぎた。車内はエアコンで一定温度に保たれているが、乾燥しがちだ。

「トイレで用を足し、水を買うために八王子インター手前の石川パーキングエリアに入ったんだ」

石川パーキングエリアに停車していた時間は十分程度だった。再び中央道に戻った。

「走り出したら、何故だかわからないが急に睡魔に襲われた。そんなことは初めてで、大ごとになるなんて思わなかったよ」

自分では気がつかなかったが、トラックは大きく蛇行しながら走行していたようだ。後続車にもその異常な走行ぶりがわかったようで、数台の車が一一〇番通報し、トラックの異常走行を報告していた。

「石川パーキングエリアを出た直後から意識がもうろうとし、八王子第一出口、第二出口をいつ通過したのか記憶がないんだ」

真行寺は改造車で深夜の中央道を百三十キロ以上のスピードで走り、首都高速を一周して戻ってくるというような暴走行為を繰り返していた。加瀬の説明は地図を見なくても詳細に思い浮かべることができる。石川パーキングエリアから八王子インターまでは約二キロ、第一出口と第二出口との距離は三百メートルくらいしかない。

「八王子インターから入った車の合流点でよく事故らなかったですね」

「そのあたりの記憶もはっきりしないんだ」

合流点から五キロほど離れた地点に中央道八王子バス停がある。

「意識が遠のいていくようで、八王子バス停の待避線に止めて休もうと思った」

しかし、加瀬はバス停を通り過ぎてしまい、逆にバス停の待避線から出てきたレクサスに追突してしまった。

「その時も意識はもうろうとしていた状態だったんですか」

「もうろうとしていたというより記憶がないんだ」

当然、トラックがどのくらいのスピードで走行していたのか、加瀬は認識していなかった。

「警察の実況見分から時速百十五キロで衝突したと言われた」

通常、ブレーキをかけた時に生じるタイヤのスリップ痕の距離、車両の変形エネルギー（バリア衝突換算速度）から走行速度を導き出す。加瀬がブレーキを踏んだ形跡はいっさいなく、加瀬の話を聞く限りでは、レクサスの運転手が生存していたのは奇跡に近い。

　平ボディの積載量四トンのトラックで、荷台は空だったが時速百十五キロで追突されれば、乗用車など一瞬でスクラップにされてしまう。追突した衝撃は、トラックを運転していた加瀬も当然受けたはずだ。

「衝突した意識もなく、逆にアクセルを踏み込んでしまった」

「アクセルを踏み込んだという認識はあるんですね」真行寺が尋ねた。

「その点もあいまいで、とにかく事故を起こしたという認識がないんだ」

アクセルを踏み込んだというのも現場検証でわかったことらしい。レクサスは反転してガードレールにぶつかり止まった。トラックはさらに加速し、反転したレクサスの助手席側に向かって激突し、そこでアクセルを限界まで踏み込み、後輪が空回りし、横滑りのスリップ痕が確認されていた。

　加瀬によると、横滑り痕も左右に大きく振れ、痕跡も強く、相当の時間アクセルが踏みこまれた形跡をはっきりと残していたようだ。

　真行寺は加瀬の病歴、薬の服用歴、運転の前に服用した薬があるのかを尋ねた。

「八王子警察でも同じことを聞かれた。病歴といっても、風邪をひいた時に診察してもらうくらいで、病院にもかかっていないし、薬も服用していない」

八王子警察署は捜査令状を取って、運送会社の事務所、加瀬邦夫の自宅マンションを捜索している。しかし、運送会社は運転手の健康管理には十分に注意を払い、調布のトラック駐車場には運行管理者を置き、睡眠状況を運転手に報告させ、アルコール検知器で検査をしてからトラックの鍵を渡すほどの徹底ぶりだった。

加瀬のマンションを捜索したが病歴も薬の服用も確認はできなかった。

当然、警察は違法薬物の使用を疑うだろう。

「任意で尿と毛髪を提出したが、違法薬物なんかいっさい検出されていない」

「実況見分を詳しく見てみないと何とも言えません。でもお話を聞く限りでは、過失運転致傷罪、あるいは危険運転致傷罪で、殺人未遂罪の適用は無理ではないのかという気がしますが、警察はどう言っているのですか」

「八王子警察の刑事からは殺人の疑いもあると言われただけで、それ以上詳しくは聞いていない。被害者に重傷を負わせてしまったけど、一命は取りとめた。被害者の回復を待って、本人から事情聴取した上で、はっきりさせるということらしいんだ」

睡眠時無呼吸症候群の運転手は自分では十分な睡眠を取っていると思っていても、睡眠が浅く、運転中に睡魔に襲われたり意識を失ったりすることもありえるという記事を読んだ。

しかし、仮に意識を失った状態で追突したとしても、衝撃で意識は回復するだろうし、回復しなくてもアクセルを床まで踏み込むのはおよそ不可能だ。警察もその点を疑問に感じて慎重に捜査を進めているのかもしれないと真行寺は思った。

「被害者の方の意識は回復されたのでしょうか」

「相手の状況はいっさい教えてもらえない」

「被害者はどのような方なのかもわからないのですか」

「それはわかっているんだ」

この質問には、加瀬は明確に答えた。

「大河内壮太、二十二歳で、新宿歌舞伎町でホストをしているどうしようもないヤローだ」

淡々と話していたそれまでの様子と一変し、加瀬の表情は険しくなり、憎しみが言葉の端々から感じられる。

「ホストをしながら女性から金を巻き上げ、乗っていた車も客の女からだまし取ったものだ」

加瀬は大河内壮太の身辺をすでに調査したのか、詳細な事情を知っていた。そのことに真行寺は違和感を覚えた。

「どうして被害者について知っているんですか」

「調べたからわかっているのさ」

「たとえ相手が悪人でも、事故の責任は変わりませんよ」

「この年齢になれば、そんな道理は俺にだってわかっているんだよ。理不尽な理由で殺人の汚名など着せられたくないから、そん時は守ってくれと弁護士さんに頼んでいるんだ」

ただの交通事故案件ではないことを真行寺はその時に悟った。

「大河内壮太と加瀬さんとのご関係は以前からあったのでしょうか」

加瀬は沈黙してしまった。

真行寺は加瀬がどうするのかを待った。事故の背後には語られていない事実が潜んでいるような印象を受けた。そうした事実を加瀬が話さなければ、依頼は断るつもりでいた。信頼関係が成立しなければ弁護など引き受けることはできない。

「お話を聞き、追突後、トラックのアクセルを一瞬ではなく、相当の時間踏んでいるのは、やはり意識を失っていたからという説明では説得力がありません。警察だけではなく、一般的には誰しも意志を持って踏んだと理解するでしょう。この事案は裁判員裁判になるケースです。病歴、薬の服用歴もない。違法薬物もないという事実が明らかにされた上で、意識を喪失していたといってもなかなか受け入れてもらえないような気がします。すべてをお聞きした上でどうするか判断させていただきたいと思います」

真行寺はそれ以上何も言わずに加瀬の言葉を待った。

「あんな男は生きていても価値がない。ろくでなしさ」

全身に転移した末期がん患者が痛みに耐えるような表情を加瀬は浮かべた。

「あの大河内壮太は、俺の長男の命を奪ったんだ」

予想もしていない展開に真行寺の思考は一瞬混乱した。

「詳しく話してくれませんか」

加瀬は決心したのか、大河内壮太との関係を話し始めた。

3　接見

加瀬邦夫は長距離輸送の仕事をほとんど休みも取らずに引き受けていた。長引く不況で仕事は激減していたが、重労働の割には収入が上がらず、従業員の出入りも激しかった。一時は評判を落としたものの、会社も確かな仕事ぶりを評価し、加瀬にだけはそれなりの収入が得られるように仕事を振り分けていた。早く帰宅したところで家族は誰もいない。必然的に仕事量は増えていった。

離婚した直後の加瀬は、会社に消費者金融から取り立ての電話が入ったり、馬券や舟券の購入で、出社が遅れたり、勤務状態がいいとは決して言えなかった。

六年前に忠が、度重なる窃盗、暴走行為、傷害事件で補導され、結局少年院に送致された。

忠が非行に走った原因も、すべて父親にあると言ってもいいだろう。

加瀬邦夫と妻の冨美代《ふみよ》との間には長男忠と長女沙織《さおり》の二人の子供が生まれた。邦夫は職場を転々とした。結婚した当初からギャンブルが好きで、休みの日には競馬場、競艇場へ足を運び、子供のことなど妻の冨美代に任せきりだった。

ギャンブルにのめり込み、消費者金融から借金して馬券や舟券を購入した。何度注意されてもギャンブルは止められなかった。

自分では自覚はなかったがギャンブル依存症だった。パチンコなどはウォーミングアップ程度で、競馬、競艇には我を忘れて没頭した。離婚の原因はギャンブルで、家族の生活はいっさい顧みなかった。

妻の冨美代は看護師をしていた。二人の収入を合わせればかなりの額に上ったが、邦夫は自分の収入の半分をギャンブルに費やした。

加瀬邦夫は大型免許を持ち、バブル期はかなりの収入を得ていた。二人の子供の養育費を考えると、邦夫が家庭に入れるだけでは十分ではなかった。

冨美代は「ギャンブルを止めてもっと生活費を入れて」と訴えてきた。邦夫は冨美代から言われた通り、給与のほとんどを家庭に入れるようになった。それが消費者金融に手を出す契機となった。

すぐに返済が滞り、会社にまで督促の電話が入った。それを返済するために他の消費者金融から借金をする。この繰り返しで借金は雪だるま式に増えていった。それでもギャンブルには消費者金融からの融資をつぎ込み、返済不可能な状態に陥った。

借金は冨美代にも知られ、妻の貯金と、妻の実家から借りて全額返済した。

すべての借金を返済した日、冨美代から突然離婚を切り出された。

「とりあえずお父さん、別れて」

この一点張りだった。それ以上の理由を冨美代は言わなかった。

結論はもめることもなく簡単に出た。

離婚届に印鑑が押された。二人の子供の親権は母親に譲った。離婚当初、忠も沙織も母親と同居し、離婚後、邦夫がマンションを出た。

長距離トラックの後部座席はベッドになっていて、運転手はそこで仮眠を取れるようになっている。食事はコンビニで買った弁当、風呂はパーキングエリアに備えられた設備を使った。それで不便を感じることもなかった。

ギャンブルを止め、給与を全額貯金し、まじめな生活ができるようになれば、家族から受け入れてもらえると邦夫は考えていた。半年ほどそんな暮らしを続けた。以前のように四人で暮らせるようになると信じていた。

その頃、冨美代の身体に異変が起きた。忠から呼び出された。

「母さんの具合が悪い」

彼女は勤務がきつかったのか、離婚前から休みの日は横になっている時間が多かった。邦夫の仕事も変則的で、夕方出勤し、二日後の明け方帰宅する勤務が多かった。

リビングのサイドボードに薬の袋が保管されているのは知っていた。気になって尋ねたことがある。

「疲れがひどいから先生にもらった」

離婚前から兆候はあったが、邦夫は忠の話を真剣には受け止めようとはしなかった。

「ゆっくり休めば治る。無理をするなって俺が言ってたって伝えてくれ」

それから間もなく、冨美代は入退院を繰り返すようになった。

離婚から一年後、長女の沙織から連絡があった。

「母さんが大変な病気みたい」

冨美代は大腸がんに侵され、末期ですでに腹膜、肝臓に転移し、余命三ヶ月を宣告されていた。

その知らせに邦夫が見舞いに行った時には、話ができるような状態ではなかった。二ヶ月もしないで冨美代はあっけなく他界した。

葬儀から一ヶ月後、二人の親権は邦夫に戻り、以前のマンションに邦夫は戻った。

「母さんを殺したのはあんただよ。一緒に住みたくなんかない」

沙織はこう言い残して伯母の家で暮らすことになった。忠だけは父親と一緒に生活する道を選択した。

男二人だけの生活は荒んでいく一方だった。邦夫は高校生だった忠に金だけを与えた。邦夫自身再びギャンブルに手を出すようになった。長距離輸送の仕事が入った日、二、三日家には戻れない。仕事から帰宅すると、家にはカップラーメンの食べ残しや空になった缶ビールが散乱していた。灰皿にはタバコの吸殻が山のようにたまっていた。

留守中に、忠の友人が多数出入りしているのは明らかだった。

「高校だけは卒業しろよ」

それ以上のことを邦夫は言わなかった。二人が顔を合わす機会は極端に少なくなっていた。邦夫が家に戻る日は、忠は外泊し家にはいなかった。

山形県酒田から積荷をトラックに積み、東京に戻っている時だった。杉並警察署から連絡が入った。

「東京に戻ったらすぐに杉並署に来てください」

忠は恐喝をして、補導されていたのだ。

離婚直後から忠の非行は始まっていた。冨美代は二人の子供を育てるために精一杯で、忠の非行を食い止めるだけの余裕はなかった。その頃すでに警察に何度も呼び出されていた。

「寂しさを紛らわせるために同じような境遇の友達を家に呼んで、遊んでいたようだ」

警察から補導の理由を聞かされた。

新宿のゲームセンターで遊んでいると、他のグループと喧嘩となり、金を奪い、暴力を振るい、相手にケガをさせてしまった。

その日は始末書を書いて、帰宅が許されたが、次は家裁に送ると、取り調べに当たった刑事から忠告を受けた。都立高校はとっくに退学処分を受けていた。

邦夫は忠にアルバイトをして自分の小遣いを稼ぐように言い渡し、最低限の食費だけしか渡さないようにした。それが裏目に出た。アルバイトはいっさいせずに、万引き、恐喝を繰り返した。忠の変貌ぶりに驚かされた。

度重なる窃盗に警察に足を何度も運んだ。刑事の言った通り家裁へ書類が回されたが、処分保留で忠は帰宅した。それでも忠は警察をあまく見たのだろう。

最終的には正月に恐喝をやり、警備中の警察官によって現行犯逮捕された。

それまでにも繰り返してきた非行歴があり、結局多摩少年院で一年間の矯正教育を受ける羽目になった。

少年院に収容された忠は、父親に対して手紙を書いて送ってくるようになった。最初の手紙の内容は、今までの忠とはとても思えないものだった。

「今まで本当にすみませんでした。それしか今は言えませんが、手紙で謝るのではなくて、父さんの前で謝りたいです。今までどれほどの迷惑を母さんにかけてきたかわかりません。取り返しのつかないことをしてしまいました。とても許してもらえるとは思えませんが、許してもらえるまで謝るしか今の私にはできません。許してもらえるような生き方をしなければと考えています」

非行の原因は、父親の邦夫にあった。そのことにはいっさい触れずに、忠は謝罪する手紙を送ってきた。多摩少年院からは、収容されている少年の親たちのための保護者会が開かれ、出席するように言ってきた。

少年院でどのような教育が行われているか、親にも理解してもらうための保護者会だった。邦夫は保護者会に出席した。すぐに忠から手紙が届いた。

「私のために仕事を休んでまで保護者会に来てくれて本当にありがとうございました。私は保護者会には来てもらえないと思っていました。お父さんを見た時には涙が出ました。

今後のことはわかりませんが、一つ一つやっていこうと思います。ここでは職業訓練があり、どのコースに行くかは決まっていませんが、どの訓練になろうと一生懸命に励み、資格を取ろうと思います。

お父さん、それに一番迷惑や心配をかけたのは、死ぬ直前まで僕のことを気にかけてくれたお母さんです。それが今になってわかった」

忠はクリーニング科でクリーニングの技術を学ぶことに決まった。

「少年院に入り、職業面での勉強をやって、自分でも少しずつですが、自分の力で一歩一歩前進していると思います。ここを出る時はクリーニング師の免許を持って家に帰ります。

いつもそばで母さんが見てくれているような気がします。

この少年院に入り、人に喜んでもらえる仕事にやっと出会えたような感じです。大切な人が喜んでいる顔が目に浮かんできます。

クリーニング師試験に向けて必死になって勉強し、先生や先輩から言われたことをいつまでも覚えておき、合格という二文字をもらい、家に帰ろうと思います」

邦夫は手紙の中に「大切な人」という文字が出てくるのに気がついた。

〈恋人がいるのだろう〉

邦夫はそう思った。

その恋人のために、忠は更生しようと必死になっているのだろうと思った。

邦夫は時折、忠の面会に行った。顔つきが大人びてきているのがわかった。それまでの表情とは変わっていた。下を向いてぼそぼそ呟くように話していたのが、しっかり父親の顔を見て話すようになった。

「クリーニング師の試験に合格するために懸命に勉強しています。でも不安な気持ちで一杯です。残す日数はないに等しいけど、自分なりに頑張るので父さんにも祈ってもらえるとうれしいです」

しかし、試験は忠の思っていたような成績は取れなかったようだ。試験について忠は手紙を書いてきた。

「はっきり言って不合格に近い結果が返ってくると思います。こんなにくやしい思いは初めてです。先生方は気を落とすな、結果はまだわからんと言ってくれたけど、自分にはわかる、落ちたと。非常にくやしい。涙が出ました。この中に入り、今までやってきたことがすべてムダというか、身についていない。そんな気になりました。今回も父さんの期待を裏切ってしまいました。面会の時、必ず取って帰るから、そう言って別れたのに取ることができなかった。父さん、本当にすみませんでした。できたらもう一回やらせてほしい。クリーニング師の試験を受け、合格するまで諦めない。ここで勉強した意味がなくなる。クリーニング師になるまで絶対に諦めない」

　この手紙から一ヶ月後、試験の結果が忠に届いた。本人は不合格だと思っていたが、試験に合格していたのだ。

「あの時約束しました。〈必ず免許を持って帰るから〉それを実現することができました。結果は合格です。今思うと、父さんと約束して守ったことはこの一回が初めてです。

　もうすぐ出院となるのですが、父さんに私からお願いがあります。

それは母さんが最後まで心配していた、父さんのギャンブルです。私も少年院を出たら、クリーニング店に勤めるつもりです。死んだ母さんのためにも、そして大切な人のためにもまじめに生きたいと思います。父さんもギャンブルを止めてください。これまで迷惑のかけ通しでしたが、これからは少しずつですが、親孝行もしていきたいと思います。クリーニング師の試験に合格したら、このことだけは言おうと思っていました。どうか私の頼みを聞いてください。

いつまでも親や他人に甘えて生活はできない。自分も本当の大人なのだから、大人として自分で仕事を探し、大切な人と一緒に生活していこうと思います」

少年院を出る直前の手紙には「大切な人」という文字が二回も出てきた。

働くことを嫌い、万引き、窃盗を繰り返していた一年前の忠とはまったく違っていた。少年院に忠が送られてからというもの、邦夫もギャンブルは控えていた。

しかし、伯母の家で暮らしていた沙織からは、相変わらず許しを得られなかった。沙織は邦夫の顔を見る度に言った。

「私は絶対に父さんを許さないからね。母さんを殺したのはあんただからね」

邦夫は反論もできずにただうなだれるだけだった。

邦夫はクリーニング師の試験合格を伝える手紙をもらった日を境にいっさいのギャンブルから足を洗った。

多摩少年院に収容された一年は、忠が自分を見つめ直す時間でもあり、父親の邦夫にとっても生き方を考える貴重な時間になったのだろう。加瀬の話を聞きながら真行寺はそう思った。

加瀬邦夫はギャンブルにはいっさい手を出さなくなった。休日は必ず多摩少年院に面会に行った。

一年後、多摩少年院を出院した。

「忠は俺と一緒に暮らしながら二人で再出発しようと話をしていたんだ。その矢先にかつての仲間に引き込まれ、大河内に殺されてしまったんだ」

加瀬邦夫は感情が抑えきれなかったのか、涙を流し、無精ヒゲの周りは鼻水で汚れていた。机の上のティッシュ箱を加瀬の方に押しやると、

「俺もあいつもやり直そうとしていたのに、虫けらみたいに殺されて……。俺はくやしいんだよ」

洟をかみ、嗚咽しながら言った。

単なる交通事故では収まりそうにもないのは明白だ。加瀬は激しく大河内を憎悪している。八王子警察署が殺人未遂を視野に入れて捜査しているのはそのためだろう。しかし、目の前の疲れ切った表情の加瀬が殺意を抱いて交通事故を偽装し、大河内を殺そうとしたとは、真行寺には想像もできなかった。

加瀬邦夫の話を聞き、真行寺は委任状を書いてもらった。八王子警察署が殺人未遂罪の立件に向けて動いているらしいという加瀬の情報だが、被害者の意識が戻らず、事故の全体像が把握できないといった事情もあったのだろう。運送会社、加瀬の自宅に家宅捜索が入ったものの、加瀬自身は任意の事情聴取を二回受けただけだった。

正直、自立したばかりの真行寺には荷の重い事件だと感じた。

加瀬が帰った後、真行寺は自分のデスクに戻ったが仕事が手に付かなかった。

「どこか調子でも悪いんですか」

事務局の三枝が声をかけてきた。

「いや……」

と答えてはみたものの、加瀬のやるせない姿が脳裏から離れない。加瀬と同じような表情、うつろな眼つきを真行寺は何度も見てきた。

中学、高校時代に非行に走り、警察に何度も補導された。両親が警察に呼び出され、父親は迷惑をかけた警察官に頭を下げていた。

母親は、真行寺が暴力を振るい、ケガをさせてしまった相手の親に身体をくの字どころか、Uの字が逆立ちしたような姿勢で謝罪していた。

すべての手続きがすみ、警察を離れ、父親の運転する車で自宅に戻ったが、家に帰るまで両親とも無言だった。重苦しい沈黙だったが、真行寺はそれほど気にはならなかった。家に戻ったら着替えをして、その晩はどこの友人の家に泊まろうかと、そんなことを考えていた。

　家に着くと、父親は兄の部屋に飛び込み木製のバットを持って出てきた。思いつめているのか、仁王像のように目を見張り、血走っていた。竹刀を振るように悟の頭上目がけて木製バットを振り下ろした。

　悟はそれをかわすと、自分の部屋から金属バットを持ち出して来て応戦した。木製バットは一瞬にして二つに割れ、悟の振るう金属バットで蛍光灯は粉々に粉砕され、壁にはいくつもの穴が開いた。

　それでも母親はソファに座ったまま動こうともしなかった。父親を突き飛ばすと、床に転がったまま起きようとはしなかった。その時の両親は、たった今事務所から帰っていった加瀬と同じように、何もかも諦めきったような目をしていた。

　真行寺の父親は健在だが、母親は八年前にがんで他界していた。司法試験に合格する直前で、合格は母親が背中を押してくれたように思えた。迷惑のかけっぱなしで、一歩間違えば、両親を加瀬のような窮地に追い込んでいたかもしれないと想像すると、どうしようもない自責の念が、湧水のように噴き出してくるのを感じた。

事態が大きく動いたのは二月に入ってからだ。被害者の大河内壮太の意識が回復し、事故の状況を聞き出せたのだろう。加瀬邦夫は逮捕され、身柄は八王子警察署に拘留された。逮捕の知らせは新聞報道で知った。

真行寺は八王子警察署に出向き接見を求めた。暴走行為で何度も捕まり、真行寺自身も拘留された経験のある警察署だ。立川の黎明法律事務所から車で向かった。すでに委任状は取ってある。接見はすぐに認められた。

加瀬邦夫は逮捕を予期していたためか動揺している様子は見られなかった。真行寺は黙秘権の説明をして、強引な取り調べが行われた時はすぐに知らせてほしいと伝えた。加瀬は落ち着いたもので、

「強引な取り調べも受けていないし、事実関係に関しては隠すべきこともないので、ありのままに証言している」

と言った。

逮捕の根拠がわからない。しかし、加瀬と大河内との間に遺恨が存在していることが大きく影響しているのは想像にかたくない。

「先生の事務所で話さなかったが、事故の前に俺はあいつが乗り回しているレクサスについて陸運局で調べていたんだ。刑事からは、事故のあった晩、どの時点でレクサスが大河内所有のものだと気づいたのか、それをしつこく訊かれている」

レクサスを運転しているのが大河内だと加瀬がいつ認識したのかを知りたがっているのは、殺人未遂罪で告発できるかどうかの瀬戸際だからだ。

「追突した後も意識はもうろうとしていて、横を通り過ぎていく車のクラクションで意識が戻り、トラックを降りてレクサスの車内を見た時に、声から大河内かもしれないと思ったくらいで、運転中に車のナンバーなど確認できるわけがない」

加瀬は事前に大河内所有のレクサスのカーナンバーを調べて知っていた。とはいえ、深夜で、しかも中央道八王子バス停の待避線から第一走行車線に入ってくるところで、追い越し車線を走行しているトラックからナンバープレートを確認するのはおよそ不可能だ。また運転席の顔を判別するのはなおさら無理だ。

送検は困難ではないかと真行寺は考えていた。しかし、その一方で、原因不明の意識もうろう状態が続いたという説明に疑問が残るのも事実だ。まして病歴もなく、違法薬物も使用していない。

警察の出方を見極め、それで対応していくしかないと加瀬と今後の方針を確認するにとどまった。

「大河内が運転しているのを事前に知っていたのではないかと、刑事にくどいくらいに訊かれたが、偶然としか答えようがない。俺は神も仏も信じているわけではないし、信仰心を持ち合わせているわけでもない。でも、今回の事故で、神も仏もこの世には存在するのではないかと思っている。殺してやりたいと思っていた大河内の車に遭遇し、瀕死の重傷を負わせることができたなんて、そうでも考えない限り、こんな天文学的な確率の偶然が起こるはずがない」

加瀬の返事に真行寺は下を向き、気まずい表情を見せまいとした。こんな証言を法廷でされてしまえば、裁判員には悪い印象しか与えないからだ。しかし、再び顔を上げた時は、加瀬の顔を睨みつけた。

「弁護するにあたっては、加瀬さん、はっきり言っておくが、バックレないで、正直に言ってもらわないと有効な弁護活動はできないよ。そんなことをすれば、後で泣くのはあんただし、落とし前はきっちりつけてもらうよ」

真行寺は事実を話すように説得というより、すごんでみせた。どれだけの効力があったかはわからないが、加瀬は一筋縄ではいかない依頼者のような気がした。弁護士になってまだそれほど経験を積んでいないが、喧嘩をいやというほどしてきた真行寺の直感がそう思わせていた。

傷害事件を起こした未成年に対しては、すごみを示すのは効果絶大だった。傷害の程度にもよるが、本人は少年院送致、ましてや検察に逆送され、大人の犯罪と同様に裁かれるのを恐れている。親から依頼を受けて、接見すると、ほとんどの少年はそのことを最初に尋ねてくる。中にはこまっしゃくれた少年もいて、「先生、よろしく頼むぜ」と対等なモノの言い方をしてくる悪ガキもいる。

「ご両親からくれぐれもと頼まれています」と静かに答えると、さらに調子に乗って聞いてくる。

「先生、自信がないなら早く言ってくれよ。親父のルートで政治家にも渡りがつく。その伝手で警察関係者にも裏から手が回せるから」

以前の真行寺なら、鉄拳制裁を振るい、相手は鼻から血を噴き出していたはずだ。しかし、警察署内で暴力を弁護士が振るうわけにもいかない。

「テメー、いいかげんにしろよ。なめた口きいてると、少年院どころか刑務所からしばらくは出てこられなくするぞ。親だって、テメーのワルサにはうんざりしているんだ。なんなら弁護人を降りてもかまわんぞ。そうすれば今の会話を警察に伝えて何の問題も起きないからな。そうするか」

これで震えあがるようなガキはまだましで、少年犯罪者の中には、警察、検察の取り調べを何度も受けて、どう答えれば、どんな対応をしてくるのか熟知している者もいるのだ。

加瀬はどうするのかと思っていたが、肩を落とし、うなだれた様子で言った。

「先生、信じてくれ。ホントなんだよ」

もし中央道八王子バス停の待避線から走り出てきたレクサスが、大河内が運転していると知って追突したのなら、最初から計画された偽装事故で、罪は重くなることが予想される。

真行寺悟は加瀬邦夫と接見を重ねた。殺人未遂で起訴されれば、裁判員裁判の法廷で加瀬邦夫の家庭環境や生活の様子が法廷で暴かれていく。動機が検察によって明らかにされていくだろう。加瀬邦夫の父親として、夫としてのこれまでの生き方は、六人の裁判員に決していい印象を与えるとは思えなかった。

4　公判前整理手続

加瀬は三月には送検され、まるで自動車の生産ラインのように殺人未遂罪、危険運転致傷罪で刑事告訴されてしまった。

裁判員裁判が導入されたのは、二〇〇九年五月だった。

裁判官はよく世間知らずと揶揄される。世間一般の常識とはかけ離れた司法の判断を下すこともあれば、挙句の果てには無罪と思われる事件でも有罪判決を下し、冤罪を生んでしまうケースもある。

バスの中で痴漢を働いた男性が逮捕された。一審判決は被害に遭ったという女性の証言を鵜呑みにして有罪判決が下った。しかし、二審では逆転無罪判決が下された。「車載カメラの映像では、左手でつり革を持ちながら、右手で携帯電話を操作しており、痴漢を行ったとは考えがたい」と指摘。男性が実際に痴漢を働くことが不可能であるとし、被害者の証言の信用性を否定した。

「国民の皆さんが裁判に参加することによって、国民の皆さんの視点、感覚が、裁判の内容に反映されることになります。

その結果、裁判が身近になり、国民の皆さんの司法に対する理解と信頼が深まることが期待されています。

そして、国民の皆さんが、自分を取り巻く社会について考えることにつながり、より良い社会への第一歩となることが期待されています」

法務省は裁判員裁判の意義についてこう述べているが、市民感覚を裁判に反映させることによって、冤罪が生まれるのを防ぐという一面も否定はできないだろう。

これまでの刑事裁判は裁判官、検察官、弁護士が、場合によっては何年にもわたって審議し、判決を下すというケースがほとんどだった。

裁判員裁判には六人の裁判員が、二十歳以上の有権者の中から無作為に選ばれる。禁錮以上の刑に処せられた者は裁判員になることはできない。一般の市民が裁判に参加するため、これまでのように長期にわたる裁判に加わることは事実上不可能で、裁判員裁判は一、二週間という短期間で集中的に審理が行われる。中には二、三日で結審し、その二日後に判決が下されるケースも少なくない。

そのために裁判所において、裁判官、検察官、弁護士によって公判前整理手続が慎重に、念入りに進められる。公判前整理手続で行われるのは、争点の明確化、証拠の開示、公判日程の調整三点だ。

被害者の大河内壮太の回復も順調らしく、大河内証言と現場検証、目撃者証言を集め、殺人未遂罪、危険運転致傷罪で有罪に持ち込むために着々と準備を進めているようだ。公判前整理手続で、検察官は加瀬の犯罪事実を開示し、それを立証するための証拠、証人の採用を東京地裁に求める。

これに対して弁護人の真行寺は、検察官が立証しようとしている事実に対して、どのように争うか主張を明らかにし、そのための証拠、証人の採用を裁判所に請求する。

これまでの刑事事件は、膨大な書類を証拠として採用し、多くの証人を尋問、事件全容を明らかにしようとしたために、裁判の長期化が避けられなかった。こうした弊害を減らすために裁判員裁判が導入されたのだ。しかし、裁判員裁判のやり方では、十分な審議が尽くされないまま、判決が出される可能性があり、裁判官、検察官、弁護士の間にも慎重論が根強く残っている。

加瀬邦夫の身柄は東京拘置所に移送された。東京拘置所は一般的に東拘、大阪拘置所は大拘と呼ばれている。

真行寺は東拘に向かった。いずれ公判前整理手続が始まる。それまでに被告側の対応と、争う方針を確認しておく必要がある。国立府中インターから中央道上り線に入り、西新宿ジャンクションで中央環状線外回りに入れば、一時間程度で東拘に着く。

真行寺は黒のポルシェ911カレラSに乗っている。ポルシェは暴走族紅蠍の総長をしていた頃からあこがれていた車で、千五百万円のローンを組んで黎明法律事務所の立ち上げと同時に購入した。

かつての仲間が暴走族時代に製作した「紅蠍」と書かれた磁気ステッカーを保存していて、真行寺が購入したばかりのポルシェのボンネットに磁気ステッカーを貼った。

「これで立川でも八王子でも、どこの警察に行っても歓迎してもらえるぞ」

さすがにそのステッカーを貼って走行することはないが、お守り代わりにグローブボックスに保管してある。

ポルシェのローンを返済するために、依頼される事件はよほどのことがない限り引き受けている。元暴走族の弁護士という記事が掲載されて以来、元夫から養育費の支払いがないというシングルマザーの相談をはじめとし、離婚、そして過払金の請求まで様々な相談が持ち込まれるようになった。

東拘までの一時間は気分転換の貴重な時間だ。中央高速に入るのと同時にユーミンのCDをかけた。『中央フリーウェイ』は紅蠍時代から好きな曲だった。歌詞にも出てくる府中競馬場がすぐに視界に入ってくる。

ユーミンの曲を聞いていると、十代後半、中央高速と並行して走る国道二〇号線をオートバイや改造車を運転し、白バイやパトカーとカーチェイスを繰り広げていたのが、ついこの間のように思えてくる。

新宿から中央環状線外回りに入ると、少し渋滞気味に車は流れた。以前の真行寺なら百キロ以上のスピードで渋滞を縫うように走っていただろう。しかし、弁護士になってからというもの、よほど緊急な事態が起こらない限り、愛用のポルシェが制限速度を超えることはまずない。

昔の仲間の磯野夏雄《いそのなつお》から助手席でいいから乗せてくれと頼まれ、首都高速道路を一周して事務所に戻ったことがある。

磯野は大手自動車メーカーに部品を提供する中堅サプライヤー創業者の長男だった。経済的には真行寺より恵まれた立場にいたが、部品を提供する大手メーカーで生産される車しか立場上乗ることができないため、ポルシェの乗り心地を体感させろと言ってきたのだ。

「白バイも覆面もいないから、もっとスピードを出せ」

と真行寺にけしかけた。

「免停になった弁護士のところに依頼人が来ると思うか」真行寺が答えた。

「総長もずいぶん変わったもんだ」助手席の磯野が笑いながら答えた。

「お前だって同じだろう」

磯野は父親が経営する会社に入社した。その時の条件が変わっていた。一年勤務したら、少年院を出てきた若者ひとりの採用を認めるというものだった。

磯野はサプライヤーを継ぐために、現場から叩き上げで課長に就いたばかりだった。紅蠍の元幹部はそれぞれが落ち着くべき場所へ落ち着いていた。

新築された東拘が視界に入ってきた。東拘は地上十二階建てで、面会待合室からの眺めはいいが、被収容者の部屋からは地上の風景は見えず、空しか見ることができない窓枠になっている。未決囚、受刑者から人権侵害だと抗議の声も上がったが、外を見えるようにしろという訴えは認められなかった。

面会室は収容されている階数によって異なるが、面会待合室からの眺望は他に高層ビルがないだけに目を見張るものがある。

面会室は強化ガラスを通して話ができるようになっている。指定された部屋に入って待っていると、手錠を解かれた加瀬が入ってきて、すぐに強化ガラスの前に座った。

「警察も検察官も、大河内の言うことを真に受けるから、このままだと、ただの交通事故が殺人事件にされてしまう」

真行寺の顔を見るなり加瀬が言った。グレーのジャージにタイツ、サンダル履きという姿で、黎明法律事務所で会った時より明らかに太っていた。運動不足が影響しているのだろう。ヒゲそりも回数に制限があるのか、ヒゲがかなり伸びていた。

「どんな取り調べを受けたのか具体的に説明してください」真行寺はメモするノートを開いた。「石川パーキングエリアで飲料水を購入し、本線に出た直後に意識がもうろうとしてきたというお話でしたよね」

真行寺は事務所で聞いた話を確認するために繰り返した。

「その通りだよ。あの夜、乗務するように言われたのは四トン車で、路肩に止めるわけにもいかねえから、あと四、五キロ走れば八王子バス停に着くんで、そこで休憩するつもりだったんだ。ところがハッと気がついたら、バス停を通り過ぎるところだった」

バス停待避線からレクサスが加速し、第一車線に入ろうとしていた。

「レクサスを運転しているのが大河内だとわかって、アクセルを踏み込んでわざと追突したんだろうって、取り調べの刑事に言われた。大河内がレクサスを運転しているのも、カーナンバーも知っていたよ。だけどたまたまぶつかったのが大河内のレクサスだったんで、こっちはボーッとしているのに、そんなことわかるわけがないと言っても納得してくれねえんだ。大河内とわかってぶつけたんだろうとその一点張りなんだ」

警察でも検察でも、そう証言しろといくら求められても、加瀬は否認を続けた。

「本当に、事実その通りであれば、絶対に認めるような自白はしないでください」

真行寺は念を押した。警察、検察の描いている事件の態様は、回復した大河内の証言を元に構成されたものと思われた。

加瀬が運転するトラックはレクサスを突き飛ばし反転させせた。天井を下にしてガードレールにぶつかり止まった。そこにブレーキも踏まずアクセルを全開にしたトラックが突っ込んでいった。

「以前話した通り、ぶつかった後もアクセルを踏みっぱなしで、俺には意識がなかったせいか、その記憶もないんだ。ぼんやりだけど意識が戻ってきたのは、レクサスに追突した衝撃ではなく、事故後、追い越し車線を通り過ぎていく通過車両のクラクションのけたたましい音だった。何をどう勘違いしたのかアクセルを踏み込んでいたことに気づき、ギアをパーキングに入れてトラックから飛び降りてつぶれかかった車に走り寄ったんだ」

その直後、レクサスの車内を見て、生存者を確認している。加瀬が運転手に声をかけた。

「その時に声から、運転していたのは大河内ではないかと思ったくらいで、レクサスの車内は暗く、大河内とはっきり認識できたわけではなかった」

大河内の供述によれば、加瀬は救出しようともしなかったことになっているようだ。

「助けようとしなかったっていうが、中に人が生きているのがわかっていても、車は歪みつぶれているので、ドアは開きはしないし、人だって引っ張り出せはしない。仕方なかったんだ」

加瀬はすぐにトラックに戻り、携帯電話を取り出して、一一〇番に通報した。

「ところがあのヤロー、再び俺がトラックに乗ってレクサスをつぶそうとしたって証言しているらしいんだ。事実そのものが間違っていて、とんでもない話になっている。大河内が俺を陥れるためにウソをついているんだ」

依頼人に有利にというのが、弁護士に課せられた義務だが、大河内と加瀬の車が果たして偶然に追突事故を起こすのだろうかという単純な疑問が、真行寺にも生じる。都内の自動車保有台数は四百四十一万台を超えている。その中から、長男忠を殺害した大河内と父親の加瀬邦夫が中央道で追突事故を起こし、運転していた大河内が重傷を負った。確率はゼロではないが、果たしてそれを偶然と認識する裁判員がいるだろうか。

「事務所でも聞いたことですが、トラックから降り大河内だと確認した後、再びトラックのアクセルを踏んだというのは、大河内が偽証している可能性もある。あるいは意識が混乱していた最中のできごとで、加瀬さん自身が勘違いしていることも考えられる。これは事実関係を争えばいい。しかし、バス停から出てきたレクサスと加瀬さんのトラックが偶然に追突事故を起こしたと、裁判員が信じてくれなければ、殺人罪の未遂に関しては無罪だと立証するのはかなり困難なことになります」

加瀬運転のトラックはそれまでは蛇行していたのにもかかわらず、待避線から合流しようとするレクサスに向かって、急に加速し、右側面に追突しているのだ。これをどう認識するかは、裁判員にもよるが、待避線から走ってきたレクサスは大河内が運転していると、加瀬は初めから知っていたのではないかと疑うだろう。

東京地裁立川支部で公判前整理手続が開始されたのはゴールデンウィーク明けだった。裁判所側のスタッフと検察官が決まった。

裁判長は福永孝司《ふくながたかし》だ。物静かな五十代の裁判官として知られていた。裁判官の中には裁判員裁判に批判的な立場を取る者もいる。福永はその中のひとりとして見られていた。裁判によっては、短期間の審議で判決を下すことが困難なケースも出てくる。不十分な審議はかえって冤罪を生みかねないと、福永は裁判員裁判の長所は評価しながらも、慎重な姿勢を崩さなかった。そのせいなのだろうか、福永が担当する裁判員裁判は期間が長くなり、余裕を持った日程が組まれるケースが多かった。

陪席裁判官は新谷直子《しんたになおこ》で四十代、事実を緻密に分析する能力が裁判所内では高く評価されている。もうひとりの陪席裁判官は米田昌史《よねだまさし》で、真行寺はまったく面識がなかった。おそらく新人裁判官だろう。

検察官は飯島淳一郎《いいじまじゅんいちろう》で、司法試験合格は真行寺と同期だった。同期といっても年齢的には真行寺の方が六歳ほど上になる。高校を卒業するのにも六年かかり、司法試験も大学を卒業した年は、当然失敗し、その後も二回続けて不合格になり、四回目になんとか合格を果たしたのだ。

明確な理由もなく、直感的にそりが合わないと感じてしまう人間はいる。そういう人間とも仕方なく付き合わなければならない場面は、大人になれば当然出てくる。中には印象とは異なり、ウマが合って友人関係になる者もいる。逆に印象よりも実際の方がひどく、こんな人間とは金輪際顔を合わせたくないと思うケースもある。飯島淳一郎は後者の典型だった。

裁判所は立川駅から多摩モノレールで一駅、三分もかからない。黎明法律事務所からも車で五分もかからない。裁判所近くに設置された広大な駐車場スペースにポルシェを止める。立川には米空軍立川基地があった。後に返還され、自衛隊の基地となり、今その場所は昭和記念公園になっている。昭和記念公園が裁判所と目と鼻の先の距離にある。透き通るような青空に、昭和記念公園の木々の若葉が風に揺れている。

公判前整理手続のための部屋は三階だ。入ると会議室は、法廷と同じように前の机に福永孝司裁判長を真ん中にして、新谷直子と米田昌史の陪席裁判官が着席し、左側にはやはり着いたばかりなのか、飯島検察官が黒いカバンから大きなファイルを取り出しているところだった。

会釈して真行寺は右側の席に座った。自然に飯島と面と向かうことになる。真行寺は改めて飯島に挨拶した。飯島は頭を下げるでもなく、唇の端に笑みを浮かべた。あの時も同じような薄笑いを浮かべていたのを真行寺は思い出した。

飯島は都内の名門私立進学校を卒業し、現役で東京大学法学部に合格した。東大卒業と同時に司法試験に合格した。大学卒業後に三年目にして苦学しながら司法試験に合格した真行寺とは対照的だった。

司法試験合格者に対する司法修習は、裁判官、検察官、弁護士のいずれの道に進む者にも、同じカリキュラムで行われる。八ヶ月の分野別実務修習、二ヶ月の選択型実務修習、二ヶ月の集合修習で、一年の修習期間になっている。

真行寺は実務修習で、刑事裁判を学ぶ時に飯島と一緒になった。担当教官は藤宮昭宏《ふじみやあきひろ》裁判官だった。

真行寺は弁護士志望だったが、飯島は検察官を望んでいた。顔を合わせ、話をする機会があった。親睦を兼ねて居酒屋で飲んだ時だったと記憶している。

「真行寺さんはどこの大学のご出身なんですか」

「Z大学法学部だよ」

「Z大学……。どこにあるんですか、聞いたことありませんね」

東京都西部には都内から移転してきた大学が多数ある。その中の一つなのだが、知名度は低い。当然、合格ラインの偏差値は、東京大学と比較すれば天と地ほどの開きがある。飯島は東大法学部出身を鼻にかけ、卒業と当時に合格し、優れた検察官の道を歩くと思い込んでいた。

Ｚ大学を卒業し、法曹界に身を投じたＯＢがどれくらいいるのか真行寺も知らないが、過去十年間のデータを見たとしても、おそらく二桁台にはならない数字だろう。必死に物狂いで勉強し、合格した真行寺の話を、飯島はビールを飲みながら唇の端に微かな笑みを浮かべて聞いているが、決して好意的なものでないのを真行寺は感じた。

真行寺は無視してジョッキのビールを半分ほど飲んだ。まったく相手にしないでいると、今度は出身高校を聞いてきた。

「確か四つか五つくらいの高校に通ったから忘れてしまった」

「えっ、お父様は転勤の多いお仕事だったんですか」

飯島の父親は時折新聞にも名前が出る法務省官僚だった。

「いや、オヤジは自動車メーカーの工員なんだ。高校が変わったのは、俺が何度も退学処分を受けたから」

飯島の質問にはハエでも追い払うように答えた。

「そんな冗談を。私は真剣に聞いているのに」

「俺も真剣に答えているんだよ」

真行寺は運ばれてきた刺身を早速口に運び、「日本酒を冷で一合持ってきて」と店員に頼んだ。

「何で退学処分を受けたんですか」

司法試験合格者が退学処分になるはずがないと思い込んでいる様子だ。

「授業をばっくれて他校のヤンキーとタイマン、夜はヤン車で暴走行為、マッポに追われてスピード違反、それに時々派手なカチコミ、それから……」と真行寺は残っているジョッキを空にして、指を折り勘定しながら答えた。「あとは傷害だったかな。あやうく院卒になりかけた」

飯島は説明がまったく理解できないのか、焦点の定まらない視線で真行寺を見つめている。授業をさぼって、他校の生徒と喧嘩、夜は車高を低くしたり、マフラーを外した改造車で暴走行為を繰り返し、警察に追われてスピード違反。時々、対立する暴走族同士で派手な喧嘩をして、あやうく少年院に送られるところだったと解説を付け加えた。

「私はまじめに聞いているというのに」

飯島はからかわれていると思ったのか、不機嫌な顔つきに変わった。

「だからきちんと答えているでしょう」

「そんなことをしてきた高校生が司法試験に合格できるはずがないでしょう」

飯島は真行寺が事実を答えているのがまったく理解できないらしい。

「司法試験もしょせんテストだよ。こんなモンは勉強すれば、誰でも合格できるのさ」

真行寺の本音だった。しかし、この言葉が飯島には癪に障ったようだ。険悪な雰囲気になり、酒を勧めたが飯島はむっとした顔をしている。

少しでもその場の雰囲気を変えようと、

「少年事件に関心があるので藤宮裁判官のところで勉強したかったんだ」

藤宮は修復的司法を唱え、マスコミから注目を集めていた。

――発生した事件の被害について、加害者と被害者が直接話し合いの場を持ち、被害者の思いを加害者側に伝え、加害者側に真摯な反省と償いを求め、被害者と加害者間の関係修復を図るとともに、加害者の再犯を防ぎ、更正を促進させるのが目的だ。

「かつてのお仲間を救いたいというわけですか」

飯島は薄笑いを浮かべながら真行寺に言い放った。真行寺は相手にせずに冷酒をうまそうに口に運んだ。

「聞いたこともない大学を卒業し、たまたま司法試験に合格したような弁護士に修復的司法が理解できるのでしょうか」

真行寺は自分の経歴を正直に話しているのに、冗談を言われ、からかわれていると思ったのか、あるいは真行寺の経歴を本心から軽蔑しているのかはわからないが、真行寺のことを快く思っていないのは明らかだ。

取り合わないでいると、飯島はさらに続けた。

「知能に関係する前頭葉の表面積、容量の八割は遺伝子で決まるというのは、多くの研究で明らかにされていますよ」

冷酒のグラスをテーブルに置くと真行寺はにこやかな笑みを浮かべ、飯島の鼻先を指ではじくように言った。

「親から優れた遺伝子を受け継いでも、それが才能として開花するかどうかは、後天的なファクターが五割を占めるという研究結果もありますよ。東大から愚かな司法試験合格者が生まれるのと同じくらいの確率で、名もなき大学からも優れた弁護士が現れるもんさ」

飯島は顔を真っ赤にして何かを言おうとしたが、真行寺は伝票を持って席を立った。

「ごゆっくりどうぞ」

こう言い残して会計に向かった。

あの時以来、裁判所で顔を合わせても飯島と個人的な会話をすることはなかったが、その飯島が検察官としてこの事件を担当することに決まった。

全員がそろうと福永裁判長が言った。

「では、加瀬邦夫被告が起こした殺人未遂及び危険運転致傷罪の事件についての公判前整理手続を開始したいと思います」

飯島が椅子から立ち上がり、「殺人未遂及び危険運転致傷罪で起訴します」と述べてから事件の概要を説明した。

加瀬が運転する四トントラックが、事故を起こすまでの検察が確認している走行記録は以下のようなものだ。

十二月〇日午前一時三十四分　石川パーキングエリア着。

〃　午前一時四十九分　石川パーキングエリア出発。

その直後に蛇行運転開始。

〃　午前一時五十分　後続車から蛇行運転中のトラック発見との一一〇番通報。

〃　午前一時五十五分　同様の通報一件。

〃　午前二時二分　同様の通報二件。

〃　午前二時三分　同様の通報一件。

これら五台の車はいずれも加速し、トラックを猛スピードで追い越し、相模湖方面に走り去っている。

〃　午前二時十三分　事故直後に現場を通過した車から一一〇番、一一九番
通報が入った。同様の電話が複数入っている。

八王子バス停待避線から出てきたレクサスと加瀬が運転するトラックが激突したのは、午前二時三分から午前二時十三分の間だ。

加害者の加瀬が一一〇番通報したのは、警察の記録によれば午前二時十七分だ。

この間にも現場を通過した車数台から一一〇番、あるいは一一九番通報が行われていた。

「蛇行運転するトラックが走行しているという最後の通報から、事故発生を伝える一一〇番通報まで十分が経過している。トラックとその後続車両との間に十分間の時間が開いたのは、被告が運転するトラックが、どれほど危険な蛇行を繰り返していたのかを物語るもので、後続車両はこの時点で若干の渋滞が生じるほどだった。

被告人は、八王子バス停待避線をまさに通過しようとしていた最中に、待避線から第一走行車線に出ようとしていた大河内壮太が運転するレクサスの右側後部ドアに時速百十五キロで激突したものである」

起訴内容は加瀬の供述をまったく無視して作成されていた。しかし、さすがに検察も加瀬がレクサスのナンバーを確認し、乗っていたのは大河内だと認識した上で、故意に事故を起こし、事故を偽装して大河内を殺そうとしたという主張は展開していな

かった。

八王子バス停待避線から出てきたレクサスに追突したところまでが危険運転致傷罪という主張のようだ。

真行寺が加瀬から聞いた話では、追突後もしばらくは意識が不鮮明で、アクセルを「おそらく数分間踏みっぱなし」だった。意識が戻ってきたのは、事故現場を通り過ぎる車からのクラクションだったという。事故発生を自分でも認識すると、トラックを降りて運転手の安否の確認をしている。救出しようにも、救急隊でさえレクサスから大河内を引き出すのにつぶれた箇所を拡張するスプレッダー、ドア、天井を切断する特殊なカッターを使用しているくらいだ。加瀬はトラックに戻り、コンソールボックスにしまっておいた携帯電話で一一〇番通報している。

しかし、検察の主張は違っていた。

「被告人は追突の衝撃によって意識を覚醒すると、トラックから降りて瀕死の重傷を負っている運転手に話しかけ、運転手が大河内壮太であることを確認している。さらに三ヶ月前に被告人は陸運局でレクサスの品川ナンバー○×—○▽が大河内壮太所有の車であることを確認していた。転倒しているレクサスのカーナンバーを確かめ、運転していたのが大河内壮太であることを確信すると、殺害を即座に決意したものである。一一〇番通報するどころか、すぐにトラックに戻りエンジンをかけアクセルを全開にし、反転しているレクサスをさらに押しつぶそうとしたのである。被告人は緊急車両の接近を知るやいなや、トラックのエンジンを切り、緊急車両の到着を待ち、重大な事故が発生したように偽装したものである」

加瀬邦夫の取った行動から殺人未遂は立証できると検察は考えたのだろう。

検察が危険運転致傷罪だけではなく殺人未遂罪まで含めたのは、加瀬邦夫に肉体的な異常が見つかっていない点、陸運局でのカーナンバーの確認、そして自分の息子を大河内壮太に殺され、殺害動機が存在し、意識を回復した大河内からの証言も大きく影響しているからだろう。

「運転手は、大河内壮太と認識した上で、大破したレクサスにさらに衝撃を加え、車内に閉じ込められている重傷の大河内壮太を殺害しようと、トラックのアクセルを数分間にわたって全開にし、被告人はこれ以上レクサスを破壊することは困難だと判断し、一一〇番通報をしたのが午前二時十七分である」

飯島の説明が終了すると、福永裁判長が聞いた。

「弁護側はどのような主張をされるのでしょうか」

「殺人未遂については無罪、危険運転致傷罪に関しても、過失運転致傷罪が相当と考えています」

真行寺が答えた。

飯島は証拠として、加瀬の供述調書、事故実況見分調書と現場写真、事故目撃証言者のリストなどを第一回目の公判前整理手続に準備していた。

裁判員裁判は、公判前整理手続が入念に行われ争点が絞られる。そのために法廷は二日、ないしは三日間で結審し、判決を迎えるケースが多い。事実関係に争点がない場合は、量刑をどれくらいにするかが評議される。

しかし、加瀬邦夫が引き起こした事件については、起訴内容を全面否認する裁判になる。通常の裁判員裁判より長くなりそうな予感がした。

5　愛乃斗羅武琉興信所《あいのトラブルこうしんじょ》

真行寺は東京地裁立川支部に何度も足を運び、公判前整理手続を重ねた。従来の裁判では検察側が証拠採用を求め、裁判所が認めた証拠のみが弁護側に開示されていた。しかし、裁判員裁判ではそれ以外の証拠も開示されるようになった。

そのため弁護側はそれら証拠を事前に検討し、被告側の主張を具体的に明らかにすることができる。

事件のあった夜、石川パーキングエリア駐車場に入ってくる加瀬運転の四トントラックや、トラックを降りて水を買っている加瀬の様子が防犯カメラに捉えられている。購入したミネラルウォーターの伝票からも、石川パーキングエリアに加瀬が滞在したのは午前一時三十四分から四十九分までの十五分間であることは争う余地がない。

大河内はホストクラブの客を早稲田大学正門前で乗せ、外苑インターから首都高速道路に入り、中央道を使って富士吉田を目指した。

加瀬は大河内が運転するレクサスのカーナンバーを知っている。加瀬がそのレクサスを追い抜くか、あるいは追い抜かれない限り、レクサスが同じ中央道を走行している事実は知りえない。

大河内を殺したいほどの殺意を日ごろから抱いていたと、加瀬は証言してはばからない。その殺意が殺害に移行しても不思議ではない。

〈レクサスが走行しているとと気がついたとしたら、石川パーキングエリアを出た後だろう。もし、パーキングエリアに入る前にレクサスに追い抜かれたとしたら、あるいは目の前を走行していたら、その場で追跡し、パーキングエリアに入るはずがない〉

そうなるとレクサスがトラックを追い越したのは、石川パーキングエリアから中央道本線に戻った後ということになる。しかし、加瀬はレクサスを追尾するどころか、蛇行運転を開始している。それはトラックを追い抜いた通過車両や後続車両によって確認されている。走り去った大河内運転のレクサスに、加瀬が気がつかなかった可能性が極めて高い。

結局、検察側は加瀬の計画的な犯行を立証することは困難と考え、蛇行運転からの追突を危険運転致傷罪に、その後、レクサスを運転しているのが大河内と知った段階で、重傷を負った大河内を車内に残したまま、トラックでレクサスを押しつぶそうとした行為が殺人未遂罪という起訴内容になったのだろう。

危険運転致傷罪に関しては、加瀬が所属している運送会社が健康状態に問題がなかったことを証明するために、最近五年間の健康診断書を提出している。それを見る限り、加瀬の健康には問題はない。予測不可能な事態が発生したことも考えられる。それを医師の立場で証言してくれる弁護側証人を探す必要がある。

問題は殺人未遂をどう弁護するかだ。殺意が存在することは、加瀬は警察の取り調べ段階から証言している。それは検察でも同じで一貫している。無罪を主張するためには、トラックで押しつぶそうとした行為などなかったという加瀬本人の証言を主張するしかない。

検察は公判前整理手続段階ですべての手の内を見せているわけではないだろう。殺人の実行開始は事故直後としているが、もし、加瀬が八王子バス停の手前で、レクサスに追い抜かれ、大河内所有のレクサスのカーナンバーを認識していれば、より強固な意志を持って、レクサスを押しつぶそうとしたと殺人を裁判員に印象付けようとするだろう。

そう考える方が自然だし、たまたま追突事故が、殺人事件の加害者と被害者遺族の間に発生したとは、裁判員も思わないだろう。

事件の夜、トラックとレクサスがいつ交差したのか。公判前整理手続で明らかにされた事実だけを元に、真行寺は自分で検証してみることにした。こんな時に頼りになるのが野村悦子《のむらえつこ》だ。彼女は愛乃斗羅武琉興信所の代表だ。野村との付き合いは古い。真行寺が高校を転々としながら暴走族紅蠍を率いていた頃、彼女はレディース紅蠍を立ち上げ、初代総長に就任していた。

真行寺とは違って野村は慶応大学法学部出身のエリートだ。法律についても、弁護士にも劣らない知識を有し、女性スタッフだけの探偵事務所を設立し、夫の浮気調査から、結婚詐欺、ホストクラブの過剰な集金、売春を強要されたキャバクラ嬢の相談にも乗り、解決を引き受けていた。弁護士の出番が必要になると、黎明法律事務所に依頼案件を持ち込んできた。

父親は大学教授、母親は専業主婦でひとり娘だった。真行寺とは対照的に、中学時代までは親の言う通りに生きてきた。高校でもトップの成績を卒業まで維持した。高校からはトップの成績を維持しているのだから、すべて自由にすると親に宣言し、自動二輪の免許を取得し、暴走族に加わった。その頃、真行寺と知り合ったのだ。

当時は井の頭公園近くの閑静な住宅街に住んでいたが、三多摩のレディースを次々に統合し、レディース紅蠍を標榜していた。メンバーには、薬物依存症もいれば、女子少年院から出てきた者もいた。多くが家庭的な問題を抱えていた。薬物をヤクザから買うために売春をしているようなメンバーも中にはいた。

大学に進むと暴走族とは距離を置いたが、そうしたメンバーを薬物やヤクザと縁を切らせるために、野村は東京から離れた薬物依存症患者の自助グループに預けたり、重症患者になると、生活保護受給手続きを代行し、生活保護を取るのと同時に、依存症の専門病院に入院させ、薬物から遠ざけたりしていた。

「法律に縛られていては、真の解決策は何もうてない」というのが彼女の信条であり、司法試験に合格する実力は十分に秘めていたが、決して受験しようとはしなかった。

真行寺は加瀬の事件の調査を野村の事務所に依頼することにした。愛乃斗羅武琉興信所は中央線吉祥寺駅から徒歩で五分ほどの雑居ビルの四階にある。ワンフロアーすべて愛乃斗羅武琉興信所のスペースで、窓際に代表の野村の机が置かれ、あとは向い合わせに机が三組あり、興信所スタッフは全部で七人だ。

野村の下で動くスタッフの経歴も変わっていて、元高校教師から薬物依存症患者だった二十代女性、シングルマザーに主婦と多彩だ。相談室は壁際に二つの部屋が防音のパーテーションで区切られている。

梅雨入り宣言が出され、蒸し暑い日だった。事務所近くのコインパーキングに駐車してオフィスに向かった。他のスタッフは仕事に出払っているのか、オフィスにいたのは、野村とまだ高校生のような顔立ちのユーコの二人だけだった。

真行寺はドアを開けるとそのまま野村の机に行き、近くの机から椅子を引き寄せて、野村の前に腰かけた。

「頼まれてほしいことがあるんだ」挨拶ぬきで本題を切りだした。

「ヤバイ仕事なの？」野村が聞いた。

「殺人未遂のオッサンの弁護を引き受けた。ただし本人は無罪を主張している」

「聞かせて」

真行寺は加瀬邦夫の引き起こした事件の全容を説明した。

「それで愛乃斗羅武琉興信所は何をすればいいの」

真行寺の目的は、あの夜の再現だった。

愛乃斗羅武琉興信所の車は早稲田大学正門前を午前一時に出発し、外苑インターから首都高速に入って、午前一時五十三分に中央道八王子バス停に到着するように走行してもらう。検察によれば、事件は二時三分から二時十三分の間に起きている。大河内の証言では八王子バス停に駐車していた時間は十分程度。逆算すれば大河内が八王子バス停に着いたのは午前一時五十三分から二時三分の間ということになる。

真行寺も午前一時に調布にある輸送会社のトラック駐車場を出発し、調布インターから中央道に入る。途中石川パーキングエリアで午前一時三十四分から四十九分まで、加瀬と同じように休憩し、再び中央道に戻って走行する。そして午前二時三分に八王子バス停に着く。

「中央道で俺が愛乃斗羅武琉興信所の車に追い抜かれるかどうかを確認したい」

「レクサスがトラックを追い抜いている事実があれば、殺意はその時点で生じたと、検察が主張してくる可能性もあるっていうことね」

「今はそう主張していなくても、裁判員にその事実が突きつけられれば、被告はますます不利になる。有罪判決に票を投じる可能性が強くなる」

翌日の夜に実況再現が行われた。早稲田大学正門前から走行する役目は野村代表が自ら買って出てくれた。野村の愛車はホンダCB1300 SUPER FOUR、色はダークネスブラックメタリックだ。

同じ頃、ポルシェが運送会社の駐車場を出発した。深夜の中央道はほとんどの車が制限速度を超えて走行している。しかし、加瀬は急いで走っても、現地で荷物を積み始める時間を早めることができないので、倉庫や港が営業を始める時間までに到着すればいいと、制限速度を愚直なまでに守っていた。

同じように真行寺も制限速度で運転していると、石川パーキングエリアの標識が一時三十二分頃視界に入った。左側車線にポルシェを寄せ、さらにスピードを落として走行し、石川パーキングエリアに向かった。コンソールボックスのデジタル時計は一時三十四分を指していた。後は駐車場で四十九分まで待機して、再び中央道に出ればいい。

駐車場に止めて二分が経過した時、携帯電話が鳴った。

「今、石川パーキングエリア前を通過中」

野村はそれだけ伝えるとすぐに電話を切った。デジタル時計は午前一時三十六分を示していた。事件のあった夜、レクサスは一時三十六分から一時四十六分の間に石川パーキングエリア付近を通過したと考えられる。

一時四十九分、真行寺は駐車場を出て、中央道に走り出た。中央道八王子バス停に二時三分までに着けばいい。加瀬の車は石川パーキングエリアを出た直後から蛇行運転を開始している。真行寺は八王子バス停まで制限速度以下のノロノロ運転で走り、二時三分に待避線に入った。

バス停前の待合室前にはウィンカーを点滅させたオートバイが停車していた。その後ろにポルシェを止めた。待合室から黒革のツナギを着込んだ野村が現れた。車を降りると、「何かつかめたの?」と野村が聞いてきた。

「加瀬、大河内の証言通りに走行すれば、俺たちの検証では大河内が運転するレクサスが中央道を走行中の加瀬のトラックを追い越すことはありえないという結果になる」

「大河内がトラックの前に出るのは、加瀬が石川パーキングエリアで買い物をしている最中で、加瀬被告が八王子バス停前にレクサスを目撃する機会はなかったということになるけど……」

「まあ、そういうことにはなるが、何か腑に落ちないものを感じるんだよなあ……」

「大河内が実際にはもっと早くバス停に着いていたとしたら、石川パーキングエリアにトラックが入る前に、レクサスを追い抜いていた可能性も考えられるのでは」

野村の指摘する通りなのだが、それなら追い抜かれた直後に事故が起きても不思議ではないし、事故にならないまでも追跡を開始して、パーキングエリアに立ち寄らないだろう。

真行寺がバス停周辺を何を見るでもなく見回し考えていると、野村は黒のフルフェイスのヘルメットをかぶり、バイクにまたがると、「じゃあ、あとは頑張って」と相模湖方面に爆音を残しながら走り去っていった。

残された真行寺は待合室のベンチに腰かけながら、ぼんやりと車の流れを見つめていた。上下線の中央分離帯はガードレールで、遮るものは何もなく上り車線の流れもよく見える。中央道上り車線にもバス停はあるが待合室はない。上り車線は高速バスから下車するだけで八王子バス停から乗車する客はいないからだ。

深夜の行き交う車の流れを、真行寺はしばらく見つめたままだった。

重い腰を上げ、相模湖に向かった。オフィスに戻ったのは夜が明ける頃だった。

加瀬邦夫は中央道を東京方面に向かって走行していた。一分でも早く帰宅したいと思うようになった。少年院から戻った忠との生活が一年ぶりに再開したのだ。

携帯電話が鳴った。走行中は事故につながるので出ないことにしている。呼び出し音は十回ほど鳴って止んだが、五分もすると再び鳴った。そんなことが三回ほど続いた。加瀬は不吉な予感がして、次のサービスエリアで車を止め、電話をかけてみることにした。

すでに松本で荷物を下ろし、あとは東京に戻るだけだ。甲府サービスエリアの標識が見えてきた。四トントラックをサービスエリアの大型車専用の駐車場に止めた。着信履歴はすべて同じ電話番号だが、まったく覚えがない。

電話をすると、「杉並警察署です」という女性の声がした。

「何度も電話をもらったのですが、運転中で出られませんでした」

「お名前を言っていただけますか」

「加瀬邦夫と言いますが」

「ああ、加瀬さんですね。ちょっとお待ち下さい。担当者に代わります」

少し間があって男性の声が響いてきた。「忠君のお父さんですね」

「そうですが、息子がまた何かしでかしたのでしょうか」

長男の忠はこれまでに何度も警察に身柄を拘束され、少年院から戻ったばかりだった。不安が沸き起こる。

「また暴走行為か何かしでかしたんでしょうか」

相手はそれには答えず、「今、どこを走っているのでしょうか」と聞いた。

「甲府サービスエリアからかけているので、あと二時間くらいで調布に戻ります」

「そうですか。お疲れのところ大変だと思いますが、戻られましたらすぐに中野の警察病院まで来ていただけますか」と言い、「くれぐれも安全運転でお願いしますよ」と付け加えた。

「わかりました」と答えて電話を切り、そのまま忠の携帯電話を呼んだ。電源を切ってあるか電波の届かないところにいるというアナウンスが流れた。

調布で下りてトラックを駐車場に入れた。自分の車に乗り換えて再び中央道に入り、そのまま首都高速道路を経て、新宿で下りて警察病院の駐車場に止めた。玄関で警備に当たっている警察官が不審な視線を向けてくる。

「加瀬邦夫と言いますが、こちらに来るように言われました」

名前を告げると合点がいったのか、「どうぞ」と病院内に入るように促された。

受付で名前を告げると、「ちょっとお待ち下さい」と言って、医師を連れてきた。

加瀬は医師と看護師に案内されＩＣＵ（集中治療室）に向かった。

忠は裸に近い状態でベッドに身を横たえていた。包帯もしていない。体には何本ものカテーテルが巻きつくように伸びていて、点滴注射が行われていた。人口呼吸器から肺に規則的に空気が送り込まれていた。ベッド横のモニターには脈拍や呼吸数、心臓のデータが映し出されている。声をかけても反応はない。体はあざだらけ、顔は倍くらいに、手足もパンパンにはれあがっていた。

「生命のあるうちに親戚や会わせるべき人がいたら会わせるように」

医師が告げた。

すでに伯母、妹の沙織は面会し、入院患者の家族控室に待機していた。そこには杉並署の刑事もいた。

何故、こんなことになったのか。誰がこんなむごいことをしたのか。それを知りたかった。

忠は杉並区にある蚕糸の森公園で倒れているところを発見され、一一九番通報があり救急隊員によって病院へ搬送された。

夜が白白と明けてきた。しかし、忠の意識は戻らず、モニターが無機質なデータを映しだし、規則正しく空気を送る機械的な音だけが彼のベッドの周りに流れた。間もなく不整脈が現われ始めた。

脈はあっという間に乱れ、容態は急激に悪化し、心臓が停止する状態に陥った。

医師がベッドの上に乗り、心臓マッサージを始める。医師の顔から汗が流れるように噴き出す。汗があざだらけの忠の体に落ちた。心臓を押した時だけ、モニターはゆったりとした波を描く。しかし、自分の力で心臓は動こうとはしない。

今度は大柄な看護師に交代した。彼女もすぐに全身汗まみれになった。やはり自発的に心臓は動いてはくれない。残されたのは最後の手段、電気ショックで心臓を蘇生させることだった。電気ショックの準備が用意された。

電気が体に流される。はれあがってしまった忠の体が、ダーンというものすごい音とともに実際に空中に浮かびあがった。

その直後、モニターに心臓の動きが現れる。波状を描いている。

「動き出した」

しかし、そのグラフも三、四分しか続かなかった。

二回目の電気ショック。再び心臓が動き出すが、二、三分くらいしか動かない。

三度目の電気ショック。蘇生するが鼓動の時間は短くなるばかりだった。

「もういい。この子は頑張った。もう逝かせてやってください。もういい……」

忠の十九年という短い人生はこうして幕を閉じた。

遺体はその日のうちに司法解剖に回された。

司法解剖の結果、死因はバット等による打撲性の脳挫傷。その他にも複数の打撲の痕があり、肋骨も二本折れていた。杉並警察署によれば複数の犯行と見られるという説明だった。

怒りが先走り涙も出てこない。

「杉並警察署は殺人事件と見て捜査本部を設けてすでに捜査に入っています。お父さんからは忠君の交友関係を聞かせてもらうことになります」

刑事からそう告げられた。


多摩少年院を退院してきたのは三ヶ月前だった。

クリーニング師の資格を取得して戻った忠はインターネットで店員を募集しているクリーニング店を探した。何度も面接を受けたが、少年院に入っていたという経歴が影響したのか、なかなか決まらなかった。以前の忠ならすぐに諦めていたはずだが、忠は粘り強く就職口を探し続けた。

加瀬も忠を連れて、大阪出身の元トラック運転手で、妻の実家の店を引き継いだ友人に引き合わせた。

「ちゃんとしたええ子やないの、素直なええ子やないか。よっしゃ、この子やったら俺が面倒見たる」

友人はそう言ってくれた。

友人と会ったことで、思い描いていた夢が、一歩一歩近づいているという実感は忠にはあったに違いない。

これまで迷惑をかけてきた伯母、妹と会い、心配してくれた親戚への挨拶回りもあり、就職は十日後からということになった。

「試験雇用期間を過ぎたら、大切な女性を紹介するから……」

そう告げられ加瀬はその日が待ち遠しくて仕方なかった。

就職も決まり、その準備に追われていた矢先に、忠は殺されてしまった。原因は些細なことから以前の暴走族仲間と口論になったことだ。

杉並署から事件の概要を告げられた。

忠を殺した犯人はすぐに逮捕された。主犯は大河内壮太、山田竜彦《やまだたつひこ》、その二人に従った国東誠《くにさきまこと》だった。三人とも十八歳だった。聞いたことのある名前だが顔は思い浮かばない。

最初は大河内壮太が「出所祝い」をやろうと持ちかけたことから始まる。彼らは途中ファーストフードでハンバーガーを「祝い」として忠に買っている。警察の取り調べでは、出所祝いということでそれを食べながら、加瀬忠、大河内壮太、山田竜彦、国東誠が公園に行って話しているうちに、暴走族にメンバーとして残る、抜けるをめぐって喧嘩が始まった。

大河内壮太らはかつての暴走族仲間だった加瀬忠から、脱会を告げられると同時に、今後は付き合いもしないと通告された。そのことに立腹して、蚕糸の森公園で×月▽日午後六時三十分ころから七時三十分ころまで、その顔面を手拳で数回殴打し、数回足蹴にするなどの暴行を加えて打撲傷を負わせ、前言を翻さない忠にさらに腹を立て、バットを使って暴行を加え、翌日午後二時五十八分頃、加瀬忠を脳挫傷により死亡させた。蚕糸の森公園は自宅マンションから車で五分もかからない距離のところにある。大河内は「ヤキ」を入れるつもりで、暴力を振るったと自供した。共犯の山田も大河内とともに自ら激しい暴力を振るい、国東だけが大河内の命令に従って暴行を加えた。

三人とも崩壊家庭で育ち、未成年のため新聞に実名が報道されることはなかった。大河内壮太にはこの傷害致死事件のほかにも二件の強盗致傷事件があり、「刑事裁判を受けさせれば、それだけでも懲役五年は免れそうにもない」と杉並署の刑事は説明し、「少年らによる粗暴、凶悪、重大事件である」と断じた。

大河内壮太の問題点についてはこう述べた。

「幼少期甘やかされ、学童期躾らしい躾を受けずに育ち、情緒面の発達が非常に遅れている。地域の不良集団に加わり、様々な非行を繰り返す間に、非行文化をたっぷり吸収している。上下関係には敏感で、強い者には媚び、便乗して良い思いをしようとする一方で、弱い者に対しては腕力で押さえつけようとする。対人共感性に乏しく、被害者の痛みやつらさに無関心、鈍感である。感情統制が悪い。また、わがままで、甘ったれで、切れやすい」

もうひとり主犯格の山田竜彦についても「刑事裁判を受けさせれば、懲役三年は免れそうにもない」とした。山田竜彦もやはり問題を抱えていた。

「幼少期から家庭不和があり、愛情深い接し方をされずに育った。小学校五年生から非行が始まり、地域の不良集団に加わり、様々な非行を繰り返す間に、反社会的な価値観や行動様式が深く根付き、犯罪傾向がかなり進行している。

暴力が他者を従属させる手段として、欲求不満を解消し心理的な満足を得る手段として定着している。腕力を頼りに周りに一目置かせることで、仲間内での地位を確保しようとしていた」

大河内壮太、山田竜彦の二人は、中等少年院送致はほぼ間違いないらしい。

「国東誠は、大河内壮太と山田竜彦の主犯格の二人から仲間に加わらなければ自分があやうくなる。国東誠は親分肌の大河内、山田から命令されるままに暴行に加わった」

という杉並署刑事の説明だった。国東の両親はともに服役経験があり、育児放棄というより、両親不在の状態で育ってきた。

三人とも暮らしていた地域は異なっていた。大河内は阿佐谷だったが、山田は中野に住んでいた。国東だけが八王子だった。三人が出会ったのは、新宿のパチンコ店だった。

大河内壮太、山田竜彦の主犯格の少年が忠を殴りつけた。その後も忠に対する暴行は続いた。

　忠が暴行を受けた蚕糸の森公園は住宅密集地で、一戸建の家、アパートに囲まれていた。近くに小学校もあり、昼間なら子供たちの遊び声が聞こえてくる。公園には滑り台、ベンチ、ブランコなどが設けられ、桜の木も植えられていた。普段なら小さな子供を連れた母親や、学校帰りの児童たちが遊んでいるような公園だった。

6　東京地裁立川支部審理一日目

黎明法律事務所のある立川駅から東京地裁立川支部までは多摩モノレールで一駅、車でも渋滞がなければ五分もかからない。九月に入ったが、昭和記念公園の木々は、絵具のチューブから絞り出したような緑の葉々でおおわれている。

東京拘置所に収監されている加瀬邦夫とは何度も打ち合わせをしてきた。

事件名は「殺人未遂等　事件番号平成二八年（わ）第二××号」で、三〇四号法廷で開かれる。公判前整理手続に十分時間をかけ審議したために、第一回の裁判が開かれたのは九月二週目の火曜日だった。開廷は午前十時から。真行寺は十分前には法廷に入った。傍聴席には誰もいないし、マスコミ関係者が注目する裁判とは到底思えないが、報道関係者と記した席には記者クラブに所属している記者が八人着席していた。功名心の強い飯島検察官がリークしたのだろう。

すでに書記官が席に着いていた。真行寺は正面に向かって右側の弁護人席に座った。机の上にはモニターが設置され、正面の裁判官、裁判員席にもモニターが並んでいる。

開廷五分前に左側の検察官席に飯島が着席し、モニターの位置が気になるのか位置を修正した。

弁護人席、検察官席側の壁の高い位置には傍聴席からも見えるように大型モニターがかけられていた。

開廷三分前になると、手錠をはめられ、腰紐を結ばれた加瀬邦夫が、二人の刑務官に付き添われて法廷に入ってきた。加瀬は真行寺に軽く会釈すると、弁護人席の前の長椅子に座り開廷を待った。

開廷一分前、書記官の前の電話が控えめに鳴った。書記官が受話器を取るとすぐに電話を切った。

「解錠してください」書記官が刑務官に伝えた。刑務官が手錠を外し、腰紐を解いた。書記官が受話器を取り、「解錠しました」と伝えると、すぐに真っ正面のドアが開き、裁判長と二人の裁判官、六人の裁判員が入廷した。

「ご起立ください」書記官が告げた。

福永孝司裁判長が真ん中に座り、左側に新谷直子、右側に米田昌史の陪席裁判官が席に着いた。福永裁判長は、感情を表面に出さない典型的なポーカーフェースなので、これまでの経験では、彼の表情から判決を予測しようとしても、真行寺はことごとく失敗していた。

新谷裁判官は、不愉快な言動が被告側から漏れても、公判中はにこやかに常に振舞い、温厚な性格がうかがえる。米田裁判官は三十代前半の新人で、緊張している様子が強張った顔に表れていた。

裁判官席の左端から一番裁判員から三番裁判員までが着席し、三人の裁判官を間に挟んで、さらに四番から六番までの裁判員が席に着いた。一番裁判員は四十代の女性で、子育て真っ最中といった印象を受ける。二番はコンビニ店でアルバイトでもしていそうな二十代男性、三番は濃紺のスーツにグレーのネクタイを締め、会社役員といった雰囲気を醸し出している。

四番は六十代女性で白髪、着席すると同時に老眼鏡なのかメガネをかけた。五番はまだ十代ではないかと思えるほど幼い顔つきで、これから原宿にでも出かけそうなコスプレを思わせるようなファッションで現れた。六番裁判員は、四十代男性で、青果業でも営んでいそうな威勢のよさが体から滲み出ていた。

全員が席に着くと、法廷後方の傍聴席出入口が開き、介助者に押されて車椅子に乗った青年が傍聴席に入ってきた。介助者は傍聴席に座り、車椅子に乗った青年は、傍聴席後部の壁際に車椅子を止め、法廷に目をやった。

真行寺の前に座る加瀬被告はすぐに車椅子の青年に鋭い視線を向けた。首を後ろにねじり、小声で真行寺に伝えた。「あのヤローが大河内ですよ」

車椅子を押していたのが山田竜彦だった。

続いてもうひとり、女性の傍聴人が入ってきた。黒のジーンズに真っ白なTシャツ、黒革のジャンパーを脇に抱え、傍聴席最前列の裁判長が正面に見える椅子に腰かけた。ウェーブのかかった肩にまで伸びる髪をかき上げ、ジャンパーを隣の椅子に置き、胸ポケットから手帳とペンを取り出し、長い脚を組んでメモの準備を始めた。愛乃斗羅武琉興信所代表の野村だ。野村には事件の背景に潜む複雑な人間関係のリサーチを依頼した。

法廷にそぐわない姿だと思ったのか、六人の裁判員と新谷裁判官の視線が彼女に集中した。

法廷内はエアコンが効いてはいるが、裁判員の中には緊張のためなのか、ハンカチを取り出し、しきりに額の汗を拭う者もいた。

「それではこれから加瀬邦夫に対する殺人未遂、及び危険運転致傷罪について審理を開始します。被告人は前に出てきてください」

加瀬はすっくと立ち上がり、証人台の前に立ち、起立の姿勢を取り、裁判長を見据えた。加瀬はネックが広がった長袖の綿のシャツに、今にも膝の部分が擦り切れそうな上下のスポーツウェア姿だ。髪の毛は何日も洗っていないのか脂ぎっていて、無精ひげも伸びていた。裁判官、裁判員に与える印象は決していいとは言えない。

「被告人の名前は」福永裁判長が法廷内に通る声で訊いた。

「加瀬邦夫です」加瀬は後ろに手を回して交差させ、両足をやや開いた姿勢で堂々とした声で答えた。

「生年月日は」

「昭和四十一年五月七日です」

「本籍地は」

「神奈川県横浜市緑区長津田町×××番地です」

「それでは現住所は」

「東京都杉並区堀ノ内○—×—▽スカイハイム一〇五号です」

「職業は」

「トラックの運転手です」

加瀬邦夫を裁く法廷はこうして型通りの人定質問から入っていった。証言台に立つ時、傍聴人席の最後部にいる大河内に視線を向けた。二人の視線が一瞬絡み合ったように見えたが、大河内はすぐに下を向いてしまった。加瀬は被告人席に静かに腰を下ろした。

検察官席には分厚いファイルが置かれ、飯島はそれを開き、目を通している。

「検察官、起訴状の朗読を」福永裁判長が促した。

飯島は起訴状を手にしてさっそうと立ち上がった。公判前整理手続から、過剰と思えるほど有罪の立証に自信を持っていた。暴走族上がりの弁護士にからかわれたのをよほど根に持っているのだろう。

無罪を主張する真行寺に、公判前整理手続段階から、

「そんな無謀なことしていいんですか。法廷は暴走族の喧嘩と違いますよ」

飯島は冗談とも本気ともつかない口調で言ってきた。

「そう、喧嘩ではありません。法律というルールがありますから。だから法廷こそルールのある格闘技のリングと同じですよ。私、こう見えても格闘技は強いんですよ、喧嘩と同じくらいに」

と応酬すると、敵意に満ちた視線を真行寺に向けてきた。この法廷で、真行寺を打ちのめしてやるという強い意志がこもった目をしていた。

飯島検察官によって起訴状朗読が始まった。

「公訴事実。被告人加瀬邦夫は、平成二十七年十二月〇日午前二時三分過ぎ頃、中央道八王子バス停付近（八王子市横川町×××番地付近）を走行中、同バス停の待避線から第一車線に入ろうと時速八十キロで走行してきた大河内壮太運転の乗用車レクサスの進行を妨害する目的で、その直前に侵入しようと接近したものの、それを回避しようと加速したレクサス後部右側面部に、時速百十五キロの速度で追突し、同氏に加療一年八ヶ月以上の腰髄損傷、右大腿骨骨幹部骨折等の傷害を負わせたものである。

被告は事故発生と同時に、警察、救急隊へ連絡を取り、被害者の救出に最善を尽く

すべきにもかかわらず、事故の衝撃で意識が覚醒した被告はトラックから降り、車内の生存者に話しかけ、救出を求める運転手が大河内壮太であることを確信するのと同時に、トラック運転席に戻り、再び運転し、反転したレクサスの助手席側に向けて約三分間以上にわたってトラックのアクセルを全開にし、大破したレクサスにさらに衝撃を加え、車内に閉じ込められた大河内壮太を執拗に殺害しようとしたものの、これを遂げなかったものである。

罪名及び罰条、危険運転致傷罪第二条第四号ならびに殺人未遂罪刑法一九九条及び二〇三条、以上です」

裁判員は社会的責任を感じているのか、検察官が朗読する起訴状を一言も聞きもらすまいと真剣な表情で聞き入っている。

危険運転致傷罪第二条第四号は、「人又は車の通行を妨害する目的で、走行中の自動車の直前に進入し、その他通行中の人又は車に著しく接近し、かつ、重大な交通の危険を生じさせる速度で運転」し、死傷事故を起こした時に適用される。

飯島は福永裁判長、そして陪席裁判官、裁判員六人の反応を確かめるように穏やかな視線を送り、起訴状をそっと机に戻し席に着いた。飯島は口を真一文字に結び、真行寺を睨みつけてきた。〈無罪が勝ち取れるものならやってみろ〉と言わんばかりの表情だ。

福永裁判長が改めて証言台に立った加瀬に言った。

「これから被告人の陳述に入りますが、それに先立って注意をしておきます。これから法廷で審議をしていきますが、被告人は裁判官や裁判員、あるいは検察官や弁護人から様々な陳述を求められます。被告人には黙秘権があります。

しかし証言した以上、被告人にとって有利、不利にかかわらず、証拠として採用されることがありますから、その点は心得ておいてください」

「はい」加瀬は首を大きく縦に振り答えた。

「それではお聞きします。今検察官が読み上げた起訴状について、被告人はいかがですか」

「私は無罪です」加瀬は三人の裁判官、六人の裁判員を左から右へと見渡し、最後に正面の裁判長に向かって言った。

被告人の明快な陳述が意外だったのか、裁判員全員の顔に驚きの表情が滲む。一方、加瀬は裁判員の視線に動じることもなく、直立不動の姿勢を保ったまま大声で言った。

「私、加瀬邦夫は大河内壮太を殺してやりたいと思うほど憎んでいますが、実際に殺そうなどと企てたり、実行に移したりしたことは一度もありません。今回の事故はあくまでも交通事故です。事故を装った殺人未遂事件だなどというのは、検察官の空想でしかありません。殺意を抱いてトラックを追突させた殺人未遂という点については否認いたします。また危険運転致傷罪についても否認します」

罪状認否について、加瀬邦夫は全面否認を通した。

「弁護人からご意見はありますか」福永裁判官が聞いた。

「今、加瀬被告自身の証言にもあった通り、起訴事実に関しては否認いたします。殺人未遂、危険運転致傷罪に関しても無罪を主張、過失運転致傷罪が相当と考えます」

真行寺が立ちあがり、裁判長に向かって主張した。

八王子警察署、検察の取り調べでも、加瀬は一貫して無罪を主張していた。

検察側と弁護側、両者の主張は真っ向から対立した。裁判員は下を向いたり、あるいは天を仰いだり、動揺しているのは明らかだった。加瀬が被告席に戻り座った。

こうして裁判が始まった。

一方、傍聴席の大河内は加瀬をまったく見ようとはしない。逆に加瀬は、裁判官席にはいっさい視線を向けずに、睨みつけるように大河内を凝視している。裁判員には加瀬が大河内を威嚇しているようにしか見えないだろう。心証を悪くするだけだから、止めるように注意を与えたいが、法廷ではどうすることもできない。

傍聴席に座るのは、マスコミ関係者を除くと、大河内壮太の車椅子を押してきた山田と野村代表だけで、介助の山田は裁判にはまったく興味がないのか、下を向きすぐに居眠りを始めた。

車椅子に座った大河内は、加瀬の刺さるような視線をまったく無視し、自分の正面に座る裁判官に向かって身動き一つせずに、法廷でのやりとりを聞きいっていた。そして、裁判官や裁判員に見えるように、何故だか涙を流し、流れ落ちる鼻水も拭おうとはしなかった。真行寺には異様な光景に思えた。

加瀬は横に刑務官がいなければ、傍聴席の柵を乗り越え、車椅子から引き摺り下ろして、足で大河内の顔を踏みつけそうなほどの怒りを滲ませている。

残虐な少年犯罪が増え、未成年であっても厳罰で臨むべきだという世論に押され少年法は二〇〇〇年に改正された。家庭裁判所が「刑事処分相当」として検察官に送致できる年齢が十六歳から十四歳に引き下げられた。

さらに殺人、傷害致死、強盗致死などの重大な犯罪は十六歳以上の未成年の場合、原則として検察官に送致しなければならないことになった。少年であっても刑事裁判にかけられ、懲役刑を受けることもある。しかし、その一方で、動機や事件性により刑事処分以外の措置が相当と認められる時は、少年院送致などの保護処分も可能だ。

実際には少年に対する裁判には慎重な姿勢を崩さない法曹界関係者は多い。忠の事件を担当した裁判官もその代表格のひとり、藤宮昭宏だった。忠を殺した少年たちの審判は東京家裁で、非公開審判で行われた。審判が行われる一週間ほど前だった。加瀬邦夫は家裁から呼び出された。

　小さな部屋に通され、調査官から審判の予定が知らされた。加瀬は三人が今どうしているのか、まだ若い調査官に聞いた。

「あいつらは息子を殺したことをどう思っているんですか」

「ひとり殺したわけですからね、反省していることはしているんでしょうが、イマイチというところでしょうかね」

　若い調査官は、何度もこうした事件を取り扱ってきたのか、事務的な口調で答えた。加瀬の顔は怒りで歪んだ。事件以降食事も喉を通らず、夜も十分な睡眠が取れずに頬はこけ骨格が浮き出していた。

　葬儀にも初七日にも犯人の親は誰ひとりとして姿を見せなかった。葬儀は離婚した妻の妹と長女の沙織だけの寂しいものだった。二人から激しく非難されたが返す言葉がなかった。

「あんな連中は未成年だろうがなんだろうが、刑務所にぶち込んで一生出てこられないようにしてほしい」

　加瀬の勢いに押されたのか、調査官が言った。「裁判官に意見陳述をしますか」

「もちろんです。法廷であいつらが裁かれる姿だって見たい。どうか傍聴できるように裁判官に話をしてほしい」

少年法は審判を「懇切、和やかに行う」と定め非公開を原則としている。改正少年法では被害者側の意見陳述が認められたが、特に重大事件の加害者と遺族の対面は、感情的に激しくぶつかり合うことも予想され前例は極めて少ない。

加瀬の怒りが通じたのか、意見陳述の機会が与えられた。家裁の小さな部屋に通され、間もなく現れた藤宮裁判官は見るからに温厚そうな人物だった。

「調査官から意見陳述したいと聞いていますが……」

藤宮の言葉を遮るように加瀬が話し始めた。

「息子を殺した連中は、逮捕される直前に、なんであのくらいで死ぬんだ、俺たちは運が悪かったと仲間にこぼしているようです。そんな連中は一生刑務所にぶち込んでおいてほしい。奴らが更正するはずがない」

事件後、大河内らがそう呟いていたと仲間から聞いていた。

藤宮裁判官は加瀬の話を真剣に聞いてくれた。

「できることなら直接あいつらの顔を見ながら自分の気持ちをぶつけてやりたい」

まさかそれが実現するとは考えていなかった。それが修復的司法で、少年たちに被害者側の気持ちを直接伝え、少年らに真摯に事件と向き合わせ、深い反省を求める手法だと後で知った。修復的司法は、残虐な少年事件が続出し、厳罰を求める風潮の中で注目を集めた。

呼び出された日、家裁で名前を告げると、指定された部屋に案内され、テレビドラマで見るような法廷に導かれた。すでに審判が非公開で進められていた。

加瀬が入廷したことがわかると、藤宮裁判官が言った。

「少年たち本人も、保護者も加瀬さんから直接話を聞きたいというので入ってもらいました」

こうした審判に被害者家族が直接意見を述べるのは異例のことらしい。大河内、山田、国東の三人が出廷し、それぞれの弁護士、大河内の両親、山田の母親も法廷に姿を見せていた。

加瀬は証言席に立ち自分の思いを述べた。

「こうして三人の顔を見ると、私と何度か会ったことのあるヤツばかりだな。そのお前らが忠を殺すなんて、いまだに信じられないでいる。おい、大河内、お前は仲間の連中にあのくらいのヤキで死ぬなんて、俺の方が被害者だと言ったらしいな。山田、国東、お前らもそう思っているのか」

荒い口調で加瀬は、怒鳴りまくった。

「お父さん、ここは法廷です。もう少し静かな口調でお願いします」藤宮裁判官がたしなめた。

藤宮裁判官の声に、冷静になろうとするが怒りだけが先走ってしまう。

「忠がこんなことになったのは俺にも責任はある。忠から聞いて知っているかもしれないが、家庭のことをほったらかしにしてギャンブルに夢中になっていた。それが原因で離婚した。忠も暴走族に加わり警察のお世話になったこともある。しかし、俺がギャンブルから足を洗うと言ったら、あいつもまじめになると言ってくれた。クリーニング師の資格を取り、就職も決まってこれからという時に、お前らに殺されてしまった。死んだ女房も娘も俺を憎んでいるだろう。俺はもう失うものは何もない。俺の意見を聞いてくれるというから、裁判官に俺の気持ちを伝えた。お前らは一生刑務所に入れておいてほしいと厳しい処分を頼んだ。しかし、本心は未成年だろうが、本当は検察に送致して刑事裁判を受けて死刑にしてほしいくらいだ。

お前らのことだから少年院に入れられても、反省して更生するなんていうことはないだろう。出てきて悪さをすれば今度は俺が放ってはおかないからそう思え」

加瀬は一気に思いを叩きつけた。

藤宮裁判官は加瀬を見据えたままだったが、審判を受ける三人は下を向いたままうなだれていた。

激しい言葉で三人をなじったが、加瀬の心の中では矛盾する気持ちもあった。三人の家庭環境は忠と似たり寄ったりで、彼らの非行の原因もなんとなく理解ができた。寂しさを紛らわせるためにゲームセンターに集まってくるような連中なのだ。

忠と彼らを連れて牛丼をご馳走したり、食い放題の安い焼肉屋で食事をしたりした。その時のうれしそうな顔と忠を殺した三人がどうしても結びつかない。

加瀬の証言が終わった時だ。主犯格の大河内が突然立ち上がり、藤宮裁判官に聞いた。

「発言してもいいでしょうか」

裁判官が許可すると、大河内は席を立ち、加瀬に向かって深々と礼をした。

顔を上げると目は真っ赤に充血し涙を流していた。

「申し訳ありません……」

予想もしていなかった言葉を大河内は口にした。

「忠のお父さんにはいろいろ親切にしてもらったのに、こんなことになってしまってホントにごめんなさい。許してもらえないと思いますが一生かかっても償いをさせてもらいます。命日にはお線香を忠のお墓に上げさせてもらえるような人間に生まれ変わります。その時には一緒に墓参りをさせてください」

大河内の迫力に他の二人も起立し、頭を下げた。

その時、加瀬は知らなかった。殺人などの凶悪な罪を犯した少年たちが真に更生し、被害者遺族とともに、被害者の墓参りに行けるような日々が来ることを、修復的司法は目指していると新聞紙上に藤宮裁判官が意見を述べていたのを。

加瀬は大河内の言葉に、ふいに忠からの手紙を思い出した。忠は少年院から手紙を書き送り、更生するから信じてくれ、必ずクリーニング師の資格を取ると訴えてきた。その忠と大河内が重なり合って見えてしまった。

「俺はお前たちがその言葉通り立ち直るかどうかを見ている。お前たちを見れば、生きていれば忠もお前らのように一人前になったはずなのにとつらい思いをするだけだ。それでも俺はお前たちの成長を見守る。裏切ったらただではすまない。お前らがこのままワルに成長すれば、忠は犬死にだ」

述べたいことを述べると、藤宮裁判官は加瀬に退廷を促した。

審判の結果、三人は少年院で二年の処遇を受けることに決定した。

数日後、それぞれの弁護士からいわゆる「償い」の提示があった。弁護士らは予め相談していたらしく、加瀬に提示された金額は合計六千万円で、主犯格の大河内が三千万円、山田二千万円、国東一千万円だった。あまりにも事務的に話が進められることに、説明しようのない憤りがこみ上げてくる。

「息子の命が六千万円ということか。そんな金ですむなら、金などいらないから忠を返してくれ」

弁護士たちは加瀬の感情などまったく気にもせず淡々と話を進めた。被害者に対する暴行の程度、致命的な暴力を振るったか否かの差から算定したもので、少年院を出院した後、少年ら本人によって支払われるという説明だった。この提示に不満があるのなら損害賠償請求の民事裁判を起こすしかないと、説明を付け加えた。

「あいつらが支払うということだが、親には責任がないのか。人ひとり殺しておいて、親が線香一本上げに来ないというのはどういうことなんだ」

大河内を担当している弁護士が答えた。

「多少の一時金を支払ってはと提案してみたのですが、少年たちの家族は今回の事件で職を奪われ、その余裕すらありません。それで少年たち自身が二十年から三十年かけて分割して支払う方法を取らせてほしいというのがこちらからのお願いです。親の責任を問う裁判を提起しても、これまでの判例からは親の責任を認める判決はほとんど下りていません。先日の法廷の時もそうでしたが、少年たちは日々、反省を深めています。大河内は出院後、月六万円、他の二人も三万円ないしは四万円ずつ支払うということで加瀬さんのご理解を得たいのですが……」

弁護士の解説だと、たとえ親の責任を認め、弁済義務を認める判決が下りたところでない袖は振れない。一円の金ももらえなかったケースもあるらしい。

主犯の大河内の家を弁護士から聞いて訪ねた。父親は法廷で見かけた時も、どこかふてくされて自分の子供が犯した罪の重大さに気づいていない様子だった。妻にいたっては、出勤前のホステスのようなどぎつい化粧で強い香水の匂いを振りまいていた。

出てきた父親は忠の父親だとわかると、「話すことはない」と平然とドアを閉めようとした。

「あんたになくてもこちらにあるから訪ねてきたんだ」

加瀬が言葉を荒らげると、奥のほうから妻が寝起きの格好で出てきた。

「そんなにお金がほしいなら、子供に保険金でもかけておけばよかったのよ」

話しても無駄だとすぐに悟った。

弁護士の説明通り訴訟を起こしても、事件後職を失った親によほどの財産でもない限り賠償金をまとめて支払うのは不可能だ。訴訟費用もそれに費やす時間もすべてがむなしく感じられる。結局、弁護士たちが提案した和解案に、加瀬はサインした。

計算では弁済期間は三十年を超える。その歳月をかけて支払うことが何よりの忠への供養にも感じられた。一生刑務所に閉じ込めておくのと同じくらい彼らは精神的負担がかかるはずだ。そのことが償いであり、彼らの更正にもつながるならと加瀬は思った。


今は加瀬と大河内の立場は逆転した。加瀬は被告人席に置かれ、大河内は傍聴人席で涙を流しながら裁判のなりゆきを見守っている。

——悔恨と自責の涙。

加瀬はあの時はそう思った。しかし、傍聴席で流している涙も、いやあの時の涙も大河内は保身のために泣いたにすぎない。今は裁判官、裁判員の同情を集めるために泣いているのだ。加瀬はそう確信した。

7　冒頭陳述

冒頭手続が終了した。飯島はスーツのポケットからハンカチを取り出し、額を拭った。法廷内はエアコンが効いてはいるが、異常気象の影響で残暑が厳しく、その上次から次に台風が上陸し、蒸し暑い日が続いていた。

「では検察官、どうぞ」

福永裁判長が検察側の冒頭陳述を促した。

飯島が立ち上がり、起訴状を手にし、事件の詳細を裁判官というよりも、六人の裁判員に時折視線を投げかけながら主張し始めた。裁判員を意識しているのか、わかりやすい言葉を使いながら、「被告人の家庭状況、経歴と事件の概要」について冒頭陳述を始めた。

「被告は二つの事件で起訴されています。危険運転致傷罪について第一事件、殺人未遂罪については第二事件として陳述していきたいと考えています」

飯島は第一事件の陳述から述べ始めた。

「加瀬邦夫被告は、長距離トラックのベテラン運転手で、被告の離婚が成立した平成二十年（二〇〇八年）前後は、被告のギャンブル癖もあり、度重なる消費者金融からの取り立て電話が会社にかかってくるようになり、また出社時間が遅れるなどのトラブルがあったものの、これまでは無事故無違反で所属する多摩輸送エクスプレス会社からの信頼にも厚いものがありました」

多摩輸送エクスプレス会社は運転手の健康管理には細心の注意を払っていた。同社の駐車場は調布市国領町にあるが、そこのオフィスには運転手仮眠室、さらには運転手の勤務状況、健康管理をする社員が常駐していた。

「事件が起きた十二月〇日午前十二時三十分に被告は出社し、同社オフィスに置かれたアルコール検知器で、同社運行管理者が、加瀬に息を検知器に吹き込ませアルコールが検知されないかを厳重にチェックしました。アルコールはまったく検知されませんでした。十分な睡眠が取れたか、健康状態のチェックを口頭で受け、異常がないことを確認した上で、被告は四トントラックの鍵を渡されています」

加瀬のその晩の仕事は松本に行き、荷物を積んで調布に戻るというもので、それほど長距離を走行するわけではなかった。ベテラン運転手の加瀬にとっては、大きな負担になる勤務ではなかった。

午前一時には駐車場を出発し、すぐに調布インターから中央道に入った。日ごろから安全運転を心がけ、制限速度で走行した。

飯島検察官は起訴状に記されている内容をかみ砕いてわかりやすく説明を始めた。

これまで法廷で使用されていた言葉では、法律用語に詳しくない裁判員には事実が正確に伝わらない。検察官だけではなく、弁護人にもよりリアルに臨場感をもって裁判員に主張する事実が伝えられるか、その技術が求められるようになった。飯島の陳述は裁判員に十分配慮しているものだ。

飯島の陳述はよどみなく進む。六人の裁判員は身を乗り出して耳を傾けている。

「調布インターから入った加瀬被告が運転するトラックは中央道を順調に走り、八王子インター手前にある石川パーキングエリアに入っています。加瀬被告はここでトイレをすませ、飲料水を買って、すぐに本線に戻っています」

石川パーキングエリアに入ったのは、十二月〇日午前一時三十四分で、十五分後の午前一時四十九分には本線に出ている。

「パーキングエリアの防犯カメラに映っていた被告の映像、水を購入した時のレジの記録からこれらの時間は正確に割り出されたものです」

調布の駐車場から石川パーキングエリアまでは問題なく走行し、加瀬被告の体調にも異変は生じていない。

「加瀬被告は法定速度で走行するために、第一走行車線を走行するのが常ですが、パーキングエリアを出発して間もなく、蛇行運転が始まっています」

中央道に出て二分後の午前一時五十分には後続車の携帯電話から蛇行運転中のトラ

ックが走行していると一一〇番通報が入った。

「通報した後続車は事故を予感したのか、トラックとの車間距離を大きく取って走行し、その車を追い抜いた車が、すぐに蛇行運転するトラックに気づき同様の通報をしています」

午前一時五十五分一件、午前二時二分二件、午前二時三分に同様の通報が一件、合計五件入った。

後続車両は、トラックが第一車線に入った隙を見つけて、猛スピードで相模湖方面に向かって走り抜け、それができない車は極端な徐行運転で進み、トラックの後方に渋滞が発生していた。すでに国立府中インターに待機していた高速パトロール隊、そして警察車両が現場に向かった。

「午前二時十三分、事故の通報が走行中の車から入りました」

事故発生と同時に、渋滞していた車が次々に現場を通り過ぎ、一一〇番、一一九番通報が寄せられた。

「現場は中央道八王子バス停の待避線と第一走行車線の合流点です。事故発生時間は、最後に蛇行運転通報があった午前二時三分から、事故発生を通報する最初の電話が入った午前二時十三分の間と考えられます。公訴事実では事故発生を午前二時三分過ぎとしたのはそのためです」

被害者の大河内壮太が運転するレクサスは時速八十キロで、待避線から第一走行車線に入ろうとする直前に、時速百十五キロで走行してきたトラックに追突された。

「二つの車両の速度は、ブレーキをかけた時に残るスリップ痕とその距離、双方車両の変形具合、バリア衝突換算速度と言いますが、力学的な計算から導き出されたものです。この事故の特徴と言ってもいいのですが、事故現場にはトラック、レクサス双方の車のブレーキをかけたことによるスリップ痕がまったく見られないことです」

実況見分の結果わかったのは、蛇行を繰り返していたトラックは、第一車線に入ろうとするレクサスに、追い越し車線から左斜め前方に向かってほぼ対角線上に走行し、トラックは三十度の角度でレクサスの右側面後部ドアに突き刺さるようにして追突していることだ。

「レクサスは衝撃でセンターラインとほぼ直角になるように飛ばされ、その車体がくの字に折れ曲がり、運転していた大河内壮太が生存していたのが奇跡と言ってもいいでしょう」

飯島検察官はひと際大きな声で張り上げた。

「石川パーキングエリアから八王子バス停までは約八キロ、正確には七・五キロ、時間にしても石川パーキングエリア付近での最初の通報から最後の蛇行運転を告げる警察への通報まで十三分もあるのです。しかもその間、異変に気づいたほとんどの後続車が、クラクションを鳴らし、加瀬に蛇行運転を知らせようと試みていました。それにもかかわらず、最終的には、被告人は運転していた若者に障害の残るケガをさせたものです」

ここまで話すと、飯島は傍聴席後部に座る大河内に視線を向けた。同時に裁判員の視線も車椅子に乗る大河内に向けられた。

「被害者は今後のリハビリにもよるが、一生車椅子の生活を強いられることになります」

大河内は相変わらず、人目もはばからず大粒の涙を流している。

「これが第一事件の概略です。過失運転致傷罪ではなく危険運転致傷罪の適用を求めるのは、意識がぼんやりとしていたと主張する加瀬被告ですが、それまでは蛇行運転をしていたにもかかわらず、八王子バス停付近を通過するやいなや、追い越し車線から対角線上に、つまりレクサスの前に出て進路を塞ごうと急に速度を上げているからです。その地点から急激に加速しています。それを回避しようと大河内もレクサスを加速しましたが、結果的には間に合いませんでした。加瀬被告は、前方の車が大河内所有のレクサスではないかと瞬時に思いめぐらし、レクサスの進行を妨げる目的で、その前方に時速百十五キロの速度で進入しようと試みた結果、レクサス右側面後部に追突したと考えるのが合理的です」

涙を流す大河内を、加瀬は冷徹な目で睨みつけた。

「次に殺人未遂事件、第二の事件について述べていきたいと思います」

飯島は裁判官の心を掌握し、有罪判決に着実に駒を進めていると思っているのだろう。自信に満ち溢れた表情で先を続けた。

「レクサスは暴走するトラックの衝撃で一瞬にして反転し、天地をさかさまにしてガードレールにぶつかり止まりました」

トラックを運転していた加瀬被告が一一〇番通報したのは、警察の通話記録によれば午前二時十七分だ。

「事故発生が確認された午前二時十三分から四分が経過していました。ここに今回のこの事件、第二の事件の秘密が隠されているのです」

事故後、加瀬はすぐにトラックを降りて、レクサスに駆け寄った。

「その時、加瀬被告はレクサスのカーナンバーを見て、また生存していた運転手の声を聞き、大河内壮太だと確信したのです。その瞬間、加瀬被告は大河内壮太の殺害を決意したのです。かねてから加瀬被告は大河内壮太に、殺意を抱くほどの怨みを抱いていたのです。被告人と被害者の関係は、後で説明しますが、事故直後に、被告人が取った行動を述べます」

被告人はすぐにトラックに戻った。トラックはバンパーを破損しただけでエンジンはまったく問題なく走行できる状態だった。

「加瀬被告はトラックのパンパーを転倒しているレクサスの助手席側面にぶつけ、アクセルを床まで踏み込んだのです。後輪が焦げる臭いをさせながら空回りし、車体が大きく左右に振れ、それを示すタイヤのスリップ痕がアスファルト上にくっきりと残されています」

　飯島検察官はこう主張した。さらに加瀬の殺意が極めて強いものであることを立証するために、事故直後に現場を通過した渡昌弘《わたりまさひろ》の証言も付け加えた。

『トラックは轟音を立てて後輪を空回りさせていた。漏れたガソリンに引火でもすれば惨事に巻き込まれると思い、全速力で走り抜けた』

「これは事故後最初の通報者でもある渡昌弘の証言です。渡の通報によれば、加瀬運転のトラックは後輪を空回りさせています。加瀬被告が一一〇番通報したのは、トラックでレクサスを押しつぶすのを断念した時で、それが午前二時十七分です。先ほど、事故発生は二時三分から二時十三分の間と陳述しましたが、この十分間はまったくの空白です」

　飯島検察官は、この間も加瀬はレクサスを押しつぶそうとした可能性があることを言外にこめて主張した。

　検察側の主張は、蛇行運転を告げる最後の通報二時三分の直後から、加瀬通報の二時十七分までの間、トラックがレクサスをつぶそうとアクセルを全開にしていた可能性も考えられ、それが殺人未遂罪だと第二の事件を説明した。

四十代女性の一番裁判員、白髪の目立つ四番裁判員から深いため息が漏れた。五番の派手なファッションの女性は、格闘技でも観戦しているかのように嬉々としている。スーツ姿の三番裁判員は必死にメモを取りながら話を聞いている。

「大河内所有のレクサスは極めて特徴的な塗装がほどこされています。屋根にショッキングピンクのハートが特注で描かれています。その事実を被告は事件の三ヶ月前に認識し、陸運局で品川ナンバー○×—○▽のレクサスの所有者名義が大河内壮太であることも確認しているのです。すでに大河内の周辺を加瀬は独自に調べ上げていて、この夜、殺人を実行に移したのです」

殺人未遂を立証するためには、加瀬の動機を証明する必要がある。飯島は、被告と被害者の関係を述べ始めた。

「加瀬被告が、追突事故を千載一遇のチャンスと捉え、大河内が運転するレクサスを押しつぶし、大河内を何故殺害しようと決意したのか。加瀬被告が大河内を殺そうとしたのには、明確な動機があります。実は五年前に、加瀬邦夫の長男忠は大河内らによって殺害され、大河内らは少年院で長期処遇を受けているのです」

裁判員が一斉に車椅子に座る大河内に視線をやった。

加瀬忠の命が奪われるまでの経緯を飯島は説明した。裁判員の視線は明らかにそれまでとは違った。加瀬に同情し、大河内を突き刺すような目で見つめている。それを感じるのか、大河内はすぐに顔を伏せた。

「大河内は少年院でひとりの命を奪った罪を深く反省し、更生を誓って出院しました。その後、懸命に働き、経済的な償いを開始した直後にこの事故に遭遇、加瀬被告は事故を偽装して大河内の命を奪おうとしたのです」

真行寺が加瀬被告本人から聞いていた話とは多くの部分で食い違っている。

大河内は被害者であると同時に、ひとりの命を奪った加害者でもある。審判は始まったばかりだというのに、大きく動揺している様子が、どの裁判員の表情にも表れている。天を仰ぐ者、大河内に対し怒りに満ちた視線を送る者、加瀬に同情していると思われる裁判員も見られた。

飯島は加瀬に潜む殺人の動機を明確にし、それを強く裁判員に印象づけている。殺人未遂について無罪を勝ち取るのは、簡単なことではないと真行寺は思った。

「被害者の大河内壮太と加瀬邦夫被告との関係を明らかにするためには、大河内壮太と加瀬被告の長男、忠とどのような交流があったのかから説明しなければなりません」

飯島検察官は裁判員の表情をうかがいながら、冒頭陳述を続ける。二人の関係は、中野、高円寺、阿佐谷周辺の非行グループ仲間だった。

「被告人が長距離輸送の仕事で、二、三日帰宅できない日などは、被告人宅で被告人の長男らと一緒に過ごすなどの日々を過ごす仲でした。しかし、度重なる補導、そして窃盗による現行犯で忠は逮捕、多摩少年院へ送致され、一年間をそこで過ごしています」

加瀬忠が少年院を出たのは、二〇一〇年十二月末だった。殺されたのはそれから三ヶ月後だった。

「喧嘩の原因は、加瀬の長男忠が非行グループを抜け、もう付き合わないと言ったことから始まっています。大河内が主犯で、仲間の山田、国東も暴行に加わり集団リンチで忠を死亡させたのです」

大河内だけではなく、山田、国東らからも忠は暴行を受けた。三人は逮捕され、少年院送致となった。送検され、通常の裁判で裁かれても不思議ではない事件だったが、家裁で処遇が決められた。

「修復的司法を提唱する藤宮裁判官が担当され、家裁で被告人は大河内、山田、国東らと会い、自分の心情を三人に伝え、弁護士が入り、出院後、可能な限りの償いをするということで話し合いがすんでいたのです。被告人も弁護士を通して出された和解案にサインをしてくれました」

三人は少年院に送られ、二年間矯正教育を受けた。更生して社会へ復帰した。しかし、殺人を犯した三人をすぐに受け入れてくれる職場は見つからなかった。大河内は特に主犯格ということもあり、ビルの解体工、コンビニ、宅配運転手など様々な仕事に就いたが、事実が露見するとすぐに解雇された。

「三人はそれぞれ出院後、加瀬被告に償いを支払う約束になっていました。国東は出院後、行方不明で償いがどうなっているのかわかりません。山田も数回弁済した程度です。大河内ひとりが懸命に返済をしていましたが、定期収入が得られませんでした」

大河内が辿り着いた職場が、新宿歌舞伎町にあるホストクラブだった。前歴を問われず、自分の裁量で収入を上げるには水商売しかなかった。

「加瀬被告は大河内の職場まで押しかけてきて、約束の履行を求めました。当然と言えば当然ですが、加瀬被告は山田や国東のところに催促に行ったという事実はありません。大河内がレクサスに乗っているのを知り、彼の所有している車なのかをわざわざ陸運局に行って調べています。毎月定額の弁済金を支払う約束になっていましたが、レクサスを所有しているくらいだから十分弁済能力があると加瀬被告は判断しました。加瀬被告は執拗に大河内にまとわりつき、深夜の歌舞伎町で何度となく弁済を求め、無視されたと思い殺意を募らせていったのです。しかし、大河内にしてみれば、ようやく定期的に収入を得られる仕事に就き、このまま収入を上げていけば、これまで滞っている弁済分も一度に支払えると、それまで弁済を待ってもらうつもりでいたのです」

被告席に座る加瀬は、飯島検察官の陳述に薄ら笑いを浮かべた。冒頭陳述は主張であって、それが事実かどうかは、その後の証拠調べによって明らかにされるのだ。よほど腹が立ったのだろう、加瀬は後ろを振り返り、「全部、ウソだ」と小声で真行寺に告げた。

それが視界に入ったのか、飯島は一瞬、口を閉ざし、被告ではなく真行寺に咎めるような視線を送ってきた。

「八王子バス停待避線から第一車線に入ろうとするレクサスの天井のハートマーク、反転したレクサスのカーナンバーを被告人は見ています。そして大河内は瀕死の重傷を負い、『早く救急車を呼んでくれ』と薄れる意識の中で訴えているのです。それに対して被告人は『助かるといいなあ』と答えています。助けを求める被害者の声、特殊な塗装、カーナンバーによって運転手は大河内壮太と確信すると、千載一遇のチャンスとばかりにレクサスもろとも大河内を圧死させようと被告人は試みたのです。救急車が駆けつけ、懸命な救出活動が一時間ほど続けられた結果、被害者はレクサスから救出されました。また事故現場が八王子バス停前ということもあり、バス停から階段で一般道に搬出が可能で、近くのT大学医学部付属病院に救急搬送され、一命を取りとめることができました」

Ｔ大学医学部付属病院で治療を受けたが、ＩＣＵから出られたのは事故から一ヶ月が経過した一月末だった。加瀬が逮捕されたのは、大河内が警察の事情聴取を受けられるようになった二月だった。

「この間、被告は一度も大河内の見舞いに病院を訪れていません。検察官からは以上です」

飯島は加瀬被告ではなく、真行寺を睨みつけながら起訴状を机に置いた。

福永裁判長が言った。

「では、ここで一度休憩を取ります。二十分後に再開したいと思います」

刑務官がすぐに加瀬に手錠をかけ、腰紐を結んだ。加瀬は法廷から連れ出された。

飯島は十分に手応えを感じた様子で、書類を整理していた。次は弁護側の冒頭陳述だ。

真行寺は司法修習生時代、藤宮昭宏裁判官の下で研修を受けた。修復的司法について知りたかったのだ。その時に飯島と知り合った。真行寺は少年非行、少年犯罪をなくすためには、少年院での収容期間を長くすべきだと考えていた。

日本の社会は一度ドロップアウトしてしまうと、一般の社会に戻るには多くの困難がともなう。ドロップアウトした少年の多くが高校中退で、当然、学力も劣ってしまう。

「今のように自由を奪った形での矯正教育には限界があると思います。反省を促し、更生させるには、一定程度の反省が見られた少年には、ある程度の自由を認めつつ、長期での教育としての収容が必要な気がします」

真行寺が意見を述べたことがあった。

「少年院での処遇は二年、それ以上は弊害の方が大きくなるというのは、明治以降、我が国が積み重ねてきた経験則から導き出された期間です。もっと長期にすべきだという君の意見の根拠はどこにあるのかね」

藤宮が学者のような口調で聞き返してきた。

「その経験則が破綻し、通用しなくなっているが故に凶悪な少年犯罪が発生しているように思うからです」

しかし、藤宮は「貴重な意見として聞いておきます」と答えただけだった。

「今、非行に走る連中は、逮捕後、家裁に送られるのと、検察に逆送される違いを十分に理解し、少年法もわかっています。慎重に対応していかないと、裁判所が手玉に取られてしまうこともありえると思うのですが……」

ここで口を挟んできたのが飯島だった。

「先ほどの収容期間を長くすればいいという考え方ですが、未成年から自由を奪えば、矯正教育の懲罰的な側面を大きくするだけで、それが更生につながるかといえば、必ずしもそうではないと思います。未成年には、やはり人間的な未熟さがあり、修復的司法というのは、少年たちが成長過程で十分に与えられてこなかった人間的な感情を呼び起こすような側面があると思います。反省を深め、被害者の痛みに思いをはせることが、罪を犯した少年の更生に結びつくと思います」

飯島は修復的司法の解説書に書いてあるような意見を述べた。

「修復的司法の理念は素晴らしいと思います。しかし、理念の使い方を間違えると、とんでもない結果を生じてしまう恐れがあると言っているのです」

真行寺の反論に、自分の意見が否定されたと思ったのか、飯島はさらにむきになった。

「少年犯罪に関わる法曹関係者が、多くの経験を経て辿り着いたのが修復的司法で、それを批判するなら、それを凌駕する対案を提議すべきでしょう」

「私には崇高な理念で、少年が、あるいは犯罪者が更生するとは思えません」

真行寺が意見を述べると、議論を聞いていた藤宮が尋ねた。

「では、君は少年の更生に必要なものはどういうものだと考えているのかね」

真行寺は明確に答えることはできなかった。

「それは私にも答えがあるわけではありません。しかし、飢えた子供が万引きをし、品物を奪われる側の痛みを聞かされても、少年の心には響かないような気がします。更生を促す前に、飢えを解決してやらなければ、その場は反省したふりをしても、再び万引きを繰り返すと思います」

「君の言う通りかもしれませんが、それは法律の問題ではなく、社会福祉の範疇に入ることがらです」

飯島はにべもなく言った。

議論はそこで終わった。

しかし、罪を犯すところまで追いつめられた人間の更生に、理念など何の役にも立たないのだ。

家庭のぬくもりを知らなければ、ヤクザのところにも身を寄せる。そこにぬくもりを感じてしまうからだ。そこで覚せい剤を売らされても、暴力団の抗争に加わるように命じられても、居場所がそこにしかなければ、居場所のない人間はそこに集まってくる。

売春を強要されても、一緒に寝てくれるヤクザに愛情を感じる女もいるのだ。しかし、そこにはぬくもりなどいっさいない。あるのは冷え冷えとした世界だ。それは氷以上に冷たいドライアイスにも似ている。触れている時は、皮膚は決して冷たくは感じない。むしろ熱く感じる。そして手を放すことも、離れることも容易にできなくなってしまう。離れた時は火傷のような症状を呈している。

そうした未成年が罪を犯す。自分の痛みさえわからなくなっている若者に、心に傷を負っていることさえ気がつかないでいる人間に、他者の痛みが理解できるはずがない。真行寺はそう言いたかったのだ。

法廷が再開され、福永裁判長が弁護側冒頭陳述を促した。

「先ほど検察官から、第一事件、第二事件に分けて陳述が行われましたが、弁護人も同じように二つに分けて陳述をしていきたいと思います」

真行寺の右手方向には四、五、六番の裁判員が座っている。五番は原宿を歩いていそうな二十代前半の女性で、真行寺をじっと見つめている。新聞に「暴走弁護士」と紹介されて以来、十代後半から二十歳前後の若い人たちから声をかけられるようになった。五番裁判員も新聞記事を思い出したのかもしれない。

真行寺は手に何も持たずに、裁判員に話しかけるような口調で陳述を始めた。

「加瀬被告は、一時期ギャンブルに熱中し、それが原因で離婚に追い込まれました。二人の子供は母親と暮らすようになりましたが、不幸にも妻ががんにかかり亡くなられています。長女は伯母の家で暮らし、加瀬被告は長男と同居するようになりました。しかし、被告はそれでもギャンブルとは縁が切れずに、消費者金融に手を出し、督促の電話が会社にまでかかってきていました。この頃の生活は荒んでいました。今回の被害者となった大河内壮太によって殺された被告の長男忠も、やはり問題行動の多い少年でした」

真行寺は傍聴席の大河内に一瞬だが、目をやり様子を観察した。真行寺がこれから何を述べるのか、競馬のオッズを眺めるような目で法廷を見ていた。

「加瀬忠は窃盗で逮捕され、少年院に送致され、一年間をそこで過ごしています」

加瀬父子にとっては、互いに立ち直る契機となった貴重な時間であったことを真行寺は語った。忠は少年院でクリーニング師の資格を取得した。それを父に報告し、ギャンブルを止めるように求めた。

「父親の友人が経営するクリーニング店に就職が決まり、親子二人の新たな生活が始まろうとしていた矢先に忠は殺されました。被告人はギャンブル以外に問題はなく、これまでに交通違反は一度もなく、会社でもトラブルを起こしたことは一度もありません。長女は母親を死に追い込んだのは父親だとずっと責め続けていました。しかし生活を立て直そうとまじめに働く父と、出院後、迷惑をかけてきた親戚に、謝罪に回っている父と兄を見て、母親は亡くなったが、親子三人で暮らせる日が近いと長女は思っていたそうです。その矢先に忠が、非行グループから抜け、二度と付き合わないと通告したことが原因で命を奪われたのです。被告が大河内を殺したいほど憎んでいたと警察、検察、そしてこの法廷でも証言しているのは、それが彼の偽りのない気持ちだからです。

弁護人は被告人の殺意をあえて否定はしません。被告人は心の底から大河内を憎んでいました。しかし、だからといって、それが殺害行為に結びついたかと言うと、決してそうではありません」

忠を殺した大河内、山田、国東が出院してきた事実を知ったのは、彼らから連絡があったからではない。約束の償いの金が振り込まれてきたことで、三人が出院し、働き始めたことを知ったのだ。それも数回で途絶えてしまう。

「三人の弁護人からは、事件が露見するとすぐに解雇されてしまうという話を聞いていたので、実は激励するために大河内の職場を訪ねたのです」

大河内はホストをしていた。派手なペイントを凝らしたレクサスに乗っていた。レクサスが本当に大河内所有のモノなのか、それを確かめるために陸運局でレクサスの所有者を調べたのだ。

「弁護士から聞かされていた話と違っていたのです。ホストクラブではナンバーワンホストで、大河内を指名する客も多く、月収は少なくとも百万円を超えていました。

その後も約束の金は振り込まれず、加瀬被告は忠の仏壇に一度くらいは手を合わせてほしいと、直接大河内に告げたこともあります。その頼みも今日に至るまで実現していません」

裁判員全員が大河内の表情をうかがっている。

「被告人は、会社の定期健診でも問題はなく、アルコールも勤務の十二時間前からはいっさい飲まないと決めてそれを励行してきました。たまたまあの夜は、石川パーキングエリアを出たあたりから意識が不鮮明になりました。原因は不明と言うしかありません。レクサスの進行を妨害するためにスピードを上げたのではなく、蛇行運転のはずみでアクセルを踏む足に力が加わり、急に加速し、意識も完全に失い、身体全体が硬直状態に陥り、直線走行になったのです。進行を妨害しようと加速したという事実はなく、これは不運な事故であって、危険運転致傷罪が適用されるべき事件ではなく、過失運転致傷罪として処理されるべき事故なのです」

真行寺は、大河内をあえて凝視し、ひと際大きく張りのある声で言った。

「これから車椅子の生活を強いられるであろう大河内さんには気の毒としか言いようがありませんが、被告人が激しい殺意を抱いているからと言って、危険運転致傷罪を適用するのは明らかに誤りです」

大河内は戸惑っている様子だ。

「第二の事件にいたっては、殺害行為そのものがなく、起訴自体が不当だと考えています」

検察側は、反転したレクサスの運転手が大河内だとわかると、加瀬は再びトラックに戻り、トラックを運転し、助手席側にトラックのバンパーを追突させたと主張している。

「加瀬が運転するトラックは猛スピードでレクサスに激突しています。レクサスは反転した状態でガードレールまで飛ばされていますが、トラックは追突地点で停止したわけではありません。追突と同時にその反作用でスピードは減速しましたが、加瀬はハンドルに突っ伏したままの姿勢でアクセルも踏みっぱなしでした。その後もアクセルを踏み続け、後輪がスリップし、横ずれを起こした痕が現場には残されています。加瀬が意識を取り戻すのは、事故後、現場を通り過ぎた通過車両のクラクションや、中には安否を確認しようと、事故現場付近に車を停車し、話しかけてきてくれた運転手もいたからです。加瀬は事故直後、レクサスに駆けより運転手の生存を確認し、トラックに戻り一一〇番通報したのです。ですから、弁護側は殺人未遂罪の起訴事実は存在せず、無罪を主張します」

審理一日目午前中の法廷は弁護人の冒頭陳述で終わった。

8　証拠調べ

審理一日目午後の法廷は証拠調べから始まった。

検察側は、実況見分調書、検証調書、捜査官、目撃者の供述調書、大河内の警察官調書、検察官調書、大河内のケガの診断書などを、そして加瀬の警察官調書と検察官調書、さらに加瀬に対する医学鑑定書は検察、弁護側双方が異なる医師のものを証拠として提出していた。

飯島検察官は、立ち上がると左手にメモを持ち、右手にはリモコンを持った。

「加瀬被告がどのようにして大河内運転のレクサスに対して危険運転致傷罪を犯したのか、殺人を実行に移したのか、実況見分調書に基づいて述べていきたいと思います。第一事件、第二事件は連続的に起きていますが、まずは第一事件について立証していきたいと思います」

裁判官、裁判員、弁護人席にもモニターが設えられていて、写真や見取り図などが映され、裁判員にも事件の全容が詳細にわかりやすく説明されるようになっている。

「事故及び事件現場は中央道下り線八王子バス停の待避線と第一車線の合流点です。事件は深夜午前二時頃に発生していますが、現場の様子を把握してもらうために、写真は午前八時、明るくなり周囲が見渡せる時間帯に撮影されたものです」

写真はバス停待合室、バス停正面の上り線の様子、下り第一車線から待避線への分岐点、待避線から第一車線の合流点など多岐にわたり、分岐点から合流点までは二百五十メートルで、待合室から上り下り両方向に向けて撮影した写真や上下車線分離帯のガードレール、待避線と第一車線とを隔てるのは長さ百メートル、高さ五センチの縁石で、これらの写真から事故現場の様子が視覚的に把握できるようになっていた。

「ごらんのようにどこを走っていても上下線、待避線の車の流れが見渡せ、視界を遮るものはありません」

裁判員だけではなく三人の裁判官もモニターを食い入るように見つめている。大河内運転のレクサスが待避線に入って車を止めたのは、午前一時五十三分から午前二時三分の間と推定される。「十分くらい止まっていた」という大河内の証言から、待避線に入ったのは午前一時五十三分頃が濃厚だ。

「到着してから十分が経過した頃、再び第一車線に入ろうとして加瀬運転のトラックと追突しました。何故、こんな深夜、大河内運転のレクサスが待避線に入ったかということですが、助手席には大河内がホストとして働くクラブに通ってくる女性客が乗っていました。その女性客からセックスを誘われ、その要求に応えるために待避線に入ったのです」

加瀬がすぐに傍聴席の大河内に視線を投げつけた。加瀬だけではなく、モニターを見つめていた裁判員も大河内の表情を見ようと顔を上げる。大河内は恥ずかしいと思うのか、あるいは都合が悪くなると表情を見られまいとするのか、反射的に顔を伏せた。加瀬が小さく舌打ちした。

四番の女性裁判員は眉間に縦皺を寄せて見ている。しかし、大河内より少し年上と思われる五番裁判員だけは、親しみを覚えるのか唇に一瞬だが、笑みを浮かべた。

真行寺が暴走族の総長として改造車を乗り回していた頃、ラブホテルに爆音を響かせて入るわけにもいかず、女を助手席に乗せ、深夜交通量がなくなる場所を探し、そこに車を止めて車内でセックスをした。しかし、中央道のバス停待避線など考えてみたこともない。またラブホテルには入ろうにもその金もなかった。

「大河内はそこで客の要求に応えようとしましたが、突然その女性が些細なことで怒り始め、レクサスを降りて外に飛び出してしまいました」

飯島はリモコンを使って待合室横にある扉と、その扉を開けた先にある一般道への階段を映した。

「女性はこの階段を下りて一般道に出ていってしまい、大河内は仕方なくレクサスを発進させたのです。その時間等については、明日の法廷に目撃者が証人として来てくれることになっているので、そこで立証していきたいと考えています」

次に飯島がモニターに移したのは、レクサスが発進、走行したコースと、第一車線、追い越し車線を蛇行しながら走行していたトラックの事故直前の走行コースを示す見取り図だった。

「レクサスが走り出した直後のトラックの位置は第一車線で、レクサスの十メートル後方でした」

こう説明しながら、トラック運転席に座る加瀬の目の位置ほどの高さから撮影した写真を見せた。

「当然レクサスも視界に入り、運転席の位置からはレクサスの天井が左斜め前方にはっきりと見て取れます」

レクサスの天井にはショッキングピンクのメタリック塗装がなされたハートが大きく描かれている。その写真を映したが大きく凹み、ハートの部分の塗装が剥がれ落ちていた。次に同型トラックと同型レクサスを使って追突した時間帯に撮影した検証写真を示した。

「このようにトラックの運転席からはレクサスの天井が容易に見て取れます」

飯島は再び見取り図を出した。

「それまで蛇行していたトラックは追い越し車線に出ると、そこからはまるでレクサスに向かって対角線上を走るように直進を開始しているのです」

見取り図はトラックが走行した直線コースとレクサスに追突した位置を示していた。飯島は追突した当時の写真を次々にモニターに映し、説明を始めた。

「警察、救急隊が到着し、事故直後に撮影されたものです」

反転したレクサスの助手席側後部ドアにほぼ直角にトラックが追突し、車体の後部は通常の三分の二ほどの幅まで押しつぶされているのがわかる。角度を変えて撮影した写真を五枚示した。

「これからお見せするのは事故後、撮影した第一車線と待避線の路面の様子です。どちらにもブレーキ痕がまったく見られません」

これだけの規模の事故でブレーキ痕が見られないのはやはり不自然だ。考えられるのは、トラック運転手が居眠りをしていたか、あるいは意識を喪失していたかのどちらかで、待避線から第一車線に入ってくる車にまったく気づかなかったからだろう。しかし、それならば当然、蛇行運転が続いたはずだ。裁判員も当然そう考えるだろう。何故バス停付近から突然直線走行になったのか、誰もが疑問に思うだろう。

「次に示すのは特殊なスリップ痕です。トラックは反転したレクサスにそのまま追突し、助手席側を押しつぶしています。追突した状態でなおもアクセルを全開にしたために後輪が高速で空回りし、そのためにできた横滑りスリップ痕です」

タイヤが摩擦で溶け、路面に黒々とスリップ痕が残されていた。左右の後輪ともにスリップ痕は、前後にではなく左右に一メートル幅にもなる。つまりトラックは後部両輪を左右に振りながら、レクサスを押しつぶそうとしたというのが、飯島の主張なのだ。

事故後、中央道から運び出されたレクサス、トラックの写真が映し出された。レクサスの運転席側は、運転席と後部座席の境にしてV字に折れ曲がり、後輪は形を留めていない。後部座席に人が乗っていれば、ほとんど即死ではなかったかと思えるほどつぶれていた。車高も反転した衝撃で三分の二ほどの高さで、ハンドルも歪み血液が付着していた。

それに対してトラックは前部が歪んではいるものの、それほど大きく凹んでいる状態ではなかった。パンパーがショックを吸収したのか、つぶれ、落ちかけている程度で、それ以上の損傷は見られなかった。

「これら二台の車両の破損具合から導き出された追突時の走行速度は、レクサスは時速八十キロ、トラックは百十五キロだったと推認されます。その計算式は検証調書に記されています」

この計算式を示されても、力学の専門家でない限り、裁判員には理解できないだろう。それを十分認識しているのだろう。

「なお、これまで述べてきた事実については、弁護側からも異論は出ていません」

真行寺は事故までの経緯については、争うつもりはなかった。

レクサスの車内は鮮血に染まっていた。裁判員への配慮からその写真だけはモノクロに変換されていた。それでも運転席はもちろんのこと、天井、床にも血が染み込んでいる様子が鮮明で、大量の出血があったことをうかがわせる。

「救出された時、大河内は頭をブレーキペダルあたりに突っ込んだ格好でした。鑑定の結果、大量の血は大河内のものでした」

真行寺は、鑑定書から目を離し、飯島を見た。飯島は裁判席に常に目をやり、裁判官、裁判員の表情を観察しながら、証拠調べを進めていたが、その時に限ってメモを机の上に置き、顔を伏せている。意識的に避けていると思われる記述が鑑識結果には記されているのだ。

『床のシートからは大河内の体液が検出されている』

この一行は当然裁判員も読んでいる。あえて触れないのはそれなりの理由があるのだろう。

「先ほど助手席側の状態を映した写真を見ていただきましたが、ドアのガラスは完全に割れています。ひしゃげた窓から加瀬被告が中の様子を見たのは明らかで、つぶれたドアの取っ手付近からは被告人の右手全指の指紋が採取されていますが、一本の指について多いもので三つ、少ないものは一つです」

加瀬はつぶれたドアに手をかけ、中の様子を探ったから当然指紋は付着する。指紋の数の少なさから、加瀬が大河内を救出しようとした形跡がないことを裁判員に印象づけたいのは明白だ。起訴状によれば、すぐにトラックに戻り再度レクサスを押しつぶそうと試みたことになっている。

「加瀬被告は社内の定期健診を毎年受診しています。最近、五年間の診断結果がありますす」

その写しがモニターに出された。これといって問題点は指摘されていない。あえて言うならば、中性脂肪とコレステロール値が少し高めだという程度だ。

石川パーキングエリアから八王子バス停付近まで蛇行運転が続いた。検察側は薬物の影響がないか、あるいは脳に異常がないのか、医学鑑定を、S大学附属病院の神経内科医の木梨太郎《きなしたろう》医師に依頼した。その鑑定書も証拠として採用されている。

「木梨医師には証人として出廷していただく予定になっていますが、結論から先に言うと、蛇行運転に結びつく病的な要因は見つからないというものでした。脳にも蛇行運転に結びつくような器質的病変も存在しないというものです。また尿検査、血液検査からも被告が違法薬物を使用していた形跡はまったく認められませんでした」

飯島は最後に第一事件についてこう結論づけた。

「石川パーキングエリアから八王子バス停までの蛇行運転は、被告の言葉を借りるならば『意識がもうろうとしていた状態で、運転している自覚はあったが、夢の中のできごとのような気がしていた』というものですが、医学的な病変はまったく認められません。

　しかも八王子バス停付近で、待避線から第一車線に進入しようとしている大河内運転のレクサスを発見すると、進路を妨害しようと加速、レクサスの前に出ようと急加速した。それを振り切ろうとレクサスも加速したが間に合わずに運転席側後部ドアに追突され、レクサスは反転し、大破したというものです」

　ここで飯島は着席した。

　福永裁判長は、弁護側の席に顔を向け、「では弁護人、よろしいですか」と聞いた。

「はい」と真行寺が答えると、「お願いします」と言った。

　医学鑑定書は弁護側からも提出されていた。真行寺はG大学附属病院呼吸器内科の赤坂正純《あかさかまさずみ》医師の鑑定書をモニターに映し出した。赤坂医師は睡眠時無呼吸症候群学会の理事のひとりでもあり、睡眠障害のスペシャリストでもある。

「第一事件に関連する証拠は、赤坂医師の鑑定書だけです。赤坂医師は意識がもうろうとした原因は、断定はできないとしながらも、『被告は事故当時、中等症から重症の睡眠時無呼吸症候群に罹患していたものと鑑定できる。トラックの運転中、予兆なく急激に睡眠状態に陥り、本件のような異常な蛇行走行を引き起こした可能性は否定できない』としています。

もう一点、付け加えたいことがあります。被告人が進路妨害をするために加速し、直線走行に変わったとしていますが、進路妨害の事実も想像の域を出るものではありません。進路妨害をした事実はなく、あくまでも過失運転致傷罪を適用すべきだと改めて主張します」

公訴事実の立証責任は検察側にある。真行寺の役割は、飯島の主張する立証では公訴事実は認定できない、検察側の描いた事故のストーリーには疑問が生じると、裁判官、裁判員に思わせることにある。

第一日目の審理はここで終了した。明日からは証人尋問が始まる。闘いはまだ序盤なのだ。

大河内、山田、国東の三人が少年院に収監されていた二年の間、三人の親が加瀬忠の仏壇に線香を上げることは一度としてなかった。親に余裕ができれば、いくらかでも和解金を振り込むという約束だったが、それもなかった。三人が出院してきても彼らから直接連絡があったわけではない。それを知ったのは三人からの振り込みが通帳に記帳されたからだ。

月末には必ず入金があった。しかし、それも三ヶ月が経過すると、大河内、山田の二人は振り込みが遅れ始め、半年が経過した頃から振り込みは完全になくなってしまった。国東だけは約束の金額に満たない月もあったが、必ず毎月振り込みはあった。加瀬は三人の弁護士に電話を入れた。

「彼らが自分で引き起こした事件とはいえ、世間の厳しい視線にさらされてなかなか安定した仕事につくことができないでいます」

どの弁護士も口裏を合わせているかのように同じ言葉を事務的に述べた。加瀬は賠償金が順調に払われるとは思っていなかったが、出院から半年もしないで約束が破綻するとは想像もしていなかった。

彼らの居場所など弁護士に聞かなくても割り出すことは簡単だった。忠のかつての仲間に連絡を取ると、すぐに三人の情報は得られた。

「最初はコンビニのバイトや建設現場で働いていたようですが、やはりあの事件の関係者だとわかると、解雇されてしまい職探しが大変だと言っていましたよ」

大河内らの消息を知っているひとりが教えてくれた。

「それで……」

「大河内はホストクラブで、山田と国東はアルバイトを始めたりクビになったりの繰り返しのようです」

「彼らの住んでいるアパートは知っているのかい」

住所までは知らなかったが、携帯電話とメールアドレスは知っていた。事件当時の住所には、三家族とも世間の視線に耐えきれず、引っ越して住んではいなかった。

加瀬は三人にメールを送り、線香を上げに来るように言ったが何の返事もなかった。

大河内は新宿歌舞伎町の有名なホストクラブで働いていた。

直接話をしてみようと思い、店に行ってみた。夜の九時過ぎだというのに、大河内はまだ出勤していなかった。ホスト見習いなのか、あるいは新人ホストなのか店内の掃除をしていた若いスタッフに尋ねると、出勤は十一時過ぎだという。

再びホストクラブに来ると、リーダー格のホストが出てきて、「男性のお客様は入店をお断りしています」とマニュアル本を読んでいるかのような口調で言った。今度は入口でそっけなく入店を断られてしまった。大河内に会いたい理由を説明しようとしたら、その横を二十代前半の客らしい女性が通り過ぎざま言った。

「オッサン、うざいよ」

客が来たことがわかると、中からホストが一斉に出てきて女性を迎えた。その中に大河内もいた。

「大河内、話があるんだ」加瀬が大声で怒鳴った。

視線が絡み合った。大河内は加瀬をまったく無視して「いらっしゃいませ」とその客の手を取り店内に消えていった。

「シンゴ、今日は盛り上がるぞ」女性客が言うと、「よろしく」という大河内の声が聞こえた。ホストクラブでは「シンゴ」と呼ばれているようだ。ホストクラブは早朝まで営業している。日付が変わる頃までに来店する客はＯＬが多く、深夜から明け方にかけてはホステスや風俗店で働く客が多いらしい。

入口でドアマンをしている見習いホストに聞いてみた。

「シンゴはいつからこの店で働いているんだい」

「シンゴ先輩は他店からスカウトされ二ヶ月前からだけど、あっという間にトップクラスのホストに駆け上って、仲間内では歌舞伎町のレジェンドなんて言われていますよ」

トップクラスのホストになると月給二、三百万円も珍しいことではないらしい。稼ぐというよりも、女性の客から巻き上げているに過ぎないが、約束の金が支払えない状態だとは思えなかった。

加瀬は他の二人の生活ぶりを調べた。山田は最初コンビニで働いていたが、前歴が経営者に知られ解雇されてしまった。それからは建設現場で日雇いの仕事をしたりしなかったりの生活をしていた。家庭は完全に崩壊し、子供の更生を気にかけている余裕などないらしく、山田は安いアパートでひとり暮らしをして、仕事のない時は朝からパチンコ店に入り浸っていた。国東も定職に就いていなかったが、新聞配達から建設現場の日雇いまで、働ける場所を見つけては解雇されるまで働いている様子だ。

加瀬は大河内に会って、約束を守るように言わなければと思った。新宿のホストクラブに大河内が出勤してくるのを通りの反対側にあるコンビニで、雑誌を読んでいるふりをしながらじっと待ち続けた。大河内が女性と親しそうに出勤してきた。

コンビニから出ると、行きかう車を手で制止しながら通りを横切った。夏の暑さは峠を越えていた。しかし、夜になっても繁華街にはエアコンの室外機から吐き出されたような熱気が立ち込めていた。

加瀬が車道から歩道に飛び出ると、大河内は一瞬動きを止めたが、逆流してきた胃液を飲み込んだような顔にすぐに変わった。

「今日は逃げるなよ」加瀬はいっさいの言い訳を許さないといった厳しい表情で言い放った。

大河内は無理に作ったような笑みを浮かべながら「先に入っていてくれますか」と女性の背中をそっと押しながら言った。女性が店に入るのを見届けると、

「金だろう。弁護士からも言われてわかってんだよ。でもしょうがねえだろうがよ、ねえんだから、金が」

腸がよじれるような苦々しい顔で言った。

「お前、法廷で述べたことは忘れていないだろうな」

「だからよ、払うつもりがあっからこうやって働いているっつうんだよ」

加瀬と視線を合わせようとはせずに歌舞伎町の雑踏に目をやりながら、大河内は路上にツバを吐いた。

大河内が反省しているようには思えなかった。法廷で泣きながら述べた言葉はいったい何だったのか。

「今すぐ払えないというなら待ってやるから、約束通り線香くらい上げに来い」加瀬は怒鳴った。突然の怒声に行きかう酔客が加瀬の方を一斉に振り返った。

「うぜえよ、オヤジ」大河内が小声で呟いた。その声が加瀬の耳に入った。

「このヤロー、テメーが更生するというからそれを信じたんだ。いいか、三人して線香を上げに来い。いいな」

そう言い残して加瀬は歌舞伎町の雑踏をかき分けるようにして新宿駅に向かった。三人が線香を上げに来るはずもなかった。殺された忠は無駄死にだ。三人がまっとうな人生を歩んでくれれば、藤宮裁判官が言った通りに命日には必ず忠の墓前に線香を上げに来るだろう。更生した姿を遺族に見せることが何よりの償いだという考えに共感したが、そんな姿を信じた自分が愚かだった。

自宅に戻ると仏壇の前に座り手を合わせた。

「絶対にこのままでは終わらせない。俺は泣き寝入りしないからな」

あの晩、大河内がレクサスを運転し、中央道を走行することを加瀬が事前に知っていたとしても、八王子バス停待避線から出てくるレクサスを狙って、意図的に追突させるなどというのは、到底不可能だ。

レクサスを尾行する他の車があって、大河内の動きを逐一把握していても、それを加瀬に伝える術がない。加瀬の携帯電話の通話記録はすべて調べられ、走行中に通話していた形跡はない。また、トラック車内にも無線機器はなかった。GPSを大河内に覚《さと》られずにレクサスに仕掛けることは可能だが、レクサスからはそうした機器は発見されていない。

依頼人に有利にというのは弁護士に与えられた綱領でもある。しかし、そのためには真実を弁護人は知っておく必要がある。加瀬がすべてを打ち明けているようには思えなかった。

黎明法律事務所を紹介した新聞記事には、真行寺の高校生時代、激しく両親と対立していた事実も書かれていた。加瀬は非行に走った子供を持つ親の気持ちを、真行寺なら理解してくれるだろうと相談に訪れたのかもしれない。

加瀬の話を聞いたが、すべてを納得したわけでない。こんな偶然が起こるとは真行寺自身考えてはいなかった。しかし、弁護士は依頼人が自主的に話した内容を基に、検察側との闘いを構築していかなければならない。その過程で信頼関係が築かれ、それまで明らかにされなかった事実が語られることも珍しいことではない。しかし、そこまでに至らずに結審してしまうケースが圧倒的多数なのだ。

真行寺は公判前整理手続で、レクサスに同乗していた女性客の供述調書を証拠として裁判所に請求してこなかった飯島の対応に疑問を持った。ドライブ中に加瀬に連絡は取れなくても、あの夜、大河内が運転するレクサスが中央道を走行する予定だと、彼女なら加瀬に知らせることができる。彼女以外には考えられない。その女性の供述そのものが取れていないのかもしれない。

ホストクラブになど行ったこともないし、興味もない。加瀬の話だと、大河内は歌舞伎町にあるスターダストというクラブで働いていたらしい。

真行寺は以前住んでいた八王子に野村悦子を食事に誘った。ブラジルにサッカー留学し、ブラジルでプロサッカー選手の経験を持つオーナーが経営する、ブラジルの食事と酒を楽しむことができるスポーツバーだ。料理を作っているのは日系三世の年配の女性だった。

「ＮｏｓｓＡというブラジル料理の家庭料理を楽しめるレストランだ。そこで相談したいことがある」

ＮｏｓｓＡはＪＲ八王子駅からそれほど離れていない場所にある。先に着いたのは真行寺だった。バーはカウンターと五席のテーブル席と小ぢんまりとした造りだった。カウンターに座り、メニューを見ながらカイピリーニャを頼んだ。バーテンダーがブラジルの最もポピュラーな酒だと教えてくれた。

ベースはカシャーサ（ピンガ）というサトウキビから作る焼酎でレモン果汁と砂糖のカクテルだ。

「口当たりがいいので進みますが、ピンガは四十度を超える酒なので気をつけてくださいね」バーテンダーが注意した。

ブラジル風の餃子ともいうべきパステウとポークソーセージのリングイッサを酒のつまみに注文した。一杯目を飲み終えた頃、野村が店に入ってきた。

「紅蠍総長には似合わないずいぶんとトロピカルなお店なのね」

「俺も初めてなんだよ」

野村は真行寺と同じカイピリーニャを注文した。

「強いから気をつけな」

一口飲むと、「おいしい」と言って、グラスを一気に空けてしまった。「もう一つ作ってください」とバーテンダーに注文し、隣の真行寺に「酔っぱらう前に話を聞いておくわ」と告げた。

「例の八王子バス停事故の件で、探ってほしいことがあるんだ」

公判前整理手続の中で、大河内はレクサスにホストクラブの客を乗せていたことがわかっている。その女性客と八王子バス停でセックスをしようとしている最中に喧嘩となり、女性はバス停の階段から一般道に出ている。

「事故前後の様子をその女性から聞き出したい」

「当然、検察が供述書を取り、法廷に証人として呼んでいるんでしょう」

「常識的にはそうなるが、供述書もなければ証人申請も手続き中には出てきていない」

「ということは、供述を拒否しているのかしら……」

「それでエッチャンにその女性の居場所を突き止めてもらい、裁判が始まる前に証言を引き出してほしいんだ」

真行寺は酒が進むと、野村を「エッチャン」と呼んだ。暴走族時代に知り合った頃は、「サトル」「エツコ」と呼び合っていたが、さすがに弁護士になってからは、「エツコ」と呼び捨てにするわけにもいかず「エッチャン」と呼んでいた。しかし、野村の方は相変わらず、周囲に真行寺のクライアントや仲間の弁護士がいなければ、「サトル」と呼んでいた。

「私はそのホストクラブに行って、大河内のレクサスに乗っていた女性を割り出せばいいのね」

野村は二杯目のカイピリーニャを飲むと、「もう一つ仕事を残しているから」と事務所のある吉祥寺に戻っていった。

9　検察側証人

二日目午前中の審理は、捜査にあたった八王子警察署の馬場洋太郎刑事が検察側の証人として呼ばれた。

傍聴席には車椅子に乗った大河内の姿も見られた。記者席に昨日と同じ記者がノートを片手に座っていた。

福永裁判長から宣誓を求められ、型通り馬場は宣誓書を読み上げた。その後、飯島検察官が尋問を始めた。

「あなたの所属を教えてください」

「八王子警察署捜査一係です」馬場の低く太い声が法廷に響き渡る。

「主にどのような仕事をする部署なのでしょうか」

「殺人、傷害事件の捜査です」

「中央道八王子バス停待避線での事故に、捜査一係が捜査に着手する経緯を話していただけますか」

馬場はコクリと小さく頷き、「わかりました」とひとこと言ってから、飯島の尋問に答え始めた。

「平成二十七年十二月〇日午前二時過ぎに事故は発生し、当初は交通事故指導課が担当していました。被害者が重傷を負い、聴取がしばらくできない状態が続いていました。当時から交通事故指導課から疑問が出ていました、これは単なる事故ではないと。というのも蛇行運転のトラックが走行しているという一一〇番通報が午前一時五十分に入りました。その後もいくつもの通報が入っています。目撃者の証言から加瀬被告の運転するトラックは時速八十キロ前後の速度で蛇行を繰り返していたと思われます。ところが八王子バス停付近では、蛇行運転は突然止み、待避線から第一車線に入ろうと加速中のレクサスの進行を妨害しようとトラックは急に速度を上げ、一直線に走行したのです。そのことから交通事故ではないのではという疑問の声が実況見分にあたったスタッフから上がっていました」

「ちょっと待ってください」飯島が馬場の証言を制した。「そのあたりについてもう少し詳しく説明してもらえますか」

「わかりました。蛇行運転というと、睡魔に襲われたり、あるいはなんらかの要因で意識が薄れたりして、ハッとしてハンドルを元に戻し、しばらくすると再びぼんやりとしてきてハンドル操作が緩慢になり、蛇行するというのが一般的です。加瀬被告も八王子バス停付近まではそうした運転が続いたと推測されます。ところがバス停付近からは加速し時速百十五キロで直線走行し、レクサスに追突している。つまりそれまでの蛇行運転のように意識がもうろうとした状態では、そうした走行は無理ということです。直線的に走行するにはハンドルをぶれないように、しっかりと操作しなければならないし、短い距離で時速百キロ以上の速度にするためには、力いっぱいアクセルを踏み込まなければなりません。こうした一連の動作はもうろうとした意識化では到底不可能です」

馬場は一気呵成に説明した。

「つまり八王子バス停付近では被告の意識は鮮明になっていたということですか」飯島が確認するように尋ねた。

「そう考えるのが合理的だということです」

「単なる事故ではないと考えるに至った他の理由はあるのでしょうか」

「あります。それはトラック後輪の顕著な横滑りスリップ痕です」

「どういうことでしょうか?」

「レクサスは時速八十キロ、トラックは百十五キロ、レクサスは衝撃で反転し、ルーフを路面に擦りながらガードレールにぶつかって止まりました。トラックにしても相当な衝撃があったと思われます。加瀬被告は、追突し、その後、現場を通り過ぎる複数の通過車両のクラクションで意識が戻ったと供述していますが、追突した瞬間、その衝撃で意識は完全に回復していると思われます。反転したレクサスに加瀬被告はトラックのアクセルを全開にし、後輪はおよそ三分間以上にわたって空回りし、路面にスリップ痕を残しました。三分間以上アクセルを踏み続ける操作は、意識がもうろうとした状態では絶対にできません。そうしたことから事故ではないのではという声が多数上がっていたのです」

「なるほど、そうでしたか。それですぐ一係が捜査に加わったと理解してよろしいのでしょうか」

「いいえ、そうではありません。交通事故指導課は、被害者の大河内さんの回復を待っていました」

「今日、傍聴席にも大河内さんがおみえになられていますが、彼からの証言で大きく捜査が進展したということでしょうか」

飯島は傍聴席の大河内に視線を投げかけながら訊いた。

「大河内さんの証言によって、捜査一係もこの事件の捜査に加わりました」

「具体的に説明してください」

「交通事故指導課は蛇行運転からレクサスとの追突までを危険運転致傷罪の線で捜査を進めていました。被害者が回復され、事故前後の様子が明らかになり、それからは殺人未遂も視野に入れ、一係がその捜査を担当しました。大河内さんは事故直後、トラックから降りてきた加瀬被告に救出を求めましたが、加瀬被告は運転していたのが大河内さんだとわかると、すぐにトラックに戻り、三分間以上にわたってアクセルを全開にして反転したレクサスを押しつぶそうとしたのです」

大河内は正面の一段高くなっている裁判官、裁判員席にすがるような視線を送っている。真行寺の前に座る加瀬は、後ろを振り向き、「大ウソだよ」と真行寺に小声で告げた。

「それでどうなりましたか」飯島が続けて訊いた。

「四トントラックとはいえ、レクサスを完全に押しつぶすことはできませんでした。すぐに緊急車両のサイレンが加瀬被告の耳にも聞こえてきたのでしょう。加瀬被告はエンジンを切り、トラックから降りて一一〇番通報をしています」

「加瀬被告は何故そのような無謀な行為に出たのでしょうか」

「加瀬被告は、大河内に、いや被害者の大河内さんに、五年ほど前、息子さんを殺されているのです。そのことがあってから被告人は大河内さんを怨み、殺意を持つようになったのです。大河内さんは少年院に二年ほど収容されていますが、出院後は被告人に償いの金を毎月支払うように約束していました。その約束も履行されない。ホストクラブに請求に行っても、大河内さんからはその金が振り込まれてこない。加瀬被告は怒りと不満を増幅させ、その結果、今回の事件を引き起こしたのです」

「被告人が殺意を抱いていた事情はわかりましたが、どうして被告人は大河内さんの乗っている乗用車がレクサスだと知ったのでしょうか」

「被告人は執拗に大河内さんの日常生活をストーカーとなって調査し、レクサスに乗っているところを目撃し、カーナンバーから陸運局で、大河内所有の車であることを確認しています。高級車を乗り回しているのだから、月々の弁済はできるだろうと確信し、それを要求しましたが、大河内さんはそれには応えなかった。そこで被告は、怒りをさらにエスカレートさせていきました」

飯島の尋問によって、加瀬は深い怨みを大河内に抱いていたと、裁判員に強く印象づけるのには成功したようだ。その一方で、加瀬の表情を注意深くうかがい、同情していると思われる裁判員もみられた。

「馬場刑事は、直接加瀬被告の取り調べに当たったのでしょうか」

「はい。被告人は、石川パーキングエリアを出た瞬間から、八王子バス停での事故現場まで、意識がもうろうとした状態が続いていたと述べ、終始一貫事故だという主張をくずしていません」

「それを聞いて、馬場さんはどう思いましたか」

「蛇行運転で大きな事故につながった例をいくつか知っていますが、前を走行する車、中央分離帯、ガードレールにぶつかれば、これまでの例では誰もがその衝撃で意識を覚醒しています。レクサスに追突した後も、トラック運転手が意識をもうろうとさせていたというのは経験則から信じられませんでした」

「被告人はウソを述べていると……」

「ウソとまでは言いませんが信憑性は薄いと思います」

「尋問は以上です」と飯島は着席した。

「弁護人は反対尋問を始めてください」福永裁判長が真行寺の方に顔を向けて言った。

真行寺はゆっくり立ち上がった。

「いくつか弁護人からもお聞きしたいことがあります」

馬場は無言で頷いた。

「トラックを運転していた加瀬被告が、中央道八王子バス停付近で、それまでもうろうとしていた意識が覚醒したという内容を証言されましたが、覚醒したと加瀬被告が証言したという事実はあるのでしょうか」

「ありません」

「では、何故覚醒したとわかるのでしょうか」

「先ほども述べましたが、直線走行、そしてアクセルの踏み込みと、こうした一連の操作はもうろうとした状態では不可能で、覚醒したと考えるのが合理的だということです」

「ということは被告本人も意識が覚醒したとは証言していないし、意識が覚醒したという確たる証拠もないということになりますね」

「もうろう状態で、どうやってハンドルを握りしめ、アクセルを踏み込めるというんだ……」馬場が愚かな質問をするなと言わんばかりに答えた。

「裁判長、異議があります」間髪容れずに飯島の声が法廷に響いた。「弁護人の質問は反対尋問から逸脱しています」

「私は覚醒したと考えるのが果たして合理的なのか、疑義があるのでそれを聞いているのですが……」真行寺が反論した。

福永裁判長が答えた。

「その点については、加瀬被告の健康状態を診た鑑定人をお呼びすることになっています。弁護側の主張はその時にお聞きしますので、次の質問に移ってください」

真行寺は裁判員の表情をうかがった。覚醒したとする証拠など、脳波でも取っていない限り証明しようはない。しかし、直線走行、急激な加速が明白であれば、常識的には検察側の主張が認められるだろう。裁判員の表情からも真行寺の尋問内容に訝る様子が見て取れる。

「では加瀬被告の意識は戻ったとしましょう。レクサスの進路妨害をするために加速していますが、双方ともブレーキ痕が見られません。これはどういうことでしょうか」

「加瀬被告は何としてもレクサスを止めたかったのでしょう」

「それで加速したということですね」

「そう思います」

「しかし、レクサスも加速しているし、進路を塞ぐことができないと判断すれば、咄嗟にブレーキを踏むのではないでしょうか。加瀬被告は無事故無違反で、ゴールド免許保持者です。いくら行く手を阻もうと思っても、意識が覚醒しているのだったら反射的にブレーキを踏むのが自然ではないでしょうか」

「被告は何としても運転しているのが誰なのか確かめたかったのです」

「しかし、大河内さんが運転している可能性が大だとしても、車内には他にも誰か乗っていた可能性がある。実際、八王子バス停まではホストクラブの客が同乗していた。そうしたことはいっさい考えずに加瀬被告はアクセルを踏み込み、行く手を塞ごうとしたわけですか」

「そういうことになりますね」

「では、大河内さんが運転するレクサスは何故ブレーキを踏んでいないのでしょうか。迫ってくるのはトラックです。ブレーキを踏めば、前方を塞がれるかもしれませんが、追突は回避できたかもしれないのに……」

「大河内さんはホストクラブの客と喧嘩別れし、一分でも早く都内に戻りたいと思い、レクサスを加速させ、迫ってきたトラックには気づいていたが、トラックより先に第一車線に出られると判断したためです」

飯島がこらえきれないのか唇の端に微かな笑みを浮かべている。ブレーキ痕がみられないのを、加瀬被告の意識が戻っていないことの傍証にしようとして、真行寺が反対尋問をしていると、飯島検察官は考えているのだろう。しかし真行寺の目的はそこにはなかった。

「加瀬被告がレクサスを運転しているのは大河内さんだと気づいたのは、追突後だったということですが、では大河内さんはトラックの運転手が加瀬被告だと、いつ気づいたのでしょうか」

「それは追突直後、大破したレクサスの車内に閉じ込められていた大河内さんが、トラックから降りてきた加瀬被告に救出を訴えた時です」

「大河内さんと、加瀬被告との間にどのようなやりとりがあったのでしょうか」

「『助けてくれ、早く救急車を呼んでくれ』という大河内さんに対して、『やはりお前か。助かるといいなあ』とまるで他人事だったそうです。声がしなくなったと思ったら、トラックのエンジン音が聞こえてきて、強い衝撃と同時に排気ガスやタイヤが空転する音と焦げる臭いがしたそうです」

「レクサスの車内に閉じ込められていたのは大河内さんひとりだとわかると、加瀬被告はトラックに戻り、このまま事故に見せかけて、レクサスを押しつぶそうとした。こういうことですね」

「そうです」

真行寺の質問は、加瀬の殺意の存在をわざわざ裁判員に印象づけるものだった。

「八王子バス停までは助手席に同乗者がいたようですが……」

「はい」

それまで自信に満ちた調子で答えていた馬場の声が少しうわずったように、真行寺には感じられた。

「ホストクラブの女性客の名前はなんという方ですか」

「桑原麻由美さんという方です」

「喧嘩になってレクサスから降りて、階段で一般道に出てしまったそうですね。車内でどのような喧嘩があったのでしょうか」

「桑原さんが車内でのセックスを要求し、そのためにバス停待避線に入って停車させたようです」

「喧嘩の原因は何だったのでしょうか」

「大河内さんはあと一時間も走れば、目的地の富士吉田に着くからと、セックスを拒否したら桑原さんが急に怒りだして、車内に飛び出してしまったそうです」

「弁護人からの尋問は以上です」

これまでの法廷なら、次の証人が証言台に立つが、福永裁判長が言った。

「裁判所の方からも証人に質問があります。五番裁判員、どうぞ」

五番は二十代の女性だ。二日目も、原宿の竹下通りで見かけるアニメのコスプレに身をつつんでいた。奇抜なファッションで裁判員席に座り、他の地味な服装の裁判員からはひとりだけ、法廷にはそぐわない雰囲気を醸し出していた。

「大河内さんとホストクラブに来る女性客との喧嘩ですが、セックスしなかったことだけが原因なの？」

「そうです」

馬場が煩わしそうに答えた。

「本当にセックスがしたくなったのであれば、八王子インターで下りれば、インター付近にラブホはいくらでもあるよ。次の相模湖インターで下りたとしても、そこにもラブホはある。本当にセックスが原因で喧嘩になったんですか」

五番裁判員の質問が興味本位に思えたのか、隣に座る六十代の四番裁判員は蔑むような目で、五番裁判員を見つめた。

「喧嘩の原因は、その場でセックスに応じなかったことが原因です」

「私、先日事件があった午前二時頃、中央道八王子バス停から階段で下りてきたあたりを歩いてみたの。八王子郊外の住宅街で、近くには昼間ならタクシー、バスが走る大きな通りがありました。でも夜は車の通りも極端に少なく、いくら喧嘩になったからとはいえ、女性があんな場所に下りてしまうのは不自然だと思えるの。やはりそれだけひどい喧嘩になったということなんですか」

「大河内さんがなんとか取りなし、止めるのも聞かずに一般道に出てしまったそうです」

五番裁判員はまだ何かを聞きたかったようだが、福永裁判長が言った。

「それでいいですね」

五番裁判員は六人の中では最も若い。若さのためか、物おじすることを知らない。突飛な質問には見えるし、本人にその自覚はないだろうが、真行寺には最も核心を突く質問をしているように思えた。

午前中の法廷は、馬場刑事に対する主尋問、反対尋問で終了した。

午後からは二人の医師が証言台に立つ。

最初は検察側の証人としてS大学附属病院の木梨太郎医師が証言することになっていた。福永裁判長が早速宣誓を求めた。宣誓が終了すると、飯島が訊問を始めた。

証言台に立った木梨は五十九歳、眼鏡をかけて温厚な印象を受ける。

「木梨先生の職業を教えてください」

「S大学医学部教授です」

口調も穏やかで、余計な不安、ストレスを患者に与えないように長年接してきた結果、そうした口調になったのだろう。

「木梨先生のご専門は何でしょうか」

「神経内科で、S大学附属病院では患者の治療にあたっています」

「神経内科というのが一般的にはわかりにくいのですが、精神科、精神神経科、神経科、心療内科などとどのように違うのか、簡単で結構ですから説明していただけますか」

「これらの診療科はいずれも精神的な問題、うつ病や躁病、あるいは統合失調症などを扱う科です。また、心療内科は精神的な問題が原因で体に異常をきたしたような病気を扱う科です」

「それらの科と神経内科は何が異なっているのでしょうか」

「神経内科はこれらの科と異なり、精神的な問題からではなく、脳や脊髄、神経、筋肉に病気があり、体が不自由になる病気を扱います」

「もう少し具体的に説明していただけますか」

飯島は裁判員にも木梨教授の説明を、十分に理解してほしいと考えているのだろう。

「わかりました。人が体を動かしたり、感じたりすることや、考えたり覚えたりすることがいつも通りにできなくなった時に、神経内科で診察を行います。症状としてはしびれ、めまい、力が入らない、歩きにくい、ふらつく、つっぱる、ひきつけ、むせる、しゃべりにくい、ものが二重に見える、頭痛、勝手に手足や体が動いてしまう、もの忘れなど多岐にわたります。神経内科でどこにその症状の原因があるのかを見極めることが重要になります」

「つまりなかなか原因のわからない症状の本当の原因を突き止める科といってもいいのでしょうか」

「ザックリ言えばそういうことになるでしょう。神経内科の診断で、脳腫瘍や脳動脈瘤などが見つかれば、患者は脳神経外科に送られる。脳を見ることによって認知症が見つかれば、神経内科で扱うことになります。ただ認知症などは、精神科と神経内科どちらでも診る病気です」

「たとえば、意識障害なども神経内科の範疇に入るのでしょうか」

「はい、その通りです」

「意識障害というのは、どのような症状を指していうのでしょうか」

「なんとなく意識がはっきりしない、ぼんやりしている状態が続く、すぐに寝てしまい起こしてもなかなか起きないなどの症状が急に起こった時は意識障害が疑われます」

「今回の被告のように、意識障害が突然発症して、蛇行運転が始まるなどということも起こりうるのでしょうか」

「当然考えられます」

「それらの原因について、神経内科のご専門の木梨先生はどのようにお考えになっているのでしょうか」

「一概には言えないのですが、原因の多くは脳の病気から発生していることが考えられます。その他の病気も考えられますが、まずは脳の器質的病変を疑います」

「木梨先生には加瀬被告の診断に当たってもらいましたが、意識障害、蛇行運転を引き起こすような原因は何か見いだせたのでしょうか」

「脳の器質的病変は見つかりませんでした。蛇行運転につながるようなその他の要因も、神経内科の医師としては、見つけることはできませんでした」

「加瀬被告は健康であると考えてよろしいのでしょうか」

「いや、そこまで言い切ることはできません。あくまでも神経内科として診察すると、異常は見つけられなかったということです」

「検察官の尋問は以上です」

飯島は満足そうな表情を浮かべた。

「弁護人から何かありますか」

真行寺は立ち上がり「ありません」と答えた。

「ではこのまま続けて弁護側の証人をお呼びしたいと思います」

赤坂正純医師が証言台に立ち宣誓書を読み上げた。赤坂医師はＧ大学附属病院呼吸器内科の医師だ。年齢は五十七歳、テレビなどにもよく出演し、社会的にも知名度の高い医師だ。

「赤坂先生は呼吸器内科がご専門ということでよろしいのでしょうか」

真行寺が尋問を始めた。

「呼吸器内科というのは呼吸器疾患のある患者さん専門に扱うセクションです。具体的には、慢性閉塞性肺疾患、気管支喘息、呼吸器感染症、間質性肺炎、肺癌などで、私の専門は睡眠時無呼吸症候群です」

「私たちも新聞やテレビでは睡眠時無呼吸症候群という病名をよく耳にしますが、具体的にはどのような病気を指すのでしょうか」

「肥満や扁桃腺肥大などの原因で、睡眠中に気道閉塞が生じ、呼吸停止が頻出する病気です。簡単に言ってしまうと、睡眠中に無呼吸が繰り返される病気で、体に様々な障害を起こします。日本国内には約二百万人がこの睡眠時無呼吸症候群に罹患していると言われ、肥満傾向の四十代から六十代の男性に多いとされています」

「この病気の特徴についてご説明していただけますか」

「本人の自覚がないまま、夜間脳波に覚醒反応が頻繁に生じ、深い眠りが得られずに、その結果、ある程度の時間寝たと本人が自覚したとしても、睡眠の質が悪いために、昼間に急激な眠気が出てきたり、集中力が落ちたり、記憶力が落ちたり、意識が不鮮明になってしまう病気です」

「加瀬被告は、蛇行運転をし、危険運転致傷罪に問われています。石川パーキングエリアから八王子バス停の間、七・五キロを蛇行運転したとされていますが、睡眠時無呼吸症候群の症状が出た場合、もうろうとした状態で運転したという可能性も考えられるでしょうか」

「症状がその区間に現れたかどうかの鑑定はできませんが、その可能性は否定できないと思います」

「加瀬被告が睡眠時無呼吸症候群にかかっていなかったかどうかの鑑定をお願いしましたが、そうした診断はどのように行われるのでしょうか」

睡眠時無呼吸症候群の確定診断を行うためには、睡眠ポリグラフ検査（ＰＳＧ）や睡眠潜時反復検査（ＭＳＬＴ）を行う。前者は脳波、呼吸、いびき、心電図などのセンサーを被験者の身体に取りつけ、睡眠中の眠りの深さや無呼吸の回数、程度を測定する検査だ。後者は夜間の眠りに対して次の日にどれだけ眠たいかを客観的な数値で表すという検査だ。九時から十七時まで二時間おきに二十分間被験者に暗い部屋でベッドに入ってもらい、どのくらいの時間で入眠するかを測定する。

「これらの検査を加瀬さんに対して行いました」

「その結果はどのようなものでしたか」

「睡眠ポリグラフ検査は夜間の睡眠中、一分に一回のペースで無呼吸症が現れ、最低酸素飽和度も、健康な人なら九五パーセントから一〇〇パーセントになるのに対して、加瀬さんの場合、夜中には七〇パーセントにまで落ちていました」

無呼吸あるいは低呼吸が、一時間当たり五回以上で睡眠時無呼吸症候群と診断され、五から十五回までが軽症、十五から三十回は中等症、三十回以上は重症と診断される。

「睡眠潜時反復検査では、健康な人の場合の睡眠潜時、ベッドに入ってから入眠までの時間が平均十分以上とされていますが、加瀬さんの場合は最短で三分、平均でも四・三分と極めて強い眠気がデータに現れています」

「それで加瀬被告の診断はどのような結果なのでしょうか」

「重症の睡眠時無呼吸症候群に罹患していると診断しました」

「いつ頃から発症していたかということはわかるのでしょうか」

「体形は七、八年間くらい変わっていないということなので、その頃から発症していた可能性が考えられます。ただ本人の生活環境などのお話を聞くと、ひどくなったのは五年前くらいからだろうと思います」

「五年前というと、被告の長男が大河内さんらによって殺害された頃ですね」

「加瀬さんのお話では、その頃から熟睡しても疲れが取れないと感じる日が多くなったということですから、睡眠時無呼吸症候群をさらに重症化させる要因の一つになっていたと想像できます」

「確認のためにあえてお聞きしますが、事件当日の夜、加瀬被告は睡眠時無呼吸症候群にかかっていたとお考えになりますか」

「はい」

「そうであるならば、蛇行運転の要因に、睡眠時無呼吸症候群は考えられるでしょうか」

「トラックの運転中、予兆なく急激に睡眠状態に陥り、それが蛇行運転につながった可能性を否定することはできないと思います」

「弁護人からは以上です」

真行寺は、木梨医師とは違った視点から行われた赤坂医師の鑑定結果を提示し、蛇行運転は睡眠時無呼吸症候群の予期せぬ症状が引き起こしたものだと裁判官、裁判員に訴えた。

「検察官から反対尋問はありますか」

「はい」

飯島は自信たっぷりにひと際大きな声で答えた。

「検察官からもいくつか質問させていただきます。睡眠時無呼吸症候群の検査ですが、赤坂先生のご説明でよくわかりました。その症状が運転中に現れた可能性があるというお話でしたが、そうした症状は病院のベッドの上で行われた検査時に現れたものであって、極度の緊張感が求められる高速道路の走行中には、病院での検査と同じように現れるとは考えられないのですが、差異はないのでしょうか」

赤坂はすぐに答えた。

「確かに高速道路、しかも夜間であることから緊張感が増して、症状が出にくくなる要因にはなりますが、その一方で夜間の高速道路は交通量も少なく、また信号もありません。運転動作そのものが単調になる傾向があり、そうしたことから睡眠時無呼吸症候群の症状がむしろ出やすくなると考えられています」

「加瀬被告にその症状が現れていたとしてですね、百十五キロという猛スピードで走行、レクサスを一瞬にしてひっくり返してしまうほどの衝撃で追突し、それでもなおかつ睡眠時無呼吸症候群の症状が継続するなどということが現実に起こりうるものなのでしょうか」

「事故の衝撃がどのくらいで、ドライバーにかかる負担がどのようなものなのかというのは私の専門外ですが、睡眠時無呼吸症候群の患者は一般的には眠りが浅いとされ、たとえば空気の流れを変えたり、それが冷気であったりすると強い刺激となり覚醒する傾向が見られます」

「つまり今回の場合、激しい衝撃、衝突音などによって、覚醒した可能性があると考えてよろしいのでしょうか」

「そう考えても不自然ではありません」

「これまで多くの睡眠時無呼吸症候群のドライバーが事故を起こしたケースを鑑定され、またG大学附属病院で多くの患者さんを治療されてこられたと思いますが、今回のように睡眠時無呼吸症候群にかかったドライバーが車を運転中に、突発的に入眠状態に陥ったケースというのが、これまでにあったのでしょうか」

「私自身はそうしたケースには遭遇していませんが……」

赤坂は海外で報告されているケースを披露するつもりだったようだが、飯島は福永裁判長に向かって言った。

「検察官からは以上です」

真行寺は立ち合いと同時にけた繰りで土俵に倒れた力士のような心境だった。

10　ホストクラブ

野村悦子は新宿歌舞伎町にあるホストクラブ、スターダストを訪れることにした。ホストクラブなどに入った経験はない。こういう時に力を発揮するのがユーコだ。渡部裕子《わたなべゆうこ》は千葉県の資産家に生まれた。両親は離婚し、長男と長女は父親と暮らすことを選択、母親はまだ幼かったユーコを連れて家を出た。

母親は家事、育児よりも、父親と同様に事業に関心があった。離婚時の財産分与で得た資金を元手に、スーパーマーケットを始めた。主婦の目線で品ぞろえを充実させ、低価格で商品を提供し、大手スーパーと並ぶ売上高を上げていた。

長男、長女の結婚式には、ベンツをそれぞれ結婚祝いに贈ったほどだ。経済的には恵まれた環境でユーコは育ったが、育児はお手伝いさん任せで、ユーコは母親の手料理を一度も食べたことがなかった。高校生の頃から繁華街を徘徊し、高校は退学になり、母親から渡されたクレジットカードを使って西新宿のホテルを泊まり歩き、ホストクラブにも頻繁に出入りしていた。

覚せい剤にも当然のように手を染めた。覚せい剤を手に入れるためにキャバクラで働き、現金が手に入ると、その金で覚せい剤を購入し、ホテル暮らしを続けた。それでも母親はユーコには何も言わなかった。

キャバクラで働いて手に入れる金だけでは足らずに、ユーコは自分でも覚せい剤を売るようになった。その頃、野村悦子と出会った。

ユーコから覚せい剤を買って薬物依存症になり、抜けられなくなった娘の親からの依頼で、その娘を薬物依存症の自助グループに入所させる仕事を請け負ったのだ。

当時のユーコはろくな食事も摂らずに覚せい剤に溺れ、やせ細っていた。ユーコに覚せい剤を売るなと言ったところで、ユーコは売り続けるし、買う客はいくらでもいるのだ。ただはっきりしているのは、使い続ければいずれ警察に逮捕されるか、幻覚、幻聴に脅え、心のバランスを欠いて自殺に追い込まれるかだ。

「ボロボロになって死んでもいいなら売人続けな。でもシャブよりもっといい気持ちになりたいと思ったら訪ねてきて」

野村はユーコに名刺を渡した。

野村はそのことをすっかり忘れていたが、ユーコが突然オフィスを訪ねてきたのだ。母親のところにも戻れず、バッグの奥にヨレヨレになった名刺が残っていて、訪ねていくところが愛乃斗羅武琉興信所しか思いつかなかったらしい。

ユーコは意味不明のことを口走り、重症の薬物依存症だった。

「刑務所で薬抜くか、知り合いの自助グループでやるか。まだ生きていたいのならどちらにするか選んで」

ユーコは自助グループを選択した。

「一年間薬物に手を出さないでいられたら、シャブより面白いものを教えてあげるよ」

ユーコを千葉市にある野村の友人が運営する自助グループに預けた。それから一年後、自助グループを運営する友人から連絡をもらった。

「ユーコが一歳の誕生日を迎えたよ」

覚せい剤を止めてから三百六十五日間が経過したという意味だ。野村はユーコを興信所のスタッフに迎えた。ホストクラブでの情報収集などはユーコの出番なのだ。

野村はスターダストで聞き出すべきことをユーコに伝えた。

「要するにシンゴっていうか、大河内壮太に夢中になっていた客の名前を割り出せってことでしょう。真行寺先生の依頼は」

「そういうことね」

「任せてよ」

ユーコはかつての仲間に電話をかけまくっていた。

その夜、ユーコの頼みで、野村は高級ブランドで身をつつんだ。同じようにユーコも気合の入ったたいで立ちで現れた。

ホストクラブというところは、女性の美醜よりも金の匂いにつられてホストが客に群がってくるところらしい。経済的には恵まれていた生活をしていたというのはユーコの装飾品を見てすぐにわかった。時計はカルティエの二百万円もするミスパシャ、リングはカルティエパンテールラカルダで五百万円以上する。

「ユーコ、代表の私より目立ってどうするのよ」野村が笑いながら言うと、

「私は代表みたいに中身がない人間だから、モノでごまかすしかないの。モノでしか判断できない男の対応は私に任せて」

ユーコは覚せい剤にもいっさい手を出さなくなったが、アルコール類も絶対に口にしない。

「アルコールが一滴でも入ると、タガがはずれるから」

車は真行寺のポルシェをユーコが借りてきた。

「今日の夜は私が運転手を務めさせていただきます。ホストを相手にアルコールの方は代表にお願いします」

吉祥寺のオフィスを出たのは夜の十時過ぎだった。ポルシェを運転し、ユーコは慣れたハンドルさばきで新宿区役所通りに入り、風林会館の角を左折した。店が入っているビルの前に来ると、エンジンを止めた。携帯電話をかけると、すぐに三人のホストが出迎えにやってきた。

「スゲー、まじヤバイっすね」

車好きのホストなのだろう。野村とユーコはポルシェを降りた。

「近くの駐車場に止めてきて」

二人は三階にあるスターダストに入った。中はかなり広いスペースで大きなソファに女性客ひとり、ホストが二人から三人付いて接客していた。二人が案内されたソファに腰を下ろすと、すぐに店長が挨拶に来た。まだ三十歳前後だろう。

「本日はご来店ありがとうございます。店長の小宮山《こみやま》と言います。権藤《ごんどう》さんから直接電話があり、お話を承っております」

権藤というのは、新宿歌舞伎町のホストクラブを取り仕切っている元ホストで、権藤が経営していたホストクラブで働いていた連中がそれぞれ独立し、ホストクラブの経営に乗り出していた。権藤の意向に逆らって店を出してもその多くは数ヶ月で廃業に追い込まれてしまうらしい。その権藤とユーコはつながっているようだ。

「シンゴと親しかったホストをご希望されているとお聞きしているのですが……」

「頼むね」

小宮山はユーコの要望に応えてホストをセレクトしてくれるらしい。

小宮山がテーブル席を離れると、すぐに三人のホストが二人のところに現れ、野村、ユーコの二人を挟むように座った。小宮山のところにポルシェを駐車場に止めてきたホストが戻り、小宮山にキーを渡しているのが見えた。ユーコがポルシェに乗ってきたことを報告しているのだろう。

　小宮山がキーを持ってテーブル席に戻ってきた。

「キーをお返しします。お飲み物はいかがなさいますか」

「ドンペリ一本空けるから」

　ユーコがそう言うと、野村の左横に座ったホストが、肩に手をまわしてきて「盛り上がろうぜ」と話しかけてきた。

「君、名前は？」

「トムっす」

　野村はクスッと笑った。

「おかしいっすか、富夢って書きます」

　なるほどと思った。ホステスが本名ではなく源氏名を名乗るのと同じなのだろう。野村とユーコの間に座ったホストは由宇志《ユージ》で、ハーフのような顔立ちをしている。もうひとりは麗偉《レイ》と名乗った。

　ユーコから滲み出てくる雰囲気は、ホストクラブに通ってくる女性に共通するものがあるのだろう。三人はすぐに打ち解けている。しかし、野村に異質なものを感じ取っているのだろう。

「銀座か、六本木辺りっすか」

野村は富夢が何を聞いているのか最初理解できなかった。ユーコがすぐに間に入ってくれた。富夢は、野村を銀座か六本木のホステスだと思ったらしい。

「私の仕事上のチーフ、一部上場企業、皆も名前を言えば知っている企業役員のお嬢さん。ホストクラブに行ってみたいと言うから、私がお連れしたたっていうわけ」

ユーコは当たり障りのないウソを即座に並べたて、その場をやり過ごした。間もなくドンペリニヨンが運ばれてきた。五つのグラスにシャンパンが注がれた。ユーコは一緒に乾杯はしたが、グラスをすぐにテーブルに置いた。三人のホストは一気に飲んでしまった。早くボトルを空にして、もう一本頼ませる魂胆のようだ。

「シンゴって、ずいぶん売れていたらしいね」ユーコが早速口火を切った。

「ひと頃は歌舞伎町のレジェンドと呼ばれ、このクラブに来る客全部をさらわれてしまったっすよ。僕なんかホントひどい目に遭ったたっすよ。皆、シンゴ、シンゴって、あいつを指名するんだから」

富夢のギャラも急激に落ち込んだ。

「俺もそこそこイケてると思っていたけど、シンゴには完敗」

麗偉も同じように客を奪われたようだ。

「由宇志はどうだった」野村が尋ねた。

「私はシンゴにかわいがってもらった方で、同じテーブルに着かせてもらい、それなりにいい思いをさせてもらいました」

由宇志の口調は他の二人とは違って、大人びた話し方をする。

「あなたはハーフなの？」

野村が聞くと、うれしそうにニコリと笑った。三人の中ではいちばん整った顔立ちをしている。人間の顔は左右まったく対象ではない。しかし、由宇志の顔は左右対称で、整い過ぎているのだ。整形手術を施しているのだろう。

「こんな顔立ちしているから、こいつ結構もてるんだよ」麗偉が間に入ってくる。

「でも、由宇志はまじめすぎるっす。営業をまったくしないから」

「なんで？」すぐにユーコが聞き返す。

「面倒なんだって」麗偉が代わって答えた。

営業とは店外で、客と食事をしたり映画を観たりすることで、時にはセックスの対応もするらしい。

「まじめっていうわけではありませんが、客と接するのはホストクラブ内だけで、プライベートの時間は自分の好きなように過ごしたいだけです」由宇志が答えた。

「由宇志の売り上げは可もなく不可もなくで、店長からもう少し気合を入れろなんてクレームがくるんだよ」麗偉が諫めるように由宇志に言った。

由宇志は何も答えずににこやかな表情を浮かべているだけだ。由宇志には、他の二人とは異質な雰囲気を野村は感じていた。口調や言葉を選びながら話す様子からは大学で学んでいるのか、卒業したのか、高学歴を思わせる。しかし、それだけではない違った体臭のようなものを由宇志はかもし出している。

「ところでさ、シンゴに夢中になっていた客がたくさんいたようだけど、中でも本気で入れ込んでいた客が二人いるって聞いたけど、その二人、どんな女なのか、あなたたち知らない」ユーコが単刀直入に聞いた。

由宇志が答えろとでも言うかのように、麗偉も富夢も由宇志に視線を向けた。

「店長からも知っていたら話してやってくれって頼まれたけど、客の話を他の方に話すのは問題でしょう」

「そんな堅いこと言いっこなしっすよ。それにあの二人、シンゴが事故ってから店に来てないっしょ」富夢が情報を提供するように促した。

由宇志は相変わらずにこやかな表情を浮かべているが、話をしようとしない。

「ひとりはシンゴに夢中で車を贈ったって話で、もうひとりはストーカーだったっていう話を聞いたけど……」麗偉が誘い水を向けてくれた。

「レクサスを贈ったのは魔李杏《マリアン》って女っす。ストーカーはたしかマユミとか言ってたような気がするけど……」富夢が名前をあげた。

それでも何も話そうとしない。野村がシャンパングラスを空けると、由宇志が野村のグラスに注いだ。

「ありがとう。二人の電話番号だけでも教えてくれるとうれしいんだけど……。別にあなたから聞いたって言わないから」

「私にも一杯いただけますか」

野村は由宇志のグラスにシャンパンを注いだ。それをおもむろに飲みほすとグラスをテーブルに置き、足を組み替えて野村の方に向きを変えた。顔を耳元に寄せて、

「そんな客の話より、野村さんの話を聞かせてくれませんか」と囁いた。

野村が何も答えないでいると、左手を野村の膝の上に置いた。野村はシャネルのシルクワンピースを着ていた。好きにさせていると、左手が太腿をまさぐり始めた。手首が隠れるところまで入ると、野村は由宇志の左手をつかみ、太腿から引き出した。野村は由宇志の左拳を力いっぱい握りしめ、自分の股間の上に置いた。ユーコは何が起きているのかがわかっているので冷静に見ているが、富夢と麗偉はこれから何が起こるのか興味津津といった顔をしている。

野村はダイエットと健康を兼ねて、格闘技ジムに通い、日系ブラジル人からブラジリアン柔術を学んでいる。

野村が由宇志の耳元に口を寄せ、囁く。「二人の連絡先、教えてくれる」

由宇志の顔が青ざめていく。由宇志が何も答えないでいると、野村はさらに力を込めた。

「止めて、痛いわ・」

にやけた顔でなりゆきを見守っていた二人が、突然水をかけられたような表情で由宇志を凝視した。野村の手を振り切ろうとするが、野村はさらに力を込めた。由宇志は苦痛のためにソファからずり落ちた。右手でスーツのポケットからスマホを取り出した。

「ユーコ、教えてくれるって」

野村の声にユーコもすぐにスマホを取り出した。

二人の連絡先をかすれるような声で由宇志が告げると同時に、ユーコは入力した。

「ありがとう」野村は手の力を緩めた。

立ち上がった由宇志は真っ青な顔をしてテーブルから離れていき、二度と戻ってこなかった。

由宇志がテーブルを離れると、二人はさらに雄弁になった。

「聞いた、今の?」麗偉は幽霊でも見たように目を見張った。

「聞いたっすよ、『痛いわ』っすからね。噂はホントかも……」富夢は有名芸能人のスキャンダル現場を目撃したように嬉々としている。

「何、噂って」ユーコが聞いた。

「いや、由宇志の元職場は歌舞伎町じゃなくて二丁目だったっていう話っすよ」

「別人になるような整形して、それでずいぶんと金をかけたとかで、その返済をするためにホストクラブに出稼ぎに来ているって話は俺も聞いたことがある」

二人の話を総合すると、ハーフのような顔立ちに惹かれて客が集まってくる。由宇志目当ての客を接待するホストの中に大河内が紛れ込んだ。大河内もファッションモデルでもしていそうな容貌とスタイルだ。金を持っていそうな客に大河内が近づき、由宇志の分も営業を引き受けていたようだ。

「由宇志はクラブに戻ってくるのかしら」野村は少し心配になった。

「彼には本来の戻る場所があるから問題ないですよ」

ひとり競争相手がいなくなったのを喜んでいるふうにも見える。

「そうっすよ、ゲイがホストクラブで働いてどうするっていうの。ホストをナメるなっちゅうの。こんな話が外に漏れたら、スターダストの客が激減するのは間違いないっす」

野村は二人に感謝されてしまった。複雑な思いを抱いてスターダストを出たが、とにかく大河内に夢中になっていた二人の客については連絡先が得られた。四十三万円の飲食代は黎明法律事務所に請求することにした。

野村は早速ひとり目の客を調査することにした。名前は魔李杏でマリアンと読むらしい。風俗店かキャバクラで働いているとしか思えない名前だ。

愛乃斗羅武琉興信所から夕方七時過ぎに由宇志から聞いた携帯電話番号に電話してみた。

「はい」と返事があったが、名前も言わないでこちらの出方をうかがっているようなので、「愛乃斗羅武琉興信所の野村と申します」と名乗ってみた。

「だれっ」

野村はもう一度名前を告げた。

「何の用？」

「スターダストのシンゴについてお話を聞きたいと思って電話しました」

「あんた、警察」

魔李杏の会話はぶつ切りで脈絡がない。

「ある人の依頼で、シンゴの身辺を調査しています」

「警察も話を聞きに来たけど、あんた、ホントは警官かなんかじゃないの」

「違います」

「ところで、あいつはどうしているの」

「昨年末大きな事故に遭っていますが、すでに退院はしていると思います」

「そうなんだ。警察にも聞いたけど、あいつら聞くだけで何も教えてくれない」

「一度、お会いしたいのですが」

野村は丁重に頼みこんだ。

「いつがいい」

「近いうちにお会いできればと思います」

「じゃ明日、新宿のサザンタワーホテルのラウンジで、五時にどう」

「では明日、サザンタワーホテルのラウンジで会いましょう」

約束の時間より少し早めに野村はラウンジに着き、席を確保した。コーヒーを頼み終わった頃、魔李杏らしき女性がエントランスに立った。大きめなサングラスをかけ、コートを脱ぐと胸が開き、谷間を強調するようなワンピースを着込んでいた。しかもパープルレッドで、それに合わせているのか髪までパープルレッドに染めている。

野村は魔李杏の携帯電話を鳴らした。手に持っているスマホをすぐに取った。やはり彼女だ。野村は立ち上がり、手を振ると、魔李杏が歩み寄ってきた。

「興信所の人？」野村の前の椅子に腰かけながら聞いた。

「そうです」野村は名刺を渡した。

名刺を見て言った。「暴走族みたいじゃん」

「元暴走族です。今は趣味で走っているだけ」

「へー、見かけとずいぶん違うんだ」

魔李杏は妙な感心の仕方をした。

コーヒーをオーダーした。運ばれてきたコーヒーを一口飲み、調査の理由も聞かずに、魔李杏が逆に尋ねてきた。

「それで何が聞きたいの？」

「ご存じかもしれませんが、あなたがプレゼントしたレクサスで富士吉田に向かう途中、トラックと追突事故を起こして、彼は瀕死の重傷を負いました。誰と何のために富士吉田に行こうとしたのか、それを調べています。差し支えなければ、何故、あのような高級車をシンゴに贈ったのか、その理由から聞かせてくれますか」

「あんた、ホストクラブで遊んだことある？」

野村が答える前に魔李杏が言い放った。

「ないでしょう。風俗やキャバクラに来る男とエッチしたこともないでしょ。そんな仕事をずっと続けていると、こっちも金で男を自由にしたくなるんだよ」

魔李杏はサングラスを外そうとはしない。おそらく三十歳は過ぎているだろう。いつ頃から風俗やキャバクラで働いてきたのか、化粧でごまかしてはいるが、年齢よりも老けた印象を受ける。

以前、ヤクザの愛人をしていた女性を、両親の依頼で別れさせる仕事を請け負った。愛人は売春まで強要されていた。女性を連れ戻し、両親と再会させた時、その老け方に両親が絶句した。

「売春をすると倍速で老けるんだ」

両親にそう呟いた女性の言葉をふと思い出した。

「シンゴはルックスも私好みだったし、金で簡単にどうにでもなる男だったから、くれてやったんだ」

「あんな高級車を、ですか……」

「元はと言えば、あの車は客の男に貢がせたものだよ」

モノを代償に男と寝る女は、モノを代償に男を抱いても抵抗がないのだろう。いつからそうした仕事を生業にしてきたのかわからないが、本人が気づいていないだけで、殺伐とした雰囲気がふんぷんと漂ってくる。

「セックスもまあまあうまいし、最初は十万、二十万円って小遣いを渡して遊んでいたけど、あたしもあいつに惚れた弱みで……」

「それでレクサスをプレゼントしたというわけですか」

「まあね。ねだられると断れなくて、金も百万円の束を渡したこともあったよ」

野村は絶句するしかなかった。

「ところでさ、あいつ、なんであんな場所で事故ったのよ。それ知っていたら教えてよ」

「いずれ裁判で明らかになっていくと思いますが、レクサスの助手席に乗せていた女性と喧嘩になり、女性は八王子バス停から一般道に下りてしまい、走り出したところをトラックに激しくぶつけられたようです」

「そうなんだ。でも、自業自得だよ。助手席に乗せていた女って、あのつきまとっている麻由美とかいう女だろ」

「知っているんですか」

「ろくに金も使わないくせに、時々、スターダストに来て飲んでいたよ。店に来ても二十分か三十分で帰ってしまうし、ストーカーみたいで怖くなるって、シンゴはこぼしていたけど」

「何故、そんな女性をレクサスに乗せていたのでしょうか」

「あんただってそう思うだろう。麻由美だってそれほど美人じゃないし、若いだけだろ。何故なのかあたしが聞きたいくらいだよ。今度会ったら聞いてみるよ」

「もうあの店に、今まで通りには行けないと思います」

「どうしてよ」

「多分、これからずっと車椅子生活になるかも」

魔李杏は驚きもしなかった。

「まあ、自業自得か。あんた、あいつと会う機会はあるの」

「まだ会ってはいませんが、いずれ会うことにはなるでしょう」

「あいつに言ってやってくれる。まだ役に立つんだったら、あたしが相手してやるって」

　野村は返事に窮した。

「その代わり、一回のセックスにつき百万円払えって、それも忘れずに伝えてよ。そのくらいの金は十分に払えるくらいあいつの懐に入っているよ。セックスができないんだったら、あの麻由美とかいう女に介護してもらいなって」

「どういうことでしょうか」

「レクサスをあいつの名義に変える時、保険代理店のやつを呼んでさ、自動車保険だけではなく、傷害特約付き生命保険もいちばん高い保険に加入させてやったんだよ。そんな大ケガなら数千万円があいつに振り込まれているはずだよ」

　その後、麻由美をスターダストで見かけたことがないのかを確認したが、魔李杏自身、スターダストには行っていなかった。

「違う店でいい男を見つけたんだ。こっちはまだ二十歳そこそこで、あたしの言うことを聞く素直さがあるんだよ」

魔李杏は嬉しそうな顔をしてみせた。

「もういいかい」

魔李杏の出勤時間が迫っているのだろう。

「これから十一時まで歌舞伎町のキャバクラで働くんだ」

冷たくなってしまったコーヒーを一気に飲んだ。カップにパープルレッドの口紅がべっとりついた。口紅を取り出すと、周囲の視線などまったく気にならないのか、手鏡を見ながら塗り始めた。

「一件目は十一時までだけど、二軒目のキャバクラは午前三時くらいまでやっているんだ」

それだけではなく客と店外の営業もこなしているのだろう。そうして得た金を大河内に貢いできたのだろう。

テーブルを離れていく魔李杏の後ろ姿が妙に悲しげに見えた。

11　目撃証言

審理三日目は午前十時開廷、検察側の証人尋問から始まった。ここからは殺人未遂罪に関係する証人が出廷することになる。

この日最初の証人は塩野元気《しおのげんき》だった。三十二歳、独身。神奈川県相模原市相模湖町在住、八王子にあるネクタイを生産する織物会社に勤務している。日野市豊田に住む婚約者と会って、相模湖町に帰る途中だった。

宣誓した後、証言台に塩野が立った。ネクタイ生産工場で働いているせいか、紺系統のスーツにやはり紺の下地にシルバーのストライプの入った洒落たネクタイを締め、ビジネスマン然としている。

「事故のあった当日、塩野さんはどちらから中央道に入られたのでしょうか」飯島が塩野の緊張を解きほぐすかのように簡単な質問から始めた。

「八王子インターからです」

「婚約者と会われていたようですね」

「そうです。彼女はＪＲ豊田駅に近いマンションでひとり暮らしをしていて、結婚式の日取りとか、新居探しなどで打ち合わせることが多く、それが終わって自宅に戻る

「いつもなら甲州街道、つまり二〇号線を使うのですが、早く帰って寝なければと中央道を使いました」

「いいえ、あの日は結婚式場をどこにするかで相談が長くなってしまい、いつも中央道を使われるのですか」

ところでした」

「豊田にある彼女のマンションを出たのは何時くらいだったか覚えています」

飯島の尋問は、ボクシングの試合でいえばそれまでは軽いジャブを繰り出しているに過ぎない。この辺りから本格的なアッパーやフックの応酬が始まる。

「午前一時半を過ぎていたと思います」

「どうして午前一時半とわかるのですか」

「彼女がもうこんな時間だと、一時半になるよって言ったのを覚えています。彼女は立川の駅ビルにあるファッションブランドに勤務しているし、私は彼女のマンションに泊まるつもりだったのですが、翌日の会議の資料を家に置き忘れたので、どうしても帰宅しなければならなかったんです」

「それで一時半過ぎに彼女のマンションを出たわけですね」

「はい」

「車はどこに駐車しておいたのでしょうか」

「マンション近くのコインパーキングです」

飯島が裁判官席に向かって言った。

「塩野さんの車、ホンダフィットですが、証拠としてコインパーキングの記録を提出してあるので、それをごらんになってください」

飯島はリモコンを操作してモニターにその記録を映し出した。

「午後六時四十三分から翌日の午前一時四十一分まで駐車してあったのが、塩野さんのフィットです。この時間まで駐車していたのは塩野さんのフィットで間違いありませんね」

「はい、間違いございません」

「その後、どのようなコースを辿って中央道には入られたのでしょうか」

「すぐに甲州街道に出て、八王子市大和田町四丁目の交差点を右折して八王子バイパスに入り、さらに中央道に入りました」

「中央道に入ったのは何時だったか覚えているでしょうか」

「時計を見ながら運転しているわけではないので、正確な時間はわかりません」

「だいたいこれくらいではなかったかというのでも結構ですから、答えていただけますか」

塩野は少し考えてから答えた。

「だいたいでいいなら、多分二時前後ではなかったかと思います」

「そうですね。塩野さんのETCカードの記録によれば、八王子インターの料金所を通過した時間は午前二時五分となっています。それで中央道に入った時の道の混雑具合はどうでしたか」

「何度も中央道を走っていますが、深夜二時などという時間帯に走ることはめったにありません。深夜はこんなに空いているのかって驚くほど、交通量は少なかったです」

加瀬のトラックが蛇行運転を続け、多くの後続車両は巻き添え事故を恐れ、トラック後方で渋滞が起き始めていたのだ。

「合流地点ではスムーズに本線に合流できたのでしょうか」

「はい。追い越し車線を一台の車が、猛スピードで通り過ぎたような記憶がありますが、前方にも後方にも車はなかったと思います」

「塩野さんは時速何キロくらいの速度で中央道を走行したのでしょうか」

塩野はそれまでは飯島の尋問に言い淀むことなく答えていた。しかし、この質問にだけは一瞬、躊躇した。

「だいたいで結構です」

「多分八十キロくらいだったと思います」

深夜の空いている高速道路を法定速度で走っている車両などあるはずがない。塩野は偽証すれば罰せられるという宣誓を気にしているのだろう。

「八王子インターから八王子バス停までは五・二キロ、八十キロで走行すれば五分足らずで八王子バス停に着きます。塩野さんがバス停を通りかかった時の様子を教えてくれますか」

「はい、トラックが乗用車に追突したばかりのようでした」

「乗用車はどんな状態でしたか」

「一瞬見えただけですから詳しくはわかりませんが、ひっくり返ってルーフを下にしていたと思います」

「あなたはそれからどうしたのでしょうか」

「速度を落とし、事故現場を通り過ぎ、過ぎた瞬間、フィットを加速させました。事故現場を見たら、怖くなったというか、ガソリンにでも引火したらこちらも巻き添えになると思ったんです」

「それで加速して現場を離れたということですね」

「はい」

「一一〇番あるいは一一九番には通報しましたか」

「いいえ、していません」

「それはまたどうしてですか」

飯島は通報しなかったことを責めているような口調で問い質した。

「スピードを落として現場を通り過ぎる時、トラックから運転手が降りてくるのが見えたからです。運転手がすぐにするだろうと思いました」

塩野は通報しなかった理由をひときわ大きな声で答えた。

塩野は婚約者と結婚式に向けて招待客への通知などの準備に追われ、忙しい日々を過ごしていた。引火すれば大惨事になりかねない。現場を一刻も早く通り過ぎたいと思っても、それを責めることなどできない。

「運転手は負傷していたでしょうか」

「通り過ぎる一瞬なので負傷していたかどうかまではわかりませんが、多分電話くらいできるだろうと思ったのは、トラックの運転席からステップを使わずに、飛び降りた運転手が見えたからです」

「あなたはその運転手の姿を見て、一一〇番通報は運転手自らがするだろうと考えて、危険から自分の身を守るために加速して事故現場を離れたということですね」

「そうです」

「その時刻を覚えているでしょうか」

「さきほども言いましたが、とても時計を見ている余裕なんてありません」

「では、正確な時間はわからないようですが、八王子インターに入ってから四、五分が経過した頃現場を通りかかったということですね」

一瞬、間を置いてから塩野が答えた。

「その通りです」

「検察側の尋問は以上です」

「では、弁護人、お願いします」福永裁判長が真行寺の反対尋問を促した。

「弁護人からもいくつか質問させていただきます。ETCカードに記録されている八王子料金所通過の時間は午前二時五分ですが、中央道本線に入ってからの速度は法定速度で走行というのは間違いないでしょうか」

「はい」

「塩野さんはいつ免許を取得されたのでしょうか」

「二十歳の時です」

「それ以来、無事故無違反でこられたのでしょうか」

「異議があります。弁護人の質問は本件からまったく逸脱していると思われます」飯島が無駄な質問をするなと言わんばかりに、異議を唱えた。

「裁判長、午前二時五分に料金所を通過した塩野さんの車が事故現場に到達した時間は、八王子警察の検証調書を元に午前二時十分頃とされていますが、その時間に疑問があるので質問しているのですが」

「どうぞ、続けてください」福永裁判長が真行寺の反対尋問を認めた。飯島が不満そうに唇を噛みしめた。

塩野の目撃証言が大きく影響して、トラックとレクサスの追突は午前二時九分頃とされた。

「塩野さん、お答えください」真行寺が促した。

「他の車に追突された、いわゆるもらい事故はありますが、私が事故を起こしたことはございません」

「そうですか。では、交通違反についてはいかがですか」

「免許を取ってから、十年以上が過ぎていますが、駐車違反が三度だか四度、それにスピード違反で二度、切符を切られたことがあります」

「飲酒運転などはいかがでしょうか」

「ありません」塩野はきつい口調で答えた。

「八王子料金所を過ぎて、それほど空いていたのなら法定速度でなくてももう少しスピードを出して走行した可能性はありませんか。私だったら間違いなく百キロ走行ですね」

裁判員から失笑が漏れた。現実的には高速道路を法定速度で走っている車両の方が少なく、法定速度で走行すれば、車の流れを遮る結果になり、かえって事故を誘発する可能性が高くなる。

「それは少しくらいオーバーしたことはありますよ」塩野はふてくされた。

「塩野さん、この法廷はあなたの速度違反を問題にしているわけではありません。あなたのフィットが八王子バス停を通り過ぎた時間を正確に導き出したいと思っているのです。もし八十キロ以上であれば、午前二時十分より早く現場を通り過ぎていることも考えられますが……」

「時計を見て運転しているわけではないので正確なことはわかりません。八十キロ以上出せば多少は早く通過するでしょう」

「そういうことになりますね。では、バス停まで法定速度以上の速度で走ったことはないでしょうか」

塩野は黙り込んでしまった。

「どうなのでしょうか」真行寺が返事を求めた。

「普通に法定速度で走ったと思いますが……」

「途中、トイレに寄ったとかはありませんか」

「異議があります。八王子料金所を過ぎれば、次は藤野パーキングエリアまでサービスエリアはありません。弁護人はいたずらに法廷の審理を遅らせているだけです」

「裁判長、弁護人としては先ほど申し上げたように塩野さんのフィットが現場を通過した時間に疑義があるので、それを確かめたいと思って尋問をしています。なお、八王子料金所を過ぎてすぐ左手に料金所に付設されたトイレがあり、一般車両も使用が認められています」

休日で渋滞が起きている日など、観光バスは八王子料金所横のトイレを利用する。パーキングエリアでロスする時間を最小限に抑えるためだ。真行寺も改造車で走りまわっていた頃にはよくそのトイレを利用した。

「異議を却下します。質問を続けて」

「塩野さんはそのトイレを使用されませんでしたか」

「トイレは彼女のマンションですませてきました」

裁判員が苦笑した。

しかし、塩野の証言通りであれば、フィットはもっと早く現場を通過していなければならない。真行寺は検察が主張している午前二時九分事故発生という事実が不確かなものであることを裁判員に印象づけることには成功したと思った。

「弁護人からは以上です」

「ではここで十五分間、休憩を取ります。再開は十一時十五分からとします」福永裁判長が言った。

加瀬は刑務官に手錠と腰紐をつながれて法廷を出た。

休憩後、法廷が再開され、検察側の二人目の証人は渡昌弘、二十三歳だった。事故当時、渡は都内大学に通う学生だった。Nシステムから判明した八王子インターから入ってきた塩野運転のフィットの横を猛スピードで走り抜けていった車両を運転していたのが渡だった。渡が運転していたのはスズキのアルトで軽乗用車だった。

渡は宣誓をすませ、落ち着かない表情で証言台に立った。

「事件当日、渡さんは新宿から首都高速道路に入っていますが、どちらに向われていたのですか」飯島が質問した。

「甲府です」

「新宿インターに入った時間、そして事故現場を目撃した時間は覚えているでしょうか」

「そうしたことはまったく覚えていません」苛立たしそうに渡が答えた。

「学生のあなたが、甲府に行かなければならない急な用事でもあったのでしょうか」

「両親は離婚し、私は母親に女手一つで育ててもらい、大学も今年の三月に卒業しました。母親はがんで胃の摘出手術を受けましたが、予後がおもわしくなくて、私は何度もアパートと甲府の病院を行ったり来たりしていました。あの晩も、実は夕方、甲府から戻ったばかりでした。深夜の一時近かったかと思いますが、母の容体がおもわしくないという連絡が病院から入って、それですぐに甲府まで戻らなければならなかったのです。時間的に電車で行くのは無理で、軽乗用車は私のものではなく、事情を知っている友人から借りたものでした」

「お母さんの容体が悪化し、病院に呼ばれたということですね」

「はい」と渡は答えたが、ぶっきらぼうな口調に聞こえる。

「石川パーキングエリアを過ぎたあたりの交通量はどうだったでしょうか」

「夜中にもかかわらずノロノロ渋滞が発生していました」

「それで渡さんはどうされました」

「こんな夜中に誰かが事故を起こしたと反射的に思いました。第一車線、追い越し車線ともにノロノロで、一分でも早く甲府へ着きたいと思った私は違反覚悟で路側帯を走りました」

「路側帯を走っていたら、どうなりましたか」

「第一車線、追い越し車線を走る先頭の二台の車が申し合わせたように三、四十キロくらいの速度で走っていました」

「渋滞の先頭に出たわけですね」

「はい」

「それからどうされたのですか」

「路側帯から第一車線を走り、すぐに百キロくらいに加速したと思います」

「渡さんが運転するアルトの前を走っている車は見えましたか」

「トラックがよたよたしながら走っているのが見えました。渋滞の原因はそのトラックだと思いました。ヤバイと思い、少し車間距離を空けました」

「甲府の病院に一刻も早く着かなければと思っていた渡さんはそれでどうされたのでしょうか」

「八王子インターで下りて二〇号線を走るか、あるいはこのまま中央道を走ろうか躊躇し、いったんスピードを落としたのですが、八王子の第一出口、第二出口を通過してしまった。それにトラックの先に出てしまえば、大丈夫だろうと速度を上げました」

「トラックはあなたの視界にずっと入っていたのでしょうか」

「速度を落とした時は視界からトラックは消えていました」

八王子インターの下り線の合流点から間もなく中央道は左に大きくカーブする。カーブを曲がり切って間もなく八王子バス停がある。

「でも、すぐに事故車両が目に飛び込んできました」

「あなたはその現場を目撃したのでしょうか」

「見ましたが速度を落としていたわけではないし、本当に一瞬だけ見たにすぎません。だからこうした場に呼ばれて目撃証言をと言われても困るんです」

渡が苛立っているのはどうやら強引に法廷に引き出されたことが理由のようだ。

「乗用車がどういう状態だったか見えましたか」

「トラックが斜めになってガードレールに突き刺さっているように見えましたが、乗用車がどうなっていたかまでは確認していません。トラックの後輪が激しく空回りしているのが、一瞬ですが確認できました。事故に遭われた方には申し訳ないと思いますが、今言った通り、車は友人から借り受けたもので、もし、事故車両から火が出て、こちらの車に燃え移れば、友人に新車を戻さなければならないし、私にはそんな経済的余裕はありません。母の容体も気になっていました。だから追い越し車線に入り、猛スピードで現場を走り去ったんです。安全な場所まで来て、路側帯に止めて一一〇番通報しました。その後は病院に駆けつけたい一心で甲府に向かいました」

渡が一一〇番通報した時刻が二時十三分だった。

飯島の尋問はそれで終わった。

真行寺はそっと立ち上がり、裁判長に向かって言った。

「反対尋問を一点だけしたいと思います」

「どうぞ」福永が言った。

「事故現場を通り過ぎ、甲府の病院に着いて、お母様の様子はいかがだったのでしょうか」

真行寺は事件とは関係ない質問を渡に尋ねた。

飯島が「異議あり」と言うかと思ったが、さすがにこの時ばかりは控えたようだ。

「死に目には会えました」

「それはよかった。私も母親をがんで失っているもので、気になりました」

渡の表情が少し穏やかになったように見えた。

「それでは弁護側から一点だけお聞きします。あなたが事故現場を通り過ぎた時、バックミラーに映る後続車両はあったのでしょうか」

「ありませんでした」

渡は物差しで測ったように明快に答えた。

「はっきりないと言い切れるのはどうしてでしょうか」

「事故現場が視界に入り、急ブレーキをかけました。トラック前方とガードレールの間に車があるようで、そのあたりから真っ白な蒸気が噴き上がっているのが見えたんです。おそらくラジエーターの水が漏れたんだろうと思います。止まりはしませんでしたが、後続車に追突されるのではと思い、バックミラーを確認したんです。ここで止まったら確実に甲府に着くのが遅れると思い、すぐに加速して追い越し車線を突っ走って、トラックの横を通り過ぎました」

「もう一度確認のために質問します。あなたが現場を通り過ぎたすぐ後に塩野さんの運転するホンダフィットが迫ってきているのですが、それと思しき車両のヘッドライトは見えなかったということですね」

「はい、見えませんでした」

「以上です」

真行寺は自分の席に座った。

検察側の主張は午前二時九分に事故発生、その直後午前二時十分に最初に渡運転のアルトが、同じ二時十分台に二番目に塩野が運転するフィットが通過し、塩野は加瀬がトラックから飛び降りたのを目撃している。そのために一一〇番通報はしていない。渡の通過後、一分もしないで塩野も通過しているはずなのに、渡は後方から迫ってきているはずの塩野のヘッドライトは確認していない。

事故発生は二時九分で、塩野の現場通過を二時十分にしないと、検察の主張は崩れる。真行寺は検察側が導き出した事故発生時刻は、極めて不確かなものだという印象を裁判官、裁判員が抱くように努めた。

「裁判長、今の証言について、検察官として確認したいことがあります」

「どうぞ」福永裁判長が尋問を認めた。

「八王子インターを過ぎると下り線は、八王子バス停手前で大きく左にカーブします。カーブを曲がり切る前もやはり車のヘッドライトは見えなかったのでしょうか」

「いや、それは覚えていません。私は事故現場を確認し、急ブレーキを反射的にかけ、後続車両が気になったのでバックミラーを確認したんです」

「以上です」飯島が裁判長に言った。

飯島検察官の立場としては、事故発生の時刻に疑問を持たれるような証言はすべて打ち消していく必要があるのだ。

法廷は再び休憩に入り、昼食後午後二時から再開されることになった。


午後の法廷で証言するのは、あと二人だった。まず中平肇《なかひらはじめ》の妻、里美《さとみ》二十七歳が証言台に立った。里美は専業主婦で、二人は長野県の温泉に向かっていた。長野で午前中は観光し、午後からはゆっくり温泉につかる予定だったという。

宣誓後、では「検察官、よろしいですか」と福永裁判長が飯島に尋問を開始するように言った。

「中平肇さん、里美さんご夫婦の事件当日のことをおうかがいします。どちらから出発され、目的地はどこだったのでしょうか」

「千葉県市川市に住んでいて、市川インターから長野まで行く予定でした」

「ご自宅を出られたのは何時くらいでしたか」

「ちょうど日付が変わる頃で、夜中の十二時くらいだったと思います」

「ずいぶん遅い時間に出発したんですね。何か理由があったのでしょうか」

「旦那は夕方まで働いていて、二、三時間しか寝ていないので、途中、運転を交代しながらゆっくり目的地に着けばいいと、それで交通量の少ない夜に出発したんです。私たちの趣味は温泉巡りで、午前中に長野に着いて、個室風呂の日帰り入浴に入り、その後は観光して予約してあるホテルに入る予定でした」

「八王子バス停付近、つまり事故現場を通過する時の状況をお聞きします。石川パーキングエリアを過ぎた頃の交通状況はどうだったのでしょうか」

飯島の尋問に中平は即答した。

「それまでは市川インターからそれほど混んでいることもなく順調に流れていました。でも石川パーキングエリアを過ぎると、ノロノロ状態の渋滞というほどではなかったのですが、車が一定の車間距離を置いて、徐行しているといった状態でした」

「その時は誰が運転していたのでしょうか」

「旦那です」

「徐行運転を見てどうしたのでしょうか」

「もし事故が発生していて、そのための渋滞だったら八王子インターを下りて、二〇号線を使って走ろうって旦那と話していました」

「でも八王子インターでは下りなかったのは何故ですか」

「八王子で下りようと思って、空いた車間距離を縫うようにして走ったんですが、事故車両は見えなかったので、おかしいなと旦那と話しながら、結局先頭に出てしまった。事故もないようなので速度を上げたら八王子バス停が見えてきたんです」

「事故を起こしたトラックが見えたわけですね」

「はい、旦那が事故だって叫び、私も身を乗り出して前方を見ました。居眠り運転か何かで、ガードレールに突っ込んだのではないかと思いました」

「どうしてそう思われたのですか」

「後方から見たら、ガードレールに三十度くらいの角度で突っ込んでいました」

「それでどうされたのでしょうか」

「事故直後っていう感じでこれからどうなるのかわからない。もう八王子インターには引き返せないし、そこで止まってしまえば、事故車両が片付くまで足止めをくってしまう。その場を一分一秒でも早く通り過ぎてしまおうと、それで旦那がスピードを上げました。トラックに急にバックでもされたら大変だと思い、旦那はクラクションを鳴らしっぱなしでした」

「その時、あなたはスマホで写真を撮影していますね」

「助手席で友人にメールを打っていたんです。すごい事故なので通り過ぎる時、写真を撮ろうと通過する時にシャッターを押しました」

「その時の写真がこれです」

飯島は中平里美が撮影したスマホの写真をモニターに表示した。運転中の車内から撮影し、速度が出ていたために画像は鮮明ではない。しかし、トラックの運転席が映っていた。運転席の加瀬はハンドルに突っ伏すでもなく、通常に運転している状態で映り込んでいたのだ。

画像からは加瀬がハンドルを握り運転しているようにも見える。

「中平里美さんはトラックの運転手を自分の目で確認されたのでしょうか」

「いいえ、私は運転手を自分の目で確認しているわけではありません。交通事故現場に通りかかるなんて、めったにないことだし、こんな大事故だとはわからずにシャッターを押したんです。後で写真を見て、トラックとガードレールの間にひっくり返った乗用車があるのを知ったくらいです」

「さて、この写真を中平さんが撮影した時間ですが、映像のプロパティから十二月〇日午前二時十五分五十六秒と記録されています。この時間に間違いないでしょうか」

「スマホの記録にそう出ているのであれば、その時間に間違いありません」

飯島はこの時間まで加瀬はアクセルを踏み込み、レクサスを押しつぶそうとしたと裁判官、裁判員に主張しているのだ。

飯島の中平里美に対する尋問は終了した。

真行寺の中平への反対尋問は、スマホで撮影した時の現場の状況についてだった。

加瀬が運転していた四トントラックの荷台はジュラルミンで被われている。写真に写っているのは運転席と荷台の中央部までくらいだった。

「写真にはトラック後方から流れてきたのか、写真に写る荷台の部分に白い煙のようなものが見えますが、これはタイヤが高速で空回りし、路面との摩擦で生じた煙なのでしょうか」

「私は写真を撮っただけなので、そこまでの詳細はわかりません」

「そうですか。では、現場を通過する時、ゴムが焦げるような臭いはしなかったでしょうか」

「確かにゴムを燃やしたような臭いが立ち込めていました。窓は閉めていたのですが、臭いました。事故車両からガソリンが漏れて、引火したら大変だと旦那が言って、思い切り加速して現場を離れました」

「以上です」

真行寺は写真のプロパティに記録されている午前二時十五分五十六秒まで、加瀬がトラックを運転、アクセルを踏み続けたと、検察と同じようにその時間を再確認し、裁判官席に座る九人に印象づけた。

真行寺の主張が検察側と異なるのは、加瀬がトラックを意識のもうろうとした状態で八王子バス停付近まで運転し、追突後もそのままの状態でトラックのアクセルを踏み続けたという点、トラックとレクサスが追突した時間、そして殺意の有無だ。

最後の証人は、大橋義郎《おおはしよしろう》、六五歳だ。法廷を意識してなのか、グレーのスーツに茶系統の地味なネクタイを締めている。すでにリタイアして、現在は山梨県上野原町に居を構え、事故のあった夜は、かつての同僚が亡くなり葬儀を終えて帰宅するところだった。

飯島は石川パーキングエリアを通過した頃の様子を質した。

「もう年も年なので、高速道路を走行する時は、私は邪魔にならない程度の速度で第一走行車線を日ごろから走るようにしています。中央道は走り慣れている道ですが、やはり深夜であり、疲れもあったのでかなり抑えた速度で走行していました。私の車の何台か前に石川パーキングエリアからトラックが入ってきました。蛇行運転は一目瞭然で八王子インターを下りて二〇号線を使って帰ろうかと思いましたが、妻のことが心配で、中央道を下りずにそのまま走行しました」

「奥様が心配だったというのは？」

「最近、軽度の認知症と診断され、もの忘れがひどくなってきたんです。火の不始末が心配なので、ストーブはいっさい使わずエアコンを使用し、料理もＩＨ調理器にしましたが、それでもやはり心配だったので、高速を使って帰ろうと考えたしだいです」

「それで八王子インターでは下りずに速度を落として車間距離を取って走行したわけですね」

「はい。何台かは私のように速度を落として走行しましたが、蛇行運転のトラックが先行しているなどとわからない後続車両に次々に追い抜かれ、そうした車はクラクションを鳴らしっぱなしでトラックを追い抜いていきました。トラックは居眠りだと思いました。そのクラクションで目を覚ますはずだから、それまでは速度を落として走ろうと思いました」

「大橋さんの運転する車が八王子バス停に近づいた時はどんな状況だったのでしょうか」

「事故が起きたのは一目瞭然で、私は事故現場から五十メートルくらい離れた先の場所に車を止めて、走って現場に戻りました」

「トラックの運転手、レクサスの運転手はどうしていたのでしょうか」

「私が車を降りた時、事故現場を見ると、暗くてはっきり見えたというわけでありませんが、運転手さんは携帯電話で通報していました」

「それから大橋さんはどうされたのでしょうか」

「そばまで来るとトラックの運転手さんは警察に電話中でした。すぐに話が終わり、何か手伝うことがないかを聞きましたが、とても人の力ではレクサスの運転手を引っ張り出すことができない、警察にも通報したので、今すぐに来てくれるから大丈夫だという返事でした。運転手さん自身にケガがないかを確かめましたが、ケガはないと聞き、自分の車に戻り、念のために私も一一〇番通報し、もうすぐ救急車が到着するという返事だったので、現場を離れ自宅に戻りました」

「大橋さんの警察への通報は午前二時十七分で、正確には加瀬被告より三十秒ほど後でした。それで警察車両はすぐに到着したのでしょうか」

「自分の車に戻り、発進させようとしたらサイレンの音も聞こえてきたし、赤色灯も見えたので、後は警察が対応してくれるだろうと、その場を離れました」

大橋は終始落ち着きはらい、事故当時の記憶を詳細に証言した。

真行寺も改めて聞くべきことはなかったが、あえて二点だけ確認した。

「トラックの運転手の加瀬さんですが、意識ははっきりしていたのでしょうか」

「私の質問にもすぐに答え、警察への通報が終わると、後続車のほとんどが関わりにならないように走り去っていくなかで、いろいろお気遣いいただきありがとうございますと丁重に礼を述べてくれたくらいですから、意識ははっきりされていたと思います」

「もう一点、中平さんにもお聞きしたことですが、タイヤの焦げる臭いは現場に残っていたのでしょうか」

「ゴムの焦げた臭いはかなり強く漂っていました」

これで真行寺は反対尋問を終えた。

加瀬がトラックのアクセルを踏み続けていたのは、二時十六分前後まであることははっきりした。

争点は、何時からアクセルを踏み始めたかだ。そして、本当に大河内の安否を確認した後、トラックに戻りアクセルを踏んだ事実があるかどうかだ。

この二点を検察側の主張通りに裁判官、裁判員が認識するようであれば、加瀬は殺人未遂の罪をかぶることになってしまうのだ。

12　カーセックス

野村悦子は真行寺に呼び出された。八王子にあるブラジルレストランのＮｏｓｓＡが気に入っているのか、真行寺は待ち合わせ場所にそのレストランを指定してきた。野村がレストランに入ると、真行寺はカウンターでブラジルの酒、カシャーサをオンザロックで飲んでいた。

「報告書、読んだ。ありがとう」

スターダストのホストから得られた情報はすぐに報告していた。野村は真行寺の隣に座り、ビゴージ（口ひげ）というニックネームのバーテンダーにカイピリーニャを注文した。

ホストの由宇志から麻由美の連絡先をうまく聞き出せた。麻由美は大河内が運転するレクサスに乗り、事故直前まで大河内と車内にいた女性だ。

「何かありそうな気がするんだよな」

真行寺が腑に落ちないといった様子で野村に言った。

「何かありそうなら、当然検察が呼ぶでしょうよ」

野村はカイピリーニャを半分ほど飲んだ。口当たりがいいが、喉が焼けるように熱い。

「麻由美と大河内との間でどんなやりとりがあったのか、八王子バス停で喧嘩別れしたのは何時だったのか。麻由美の証言は、加瀬の無実を証明するためには必要であり、重要になってくるんだ」

「麻由美を証言台に立たせたいわけね」

「そうなんだ。引き受けてもらえる？」

「サトルの依頼を、私、断ったことなんてなかったでしょう。総長の命令は絶対だって言ってたでしょう」

「それは昔の話だろう、まあ、頼む。ただし、今回のようにホストクラブでの情報収集は止めてくれよな。黎明法律事務所が日の出を見る前に、店じまいをするようになってしまうから」

「そうなったらポルシェを手放せばすむ話よ。うちの事務所で仕事に使うのはすべて軽乗用車、燃費はいいし、小回りはきくし、張り込み、尾行にもってこいよ。なんなら私の改造車を貸してあげようか」

野村はプライベートで乗り回すのはもっぱらオートバイで、四輪の乗用車にはまったく興味がない。真行寺とデートに行くにも、野村はポルシェの助手席にも乗ろうとしないで、目的地で合流するくらいだ。

き揚げた。

「魔李杏と同様に桑原麻由美の件、とにかくいそいでくれ」

黎明法律事務所からの依頼内容を聞き、後はブラジルの肉料理を堪能して二人は引き揚げた。

野村悦子は由宇志から聞き出した麻由美の携帯電話に電話を入れた。魔李杏と同じように水商売の世界で生活している女性だと思い、野村は夕方の四時過ぎから電話してみたがつながらなかった。

しかし、夜の八時過ぎに相手から電話が入った。

「昼間、何度も電話をいただきましたが、どのようなご用件でしょうか」

探るような口調だった。

「麻由美さんですか」と聞いても、彼女は名乗らずに「どちら様ですか」と聞き返してきた。

愛乃斗羅武琉興信所代表の野村と告げ、中央道八王子バス停待避線で起きた事故について、加瀬邦夫被告の弁護人からの依頼を受けて調査中と告げた。

「その件でしたら八王子警察署に呼ばれてすべてを話してきました」

「それは承知しています。ただトラックの運転手、加瀬邦夫さんが単なる交通事故にもかかわらず殺人未遂の犯人にされそうになっています。警察、検察の取り調べだけではなく、事実を知るために調査しています。どうか会って直接お話を聞かせてください」

「事件になっているのは私も新聞を見て知っています。でも、トラックとレクサスが衝突したのは、私が車を降りてからのことで、事故の現場を目撃しているわけではありません。ご期待にはそえないと思います」

麻由美の口調からはキャバクラや風俗で働くような女性だとは思えない。

「もう一つ、事故の件だけではなく、大河内という人物についても聞きたいことがあります」

麻由美はなかなか会うとは言わなかった。

「加瀬邦夫さんは無罪の可能性があります。弁護人は無罪を確信していますが、加瀬さんの無罪判決を勝ち取るためにもあなたの協力が必要なんです」

口の重い麻由美の様子から電話を切りたがっているのが伝わってくる。懇願する野村に折れて麻由美は会うことを承諾してくれた。

会話内容を誰にも知られたくないからと、麻由美は会う時間と場所を、午後八時に自宅アパートでと指定してきた。

約束の日、麻由美のアパートを訪ねた。

練馬区大泉町にある二階建てのアパートだった。都心に近いマンションにでも住んでいるのかと野村は思っていたが、ひとり暮らしのＯＬが暮らしていそうな駅からも近く、人通りの多い場所にあった。

麻由美の部屋は二階にあり、表札は桑原と記されていた。呼び鈴を押すと、すぐにドアが開いた。

「野村さんですか」

麻由美の声に頷くと、「どうぞ」と中へ迎えられた。１ＤＫの独身用の部屋だ。ＤＫには小さな丸いテーブルと椅子が二つ、小さな冷蔵庫が置かれているだけだ。寝室にはシングルのベッドが壁際に設えられて、女性らしくピンクのベッドカバーでおおわれ、窓のカーテンも薄いピンクだった。ベッドの反対側の壁には、衣装ケースと化粧台、テレビ、三段のプラスチック製収納ケースが置かれていた。

収納ケースの上には額に入れられた写真と小さな地蔵の焼き物が並んでいた。

「狭いところで申し訳ありません」麻由美が言った。

質素な暮らし向きが部屋の雰囲気から伝わってくる。

二人はベッドをソファ代わりにして座った。麻由美は男性週刊誌のグラビアから飛び出してきたような可憐さと、リンゴを二つに割ったようなみずみずしく白い肌をしていた。

魔李杏によれば、スターダストを訪れては、短い時間だけ大河内を指名して、ストーカーのような客だということらしい。しかし、麻由美がホストクラブに通っているとは思えなかった。

麻由美は小さな折り畳み式のテーブルを広げ、冷蔵庫からコーラのペットボトルを出し、コップに注ぎ、一つを野村に差し出した。

「八王子バス停の事故についてはご存じですね」

「はい」と麻由美が答えた。

「加瀬邦夫さんというトラック運転手の弁護人から依頼されて調査をしています」

野村が名刺を麻由美に差し出した。

「それで私は何をお話しすればよろしいのでしょうか」

野村は加瀬が置かれている状況を説明した上で、大河内との関係を尋ねた。

「八王子警察署の刑事にも同じ質問をされましたが、ホストクラブのホストと客で、こんなことを法廷で証言すれば、私は今の仕事を失うかもしれません」

麻由美はファミリーレストランのウェイトレスをしていた。

「スターダストにはよく通われていたんですか」

「仕事仲間に誘われて行ったのが最初で、半年くらい前だったと思います」

「それからも頻繁に通っていたのでしょうか」

「頻繁にというほどではありませんが、何度か通いました」

「私も一度あの店に入りましたが、料金がかなり高いでしょう。もう二度と行く気にはなれなかったけど……」

麻由美は何の返事も戻してこなかった。

「麻由美さんはファミレスの他にも仕事を持っているのでしょうか」

常識的には、ファミリーレストランからの給料だけでは何度も通えるクラブではない。

「いいえ、他には仕事をしていません」

と答え、野村の質問の真意がわかったのか、

「基本料金ですむ時間内に店を出てしまえば、私のお給料でもなんとか支払いはできます」

と言った。

「ホストの大河内さんとの付き合いは長いのでしょうか」

「店に通い出した頃から、私は彼だけを指名していました」

当初から麻由美は大河内を気に入っていたのだろう。給与のほとんどを大河内に貢いでいたのかもしれない。しかし、淡々と大河内との関係を話す麻由美からは、ホストに熱を上げる姿などとても想像ができない。

「大河内を指名すると高くつくんじゃないの……」

「クラブがオープンしたばかりの早い時間帯には、お金が自由に使える客は少ないので、比較的融通がきいたんです」

「昨年末のドライブもあなたが誘ったのでしょうか」

「私がドライブにでも連れて行ってほしいって頼んだら、すぐにわかったって返事してくれました」

「大河内と店外で付き合うには、数十万円どころか百万円かかるって聞いたけど……」

「私もそう思っていましたが、そんなお金は払えないというと、麻由美は特別だからって、お金なんかいらないってことになったんです」

金が飛び交うホストクラブの世界で、果たしてそんなことが起こりうるのか、半信半疑で麻由美の話を聞いていた。

「それであの夜、早稲田大学の前で待ち合わせたわけね」

午前一時に早稲田大学正門前で二人は待ち合わせ、富士吉田に向かったのだ。

「八王子バス停待避線に入った状況を教えてくれる？」

麻由美の方からセックスを誘い、セックスするために大河内は待避線に入ったと警察では証言していた。

「聞きにくいんだけど、あなたの方からセックスしようって持ちかけたんだって

「……」

「えっ、どういうことですか」

公判前整理手続での、検察側の主張を説明した。

「私は八王子警察署で、まったく逆の説明をしました」

麻由美によれば、「セックスしようぜ、もうがまんできない」と大河内が強引に八王子バス停待避線に入り、身体を求めてきた。

「レイプされそうになったので、私は車から飛び出して、停留所待合室のすぐ横にあるドアから飛び出して、階段を使って一般道に逃げたんです」

「そうだったの。でも、大河内も警察、検察もあなたの言っていることを信用していないのか、あなたが大河内を誘ったように主張しているわ」

麻由美の話を聞きながら、取り調べに当たった刑事は、彼女の言い分を信じなかっただろうと、野村は思った。

深夜一時の待ち合わせ、自らその車に乗り込んでいる。目的地も富士吉田のラブホテルということになっていた。

「ラブホテルですか。朝、富士吉田に着いて、富士急ハイランドで遊ぼうと約束しただけです。時間だって、その時間しか大河内さんが自由になる時間がないからって、それであの時間に待ち合わせしたんです」

麻由美と大河内の主張はまったく違っていた。

この手の話は、まさに密室のできごとで、いくら主張を聞いたところで、即座に真実が導き出せるものではない。野村はもう一点、麻由美から聞き出さなければならないことがあった。

「あなたが車を飛び出した時間を覚えていますか」

「時間ですか……」

「夢中でコートを取って、階段を走って下りたから、正確な時間なんて覚えていません」

「二時過ぎだったのは間違いないのでしょうか」

「二時は回っていたと思うけど……」

「あんな八王子郊外の辺鄙な場所に下りて、それからどうしたの」

「あたりは普通の住宅街でした。ただ深夜のことで、近くに見えた大きな通りに向かって走りました。どっちに行ったらタクシーが拾えるのかわかりませんでしたが、道路標識を見て市街地に向かって歩き、しばらくしたらタクシーが通りかかったので、それに乗って八王子駅まで乗せてもらいました」

「どこのタクシー会社だったか覚えていますか」

麻由美は首を横に振った。

麻由美の話は信憑性に欠ける。自分の方からセックスをしようと誘ったのが、法廷で明らかにされるのが恥ずかしくて八王子警察署でウソの証言をしたことも考えられる。実際取り調べに当たった八王子署の刑事もその辺りを見抜いて、大河内の証言の方を採用した可能性が高い。

麻由美からは聞くべきことは聞いた。世間話のつもりで気になっていた収納ケースの上に置かれた額入りの写真について聞いた。

「恋人なの？」

麻由美は何も答えなかった。

写真の横に置かれていた地蔵菩薩も気になった。

地蔵菩薩は有田焼のようだった。掌ほどの広さの台に微笑んでいるように見える地蔵菩薩と小さな石碑が並んでいた。石碑には水子供養と記されていた。野村はそれに気づかなかった様子で麻由美に礼を述べて、アパートを出た。

野村は吉祥寺のオフィスに戻ったが、麻由美が事実を話してくれたとは到底思えなかった。魔李杏は麻由美をストーカー呼ばわりしていたし、富夢も麗偉も、麻由美は頻繁にスターダストに通い、大河内を指名していたと語っていた。魔李杏にしろ、二人のホストにしろ、野村にウソをつかなければならない理由はない。

真行寺に直接会って麻由美から事実を聞くべきだと進言した。

野村から桑原麻由美の報告を受けた。麻由美と会う約束を取りつけてもらいたいと野村に改めて依頼した。麻由美は真行寺と会うことにすぐに同意した。夜八時ちょうどに桑原のアパートを訪ねた。麻由美は寝室でテレビを観ていた。

「こちらが加瀬被告の弁護を引き受けた真行寺弁護士です」野村が麻由美に紹介した。

「元暴走族の弁護士さんですね」

麻由美が真行寺の名刺を見ながら言った。真行寺を紹介した記事が掲載されたのは三年以上も前だった。しかし、名前が珍しいのか、真行寺の名前を記憶していて、相談に訪れる依頼者は結構多かった。

ＤＫのテーブルに座ろうとしたが、「こちらの部屋の方が三人で話せるから」と麻由美は寝室に二人を誘った。ベッドの縁に真行寺と野村が座り、麻由美は座布団を敷きその上に座った。

真行寺はベッドから急に立ち上がり、収納ケースの上に飾られていた写真を手に取った。

「これは……」

真行寺は全身の血が一瞬で凍結してしまったように、次の言葉が出なかった。

野村は唖然とした顔で真行寺を見つめている。

「この写真は」真行寺が麻由美の顔を見つめながら訊いた。

麻由美は黙り込んで何も答えようとはしない。

「どうしたっていうの？」

野村が真行寺に話しかけても、真行寺は麻由美を見つめたままだ。

「これは加瀬忠だね」確認するように真行寺が訊いた。

「加瀬忠って、加瀬邦夫さんの殺された長男の……。まさか」野村も絶句した。

いったい桑原麻由美と加瀬忠はどのような関係だったのか。額縁に収められていたのは紛れもなく加瀬忠の写真だ。

加瀬が逮捕された後、弁護のための必要な資料を受け取るために、長女の了解を得てマンションに入ったのだ。仏壇に同じ写真が飾られていた。

「加瀬さんの弁護をするために事実が知りたい。すべてを話してくれますか」

話は一時間くらいで終了すると思っていたが、すべてを聞き出し、アパートを出たのは午前一時過ぎだった。

桑原麻由美は殺された加瀬忠の恋人だった。

事故直前まで大河内と一緒にレクサスに乗っていたのが、大河内が殺した加瀬忠の元恋人で、その麻由美がレクサスを降りた直後の事故で、追突したトラックを運転していたのが殺された加瀬忠の父親邦夫だった。

こんな偶然が重なることなど、常識的にはありえないと誰でも思うだろう。

麻由美は警察の事情聴取に対しても、八王子バス停から一般道に出た後の経過について真実を話してはいなかった。すべての話を聞き終えて、加瀬邦夫の無罪判決を勝ち取るのは、さらに難しくなったと真行寺は思った。

13　時の証言者

審理四日目は弁護側証人として桑原麻由美が証言することになっている。開廷は午前十時からだが、真行寺は十分前には席に着き、桑原への尋問項目を確認していた。桑原はまだ来ていない。彼女に法廷に立つようにと野村悦子も説得に協力してくれた。そのかいがあって、公判前整理手続中に証人申請をすることができたのだ。

間もなく野村も傍聴席に姿を見せた。野村は傍聴席を見渡し、弁護人席の真行寺に視線を向けてきた。真行寺は席を立ち、傍聴席端に設けられているカウンター扉を押し、傍聴席に入った。

「まだ彼女、来ていないのね」

「まだのようだな」

「来てくれるのかしら」

申請した証人が法廷に顔を出さなければ、真行寺は大恥をかくことになるし、裁判官、裁判員に与える心証は極めて悪いものになり、判決にも決していい影響は与えないだろう。

「ここまで来て焦っても仕方ない」

真行寺はひとりごとのように言った。

開廷五分前。被告人の加瀬邦夫が手錠をかけられ、腰紐で結ばれた状態で入廷した。それでも桑原は姿を見せなかった。野村が傍聴席から離れ、廊下に出た。桑原に確認の電話を入れているのだろう。

加瀬の手錠が外され、腰紐が解かれた。法廷正面にある扉が開き、裁判官、裁判員が入廷した。書記官が「ご起立ください」と言った。法廷後方の傍聴席のドアが開き、野村と桑原が入ってきた。

桑原は病人のように青白い顔をしている。緊張しているのだろう。傍聴席の後ろには車椅子に乗った大河内が陣取っていた。大河内は鋭い視線で桑原を威嚇するように睨みつけている。その前を通り桑原は最前列に野村と隣り合わせに着席した。

「今日は弁護側の証人尋問ですね。よろしいでしょうか」福永裁判長が真行寺に確認を求めた。

「はい」

「証人はどちらに？」

福永の言葉に桑原が立ち上がった。書記官が傍聴席に走り寄り、桑原を証言台に導いた。

福永裁判長が「住所、氏名、職業、年齢は証人カードに記載してある通りですね？」

と型通りの人定質問をすると「はい、間違いありません」と桑原は答えた。

　宣誓書を読み上げるように促すと、桑原は震える声で宣誓書を読み上げた。

　真行寺が立ち上がり、尋問を始めた。

「桑原さん、証人として法廷に来ていただき、加瀬被告の弁護人としては心から感謝しています。というのも、法廷で証言していただきたいと私がお願いした時、桑原さんは即座にお断りになりましたが、何故今日こうして法廷で証言されることを決意したのか、その理由からお聞かせください」

「法廷に立てば私がホストクラブに出入りしていたことが職場に知られてしまいます。レストランで働きにくくなったり、あるいは退社せざるを得ない状況に追い込まれたりすると思ったからです。まして事件は殺人未遂で、そんな事件に関係しているとなればなおさらのことです」

　桑原の声は弱々しく消え入るようだ。

「証人はもう少し大きな声で答えてもらえますか」福永裁判長が桑原に要請した。

「つまりホストクラブに通っているのを会社の上司や同僚に知られたくないという思いがおありになって、証人には応じられないと考えていたわけですね」

　真行寺が証言の要約を確認した。

「はい」桑原がひと際大きな声で答えた。

「そんな調子でお答えください」と真行寺は言って尋問を続けた。「それにもかかわらず何故証言台に立つ決意をしてくれたのでしょうか」

「八王子警察署の刑事さんが来て、いろいろお話を聞いていかれました。私も八王子警察署に出向き、いろんな証言をしました。でも、弁護士さんから私の証言はまったく無視されているのを知り、事実はそうではないというのを説明しなければと思ったんです」

「それでは質問をさせていただきますが、スターダストには客として出入りしていた事実はあるのでしょうか」

「はい。何度か行ったことはあります」桑原の返事は裁判官、裁判員には十分届く声量だが、下を向いたままでくぐもった声だ。

「何度かというのは、どのくらいの回数を言っているのでしょうか」

「これまでに四回か五回ほどスターダストに行きました」

「特に気に入っていたホストはいるのでしょうか」

「気に入っていたわけではありませんが、シンゴというホストを指名していました」

「つまり今回の事件、事故の被害者とされる大河内壮太さんのことですね」

「そうです」桑原は視線を傍聴席の大河内に一瞬だが向け、すぐに下を向いてしまった。

「その大河内さんと十二月〇日午前一時に、早稲田大学の正門前で待ち合わせたのは間違いありませんか」

「はい」

「何故、そんな深夜に待ち合わせしたのでしょうか」

「大河内さんの仕事の関係上、その時間しか自由にならないからです」

「二人で富士急ハイランドに向かう予定になっていたのですね」

「そうです」

「それにしては待ち合わせ時間が深夜というのは早すぎはしませんか。もっとも大河内さんによると、富士吉田のラブホテルに宿泊し、翌朝、富士急ハイランドで過ごす予定になっていたようですが」

「そんなこと、まったく考えていませんでした。別に目的地はどこでもよかったんです。二人だけになれる時間があれば」

「ちょっと待ってください。あなたは大河内さんに好意をいだき、デートするつもりで富士急ハイランドに向かったのではありませんか」

「異議があります」飯島が立ち上がり裁判長に向かって言った。「弁護人の質問の主旨がわかりません。第一の事件、第二の事件とどのような関連性があるのか。まったくもって意味不明の質問を弁護人はされています」

飯島が着席する前に、真行寺は答えた。

「裁判長、弁護人は第一事件については、危険運転致傷罪ではなく過失運転致傷罪、第二の事件、殺人未遂については、容疑事実そのものが存在しないという主張です。大河内さんのレクサスがどのような経緯を辿って中央道に入り、八王子バス停に止まったのか。これらを明らかにすることは、二つの事件の根幹にかかわるものです」真行寺はひと際大きな声を張り上げた。

「続けてください。しかし、もう少し事件との関連性を明確にしてください」

「わかりました」と真行寺は答え、再び桑原に視線を向けた。「あなたは大河内さんに好意を抱き、デートするつもりではなかったということですね。売れっ子ホストの大河内さんとデートする時には数十万円、中には百万円の札束を用意した女性もいたようですが、あなたはそのようなものを用意したのでしょうか」

「ファミレスのウェイトレスをしている私にそんな大金が用意できるはずがありません。デートではないし、私は二人きりになれる時間がほしかったんです」

「失礼な質問かと思いますが、答えていただけますか。つまり大河内さんとセックスだけしたかったということでしょうか」

「違います。私が二人だけになりたいと言ったのは、私の話を彼に聞いてほしかったからです。セックスなんて冗談じゃありません」

桑原は顔を上げ、真行寺を睨みつけるようにして答えた。

「どんな話をするつもりだったんですか」

「彼に反省してほしかったんです」

「反省ですか……」

「私の恋人だった加瀬忠を殺したことについてです」

桑原は再び顔を上げ、裁判官、裁判員ひとりひとりに視線を投げかけながら答えた。

「加瀬忠さんというのは、今被告席に座っている加瀬邦夫さんの長男のことを言っているのでしょうか」

「そうです」

六人の裁判員は思ってもみない展開に、すれ違いざまに頬でも張られたように面喰っている。

「その話をするために、あなたは富士急ハイランドに誘ったというわけですか」

「そうです。大河内さんは二年間少年院で過ごしてきただけで、忠さんのお墓参りにも行っていません。それでは彼があまりにもかわいそうです」

「裁判長、異議があります。これは加瀬邦夫被告の二つの事件を裁く法廷で、被害者である大河内さんの過去の犯罪を審議する法廷ではありません」飯島が福永裁判長にくってかかるように言い放った。

福永裁判長が口を開く前に真行寺は落ち着き払った口調で訴えた。

「レクサスで八王子バス停まで同行した桑原麻由美さんの証言は、事故前後の状況と事故発生の時刻を明らかにするつもりで考えていましたが、公判前整理手続では出てこなかった事実が、たった今彼女の口から明かされたのです。大河内さん運転のレクサスに猛スピードで追突したトラックの運転手が加瀬忠の父親邦夫であり、その直前までレクサスに同乗していたのが加瀬忠の元恋人の桑原麻由美さんだったという事実は、加瀬被告にとって決して有利に働くとは思っていません。しかし、この事件の真実を解き明かすためには、すべての事実を法廷で明らかにした上で、裁判官、裁判員の厳正な判断をあおぎたいと考えてのことです。飯島検察官のご主張ももっともだと思われる部分もあるのですが、このまま尋問を続けさせていただけるようにお願いします」

福永裁判長は両サイドの陪席裁判官と小さな声で打ち合わせをし、真行寺に向かって言った。

「異議を却下します。弁護人は尋問を続けてください」

「では尋問を続けます。あなたと加瀬忠さんとの付き合いはいつ頃から始まったのでしょうか」

「忠さんが少年院に入る一年前くらいからだったと思います。私も暴走族に加わったり、新宿で遊んだりしていましたから、その時に知り合いました」

「忠さんが少年院に入っている間はどうされたのでしょうか」

「手紙のやりとりをし、仕事の合間をぬって面会に行っていました」

「その後も交際が続いていたのですね」

「忠さんはクリーニング師の資格を取るのに一生懸命になっていました。私も彼に見習ってまじめになろうと思い、ファミレスでアルバイトを始めたんです」

「二人の交際を、今被告席に座っている加瀬邦夫被告は知っていたのでしょうか」

「知らなかったと思います。私が加瀬忠さんのお父さんの顔を見るのは、今日が初めてです」

「加瀬忠さんは少年院を出て、三ヶ月後には殺されてしまいますが、この時もあなたは加瀬忠さんとお付き合いをしていたのでしょうか」

「はい」

「確かに大河内さんは金銭的な償いはされていないようですし、今あなたがおっしゃったように墓参りもしていない。道義的な責任は果たしているとは思えませんが、そのことを大河内さんに伝えるのなら、そんな時間帯でなくてもできたのではないでしょうか」

「話を聞いてほしければ、早稲田大学の前に午前一時に来いと指定してきたのは大河内さんです。ドライブでもしながら話をしようというから、私は富士急ハイランドにでも行ってみましょうと答えただけです」

「そんなにまでして彼に反省してほしかったのは何故ですか」真行寺はもっとも裁判官、裁判員に注目してほしい証言を引き出そうとした。

「忠さんが殺された事件の真相は何も明らかにされないまま、三人は少年院に送致されてしまいました。ホントは大人の裁判と同じように裁かれるべき事件なんです。反省を求めるためと言いましたが、内心は殺してやりたいくらいに憎んでいます」

　桑原はこの時だけは首をひねり傍聴席にいる大河内を睨んだ。桑原は大河内に憎しみを抱いていた事実を、真行寺はわざわざ法廷で証言させた。加瀬邦夫被告と忠の元恋人桑原麻由美が、計画的に事故を起こしたのではと疑われるのは当然想定している。しかし、その一方で、八王子バス停で桑原がレクサスから降りなければ、大河内とともに桑原も重傷を負ったか、あるいは死亡した可能性も考えられる。

「加瀬被告は、何の償いもしていない大河内をトラックでレクサスともども押しつぶそうとしたとして、殺人未遂で告訴されているわけですが、あなたも殺してやりたいほどの憎しみを抱いているということですね」真行寺は確認を求めた。

「少年審判では、忠さんが暴走族から抜ける、大河内らとはもう付き合わないと言ったことが原因で殺されたことになっていますが、実はそうではありません。私たちは生活が安定したら結婚しようと考えていました。そのために忠さんは更生を堅く誓っていました。元のグループに戻るのを私が邪魔していると思った大河内は、卑怯な手段で私をレイプしたんです。その事実を知って、忠さんが怒り、大河内と話をつけに行って、それで殺されてしまったんです」

加瀬被告は傍聴席の大河内を憎悪に満ちた視線で睨み続け、法廷でのやりとりなど眼中にないといった様子だ。加瀬も初めて聞く話なのだろう。

六人の裁判員も、桑原や加瀬ではなく大河内を鋭い目で見つめている。桑原が大河内にレイプされた事実など少年審判では明らかにされていない。そうした事実を知らないまま加瀬邦夫は彼らの更生を信じ、彼らなりの償いを実行するだろうと考えて和解案に署名したのだ。この少年審判は、もちろん大河内らの名前は仮名だったが、修復的司法の試みとしてマスコミに大きく取り上げられていた。

「しかし、あなたは忠さん殺害で三人の少年が逮捕されても、警察に被害届を出していません。それは何故ですか」

「私のことが原因で、忠さんが殺されたんだと思い、再び薬物に手を出してしまったんです」

薬物依存症に陥り、警察で事実を述べたところで信じてもらえるような状況ではなかったようだ。忠の死後一年は覚せい剤に溺れ、その後の一年は依存症の自助グループに入り、最近になりようやく覚せい剤から離れ、自立した生活を送れるようになった。

「いくら反省を求めるためとはいえ、以前レイプされた相手と深夜に二人だけで車でドライブ、何も思うことはなかったのですか」

「あの時の恐怖は当然あります。それでもスターダストに通い、ドライブにも応じたのは、どうしても大河内に伝えたいことがあったんです。ホストクラブでは話せないことがあったからです」

「その内容について証言していただけますか」

「この場では言いたくありません」

桑原がすがるような目で真行寺を見た。

「以前にお会いした時はその件についても事実を聞かせてもらいましたが、法廷の場では話したくないということなんですね」

「そうです」

「では、次の質問にいきます。その話したくないことは、ドライブ中に大河内さんにはお話しされたのでしょうか」

「できませんでした」

「どうしてですか」

桑原は何度もツバを飲み込む動作を繰り返した。喉が何度も波打っている。

「その話だけはどうしても大河内に伝えたいと思っていました。それは彼らによって殺された忠さんのためにも私が果たさなければならない責務だとも思っていました。でも、大河内は突然、休憩すると言って、中央道の本線から八王子バス停の待避線に車を入れたのです」

「そこで休憩を取ったのですか」

桑原は首を大きく振るだけで、何も答えない。福永裁判長が不審に思い、「そこで休憩を取られたのですか」と改めて問いかけた。

桑原はカッと目を見開き、裁判長に視線を向けた。

「大河内は車内で私をレイプしたのです」桑原が震える声で答えた。

「ウソだ。全部でたらめだ」

車椅子に乗った大河内が傍聴席から叫んだ。

「静粛にしてください。大河内さんにも証言する機会はあります」福永裁判長が冷徹な口調で諌めた。「二度と大きな声を出さないでください。いいですね。同じことをすれば退廷を命じます」

大河内は車椅子のハンドリムを握りしめ、唇を噛みしめている。

「以前の時は怖くて何もできませんでしたが、八王子バス停では抵抗し、なんとか逃げ出すことができました」

　飯島が立ち上がって発言しようとするのを制するように、真行寺は声を張り上げて訊いた。

「あなたは抵抗し、レクサスから逃げ出したようですが、その時間は何時だったか覚えているでしょうか」

「八王子バス停の前にどのくらい止まっていたのかは覚えていませんが、バス停待合室の横に設けられている扉を、無我夢中で開けると階段になっていて、そこから一般道に逃げました。だからレクサスから逃げ出した時間は正確にはわかりません」

「その後、あなたは一般道の道路標識を見ながら八王子市街に向かってしばらく歩いたところで、通りかかったタクシーに乗車して八王子駅に向かったということでしたね」

「裁判が始まる前、八王子警察の方にはそう答えましたが……」

　桑原は下を向き低くくぐもった声で答えた。

「通りかかったタクシーにあなたは乗ったのですね」

　桑原は裁判長に視線を向けて、首を横に振った。

「証人は弁護人の質問に答えてください。一般道に出て、しばらくしてタクシーに乗ったのではないのですか」福永裁判長が静かな口調で尋ねた。

「途中からタクシーに乗ったというのは事実ではありません」

桑原が意を決したように答えた。八王子警察は桑原が乗ったというタクシーの割り出しにも力を注いだが、結局、該当するタクシーは見つけることができなかった。

真行寺は何事もなかったかのように質問を続けた。

「では八王子バス停から階段で下りて一般道に出たあなたはどうされたのでしょうか」

「近くに休憩中のタクシーが止まっていたので、そのタクシーに飛び乗りました」

「どうしてそのことを警察に正直に伝えなかったのですか」

桑原は肺の空気をすべて吐き出すような溜息を一つついてから語り出した。

「階段を下りて逃げる時の格好を運転手さんに見られています。上半身は裸同然で、そのことを警察で証言する気持ちにもなれなかったし、タクシーの運転手さんにその事実を刑事さんにしゃべられるのもいやでした」

「あなたは階段を逃げ下りたのと同時にタクシーに飛び乗ったというのが事実ですか」

「そうです」

「その時刻はわかりますか」

「午前二時十二分です」

「どうしてそんなに正確な時間がわかるのですか」

「その時に乗ったタクシーの領収書が後から出てきました」

「それは今もお持ちでしょうか」

「持っています」

真行寺は桑原への尋問を止め、福永裁判長に視線を向けて言った。

「公判前整理手続では明らかにされていなかった事実が、桑原証人によって明らかにされています。弁護人としては証拠調べの請求をいたします」

「異議があります。タクシーの領収書については、公判前整理手続で証拠に採用されていません」飯島が発言した。

「異議を認めます」

領収書はその場で証拠としては認められなかった。しかし、真行寺は午前二時十二分まではトラックとレクサスの追突は起きていない事実を、裁判官らに突きつけることには成功した。

検察側の主張は事故発生を午前二時九分としていた。そこを渡昌弘運転のアルト、さらに塩野元気が運転するフィットが通過し、塩野はトラックから飛び降りた加瀬被告を目撃したことになっている。桑原証言は、検察の主張を覆すものだが、裁判所は公判前整理手続で提出されなかった領収書を証拠としては採用しなかった。

「弁護人の証人への尋問は以上です」

福永裁判長が休憩を告げ、二十分後に再開されることになった。休憩後は飯島の反対尋問が予定されている。

休憩中、大河内もその他の傍聴人もトイレや廊下に出て傍聴席には誰もいなくなった。飯島が歩み寄ってきて、真行寺に向かって言った。

「先生、とんでもない証人を呼ばれたんですね」

飯島の言いたいことは想像できる。加瀬邦夫は事故そのものを最初から計画していた可能性さえあると考えているのだろう。飯島だけではなく、裁判官、裁判員、すべてがそう感じていると、真行寺も思った。

「真行寺先生、黎明法律事務所より真っ暗闇法律事務所に名義変更した方がいいのではありませんか」

飯島は言いたい放題だ。


再開した法廷は桑原麻由美に対する反対尋問から始まった。

「加瀬忠さんとの交際はいつ頃から始まったのでしょうか」

「彼が少年院に収容される一年くらい前からだったと思います」

「どこで出会ったんですか」

「新宿のゲーセンです」桑原が答えた。

「ゲーセン？」

「そうです。ゲームセンターのことです」

「忠さんが少年院に収容されている時も交際は続いていたのですね」

「手紙とか時々面会に行っていました」

「それだけ親しく交際していたのに、父親の加瀬被告とは一回も会ったことがないのですか」

「ありません」

「あなたは真実を述べると宣誓し、裁判長からもウソを述べると法律で罰せられると説明を受けていますね。意味はおわかりですね」

「異議があります。偽証についての説明は裁判所からすでに行われています。もし、桑原さんの証言にウソの疑いがあるのであれば、具体的な事実を指摘してから証言を求めるべきです。出廷するにも躊躇する気持ちがおありになり、それをふっ切って彼女は証言台に立たれているのです。検察官の尋問はいたずらに証人を威嚇するだけです」真行寺が発言した。

「検察官、宣誓、偽証について証人は十分自覚しておられます。反対尋問を続けてください」福永が質問を促した。

「忠さんが出院し、亡くなるまで約三ヶ月がありましたが、結婚しようと決意を固めていたのに、忠さんはあなたを加瀬被告に紹介しようとしなかったのは何故ですか」

「私はファミレスで働いていましたが、忠さんはようやく彼を採用してくれるクリーニング店が見つかったところでした。彼が試験採用期間を過ぎて、正式な従業員になった時点で引き合わせてもらい、将来は結婚したいと二人で打ち明ける予定でいました」

「忠さんが殺されたと知った後、あなたは彼の葬儀にも出なかったのですか」

「出ませんでした」

「それはまたどうしてですか。結婚を考えているほどの人ですよ」

「私がうかつだったばっかりに、彼を死なせてしまったからです」

「うかつだったというのは？」

「忠さんは以前の友人関係はすべて断って、新しくスタートしようと考えていました。でも私の古い仲間から私の携帯電話番号を聞き出したようで、大河内から連絡が入ったんです。『何故、俺たちが忠と付き合ったらまずいのか、その理由を聞かせろ』と言ってきたので、忠さんと手を切らせたいという一心で、それで彼のアパートにひとりで行ったんです」

「それで……」

「大河内は話もするでもなく、最初から私をレイプするつもりだったんです」

セカンドレイプというのは、こうした状況を指すのだろうと真行寺は思った。桑原はまるで大河内にツバを吐きかけるような口調で、飯島検察官に向かって言い放った。

「あなたはその事実を忠さんに告げたのですか」

「いいえ、違います」

「それならどうして忠さんはあなたが大河内にレイプされた事実を知ったのでしょうか」

桑原は証言台から後ろを振り向き、大河内を指差した。

「あの男がわざわざ忠さんに電話を入れ、私が喜んで大河内のベッドに入ってきたと吹聴したんです」

忠は怒り、大河内を蚕糸の森公園に呼び出し、二度と付き合わないと告げたが、その場で逆に殺されてしまったのだ。

「あなたはそんなひどい目に遭っているのに警察にその事実を今日まで明らかにしていませんね。何故ですか」

「先ほども弁護士から質問されましたが、私のうかつさから忠さんが殺されてしまったという事実に、精神的に追いつめられて、警察で証言できるような状態ではありませんでした」

「薬物に手を出したわけですね」

「そうです」

「以前から薬物に手を染めていたのですか」

「覚せい剤をやっていた時期がありました」

「それは自助グループに入らずに止められたのですか」

「はい、忠さんと知り合ってからは、彼がそばにいてくれたので、自然と止めることができたんです」

「今回は自助グループで更生し、大河内さんの居場所を突き止め、二年前のうらみというか、それを晴らそうとしたわけですね」

「怨んではいますが、怨みを晴らすというより真摯に反省してほしかったんです。後で知りましたが、私へのレイプなどいっさい明らかにされずに、忠さんが仲間から外れたいと言ったことが原因で喧嘩となり、暴行を受けて殺されたことにされてしまった。警察でも、家裁の審判でもそう判断され、大河内は二年間少年院に入っただけでした。忠さんの墓で心から謝罪してほしいと思ったんです」

「さきほどの加瀬被告の弁護人からの質問では、大河内さんにどうしても伝えたいことがあったと証言されていましたが、それは今ここでも証言することは無理でしょうか」

桑原は涙をこらえているのか、目は真っ赤に充血し、今にも泣き出しそうな顔をして、後ろの大河内を見た。大河内と桑原の視線が一瞬絡み合った。大河内は唇の端に微かな笑みを浮かべた。その瞬間、桑原の表情が一変した。

「裁判長、さっきは話したくないと言いましたが、今答えても構わないでしょうか」

「どうぞ」福永が答えた。

「私はあの時、忠さんの子供を妊娠していました。大河内にレイプされ、その上、忠さんが公園から遺体で見つかったというニュースを見て、そのショックで私は流産してしまいました。当時、住んでいた東中野のアパートに救急車に来てもらい、病院に搬送されています。救急病院で治療を受けたカルテはまだ残っていると思います。とても正常な状態ではいられずに覚せい剤に再び手を出してしまいました。仲間の支えでなんとか立ち直りましたが、今でも死にたいと思う気持ちが時々湧いてきます。これを乗り越えるには、大河内に心から反省してもらい、忠さんの墓前で手を合わせ、生まれてくるはずだった忠さんの子供にも謝罪してほしいと思ったから、通いたくもないホストクラブに行き、深夜しか時間がないと言われ、それでも彼の誘いに乗ったんです」

桑原は一気にまくしたてた。

野村が桑原の部屋にあった水子供養の地蔵にいち早く気づき、この事実を聞き出していた。この事実だけは法廷でも語りたくないと桑原はかたくなだった。しかし、大河内のバカにしきった態度を見て、考えが変わったのだろう。

飯島が慌てたように訊いた。

「しかし、それだけひどいことをされた大河内の誘いに乗ってドライブを一緒にしていますよね」

「はい」

「もしドライブの目的が真実を告げることにあったのなら、どうしてすぐに話し始めなかったんですか」

「仕事で疲れているから、富士吉田に着いてから聞くと言われたからです」

「レクサスが突然八王子バス停の待避線に入って、そこで性的暴行を受けたというお話でしたが、大河内さんはまったく逆で、運転中にあなたがセックスを求めてきたので、車内でセックスをするためにバス停の待避線に車を入れたと証言していますが……」

「彼がウソを言っているのです。大河内は法廷で涙を流したり、謝罪を口にしたりすれば、裁判官は騙せると思っているんです。ホストクラブで、『家裁で忠のオヤジに頭を下げたら、更生したお前を待っているとか言い出すし、家裁の裁判官なんか泣きながら反省しているって言ったらその気になるし、家裁はチョロイもんだ』ってうそぶいていました」

　桑原と大河内の証言は真っ向から対立している。

「それであなたはレクサスから飛び出して、一般道に飛び出ていますが、八王子バス停から外に出られることは知っていたのでしょうか」

「知りません。あんな場所で下りたのは初めてです」

「すぐにタクシーを拾ったようですが、そんなに都合よくタクシーがつかまったんですか」

「中央道に沿って四、五台のタクシーの運転手さんが仮眠を取っていたようです」

「その乗車時間ですが、二時十二分に誤りはないのでしょうか」

「私の手元にある領収書には乗車時間と降車時間、乗車距離、タクシーの会社名などが印字されています。その領収書には二時十二分と記録されています」

「検察官からの尋問は以上です」

　福永裁判長が左右の裁判員に目配せをして「何か質問はありますか」と聞いた。四番の六十代と思われる女性が「桑原さんにお聞きしたいことがあるのですが、よろしいでしょうか」と福永に尋ねた。

「どうぞ」と質問を促した。

「流産して救急車で搬送されたということですが、妊娠は何週目に入っていたのですか」

「病院では七週目と言われました」

福永裁判長は時計を見た。時計は正午を二十分ほど過ぎていた。

「私もいいでしょうか」二十代の五番裁判員が福永裁判長に言った。

「さきほどタクシーの領収書があるのに証拠採用されないという話だったけど、この場で見せてもらうことってできないのでしょうか」

「その点については後ほど評議室でお話ししたいと思います」と断り、福永裁判長は、「午後の法廷は一時四十分から再開したいと思います」と告げ、法廷は休憩に入った。

午後の法廷が再開された。

福永裁判長は飯島、真行寺の二人を呼んだ。

「さきほどの領収書の件ですが、弁護人、検察官、こちらに来てもらえますか」

桑原の領収書を見たいと言った五番の裁判員が福永裁判長に視線を送ると、「わかっている」というように、

「複数の裁判員からタクシーの領収書を見たいという強い希望が出されています。裁判所としても、新たな証拠として採用する考えですが、お二人の意見はいかがでしょうか」福永裁判長が尋ねた。

「しかるべく」真行寺は即座に同意した。

飯島は深いため息を一つもらして「異議があります」とだけ答えた。

福永裁判長は飯島の答えを聞くと、福永は再開したばかりの法廷を十五分休憩にした。

裁判官、裁判員は退廷したが、ぴったり十五分後に入廷した。

「合議の結果、検察官の異議は却下します。職権で証拠として採用します」

福永裁判官は有無を言わせぬ強い口調で言い放ち、傍聴席に視線を送った。

「桑原さんはまだ傍聴席に見えられますね。では、桑原さんを証言台へ」と書記官に命じた。桑原が傍聴席から証言台に戻った。

「桑原さん、さきほどのタクシー領収書の件でお話をお聞きします。さきほどしていただいた宣誓をそのまま継続していることにします。ですからウソを述べることは法律で禁じられています。偽証すれば罪になることもさきほど説明した通りです」

桑原が「わかりました」と答えた。

「裁判所の方からもこの領収書について質問があります。この領収書は八王子バス停付近から八王子駅まで乗車した時のものに間違いありませんか」

「はい」

「その領収書が残っていたということですね。どうして今になって出てきたのでしょうか」

「家計簿を付けるほどマメではないのですが、スーパーやコンビニで使った領収書はビニール袋に放り込んでおいて、二、三ヶ月おきに集計して、だいたい月にどれくらい使っているのかわかるようにしているんです。それで昨年十二月に使った領収書の袋を開けてみたんです」

「その中にあったんですか」福永裁判長が確かめた。

領収書には、「十二月〇日午前二時十二分~午前二時三十七分」と刻印されていた。

事故発生時刻について裁判所は検察官の主張に疑問を抱いているのは明らかだ。

事故のあった夜、一般道に下りた桑原は、中央道高架下の中央道元八王子バス停交差点付近で仮眠を取っていたタクシーに乗り、JR八王子駅まで乗車している。桑原が所持していたタクシーの領収書は事故発生時刻を左右する意味を持つ。

飯島は当然、証拠としての信憑性に疑義を唱えた。

「検察官としては、桑原麻由美さんを乗せた運転手の証人申請と、及びタコグラフを証拠として申請したいと考えます」

「弁護人はいかがですか」

「異議はありません」

真行寺もタクシー運転手、タコグラフがあれば、桑原の証言の信憑性はさらに増すという確信があった。

「ではタクシー運転手の証人申請とタコグラフの提出は裁判所から要請します」

福永が答えた。

裁判所としては予期せぬ事態に、弁護側、検察側の双方に配慮したということだろう。

14　音の目撃者

審理五日目は土、日曜日、さらに月曜日の三日間の休みをはさんで開かれた。事実関係を争わない裁判であれば、罪状に見合う刑期を判断するだけだが、加瀬の裁判は事実関係を真っ向から争う。裁判所も当初からそれを考慮して一般の裁判員裁判よりは時間をかけて審議するように配慮した結果だ。

その日最初の証人は、弁護側が呼んだJ大学医学部の上野《うえの》俊吉《しゅんきち》教授、五十九歳だ。人定質問、宣誓が終わり、上野教授が証言台に立った。上野はこれから大学で講義を始めるかのように落ち着き払っている。加瀬邦夫の身体の異変について意見を求めているのではなく、身体が硬直する病気について一般論でかまわないから証言してほしいと、真行寺は頼み込んだ。

「上野教授のご専門は何科なのでしょうか」

「私は神経内科を専門にしてきました」

「おもにどのような病気を扱われるのでしょうか」

「パーキンソン病、脊髄小脳変性症、筋萎縮性側索硬化症、多発性硬化症などの治療が難しい病気があります。そういった病気の治療にあたってきました」

真行寺は加瀬被告が蛇行運転を繰り返し、最終的には中央道八王子バス停付近から、身体が硬直し直線的に車を走行させ、レクサスに追突した経緯を簡単に説明した。

「そこでお聞きしたいのは、被告人が主張するように、運転中に意識がもうろうとしたまま、身体全体が硬直してしまうような病気が考えられるのでしょうか」

「被告人を診察しているわけではありませんので、被告人についてではなく、これまでの経験から考えられる病名について述べればいいのですね」

上野が真行寺に確認を求めた。

「その通りです」

「パーキンソン病などは、手足が震え、真っ直ぐに歩けなくなる病気だと思われていますが、身体が硬直するような症状が出ることもあります」

「その他にも身体が突然硬直してしまうという病気はあるのでしょうか」

「そうですね。いま挙げた病気は一般的に広く知られているものですが、スティッフパーソン症候群などは非常に稀な進行性の神経性疾患で、身体の硬直を起こす病気ですね」

「それはどんな病気なのか、簡単で結構ですから説明してもらえますか」

「全身強直症候群、全身硬直症候群などとも呼ばれる脳と脊髄（中枢神経系）に関係する病気です。人間が体を動かす時、興奮性伝達といって脳から脊髄を通り筋肉を動かすように命令が伝えられます。そのままでは筋肉に力が入った状態なので、次の動作に合わせ力を抜くように、つまり抑制性伝達が筋肉へ伝えられます。この病気は抑制伝達がうまく働かずに、体の筋肉に力が入ったままの状態になってしまう病気で、百万人にひとりとも言われる希少難病で、日本には数十人の患者がいるだろうとされています」

「全身の筋肉が硬直してしまうのでしょうか」

「背中、腰、足におもに症状が出ると言われていますが、進行すると全身の筋肉が固まったようになります。片腕や片足、肩にしか症状が出ない場合もあります。ケースバイケースです。こうした症状は環境の変化によって誘発されるとみられ、大きな音、体への強い刺激などが発症の契機となると考えられています」

「音とか、強い刺激というのは、具体的には何を指すのでしょうか」

「世界的にも数の少ない病気で、大音量、強い刺激によって誘発、悪化するという論文が出ています」

「原因はわかっているのでしょうか」

「免疫システムが自分の体を攻撃してしまう自己免疫疾患の一つで、根本的な治療法はまだ解明されていません」

真行寺はここで上野教授への尋問を終えた。

「では検察官、何かありますか」

「はい」飯島が立ち上がった。

「検察官の方からもいくつか質問させてください。上野教授は神経内科がご専門とのことですが、こうした法廷に証人として呼ばれ、証言したというご経験はこれまでにあるのでしょうか」

「いいえ、初めてです」

「これまで多くの患者さんの治療にあたってこられたと思うのですが、上野教授が、なんと言いましたか……」

「スティッフパーソン症候群ですか」

「そう。その病気の患者さんの治療にあたられたことはあるのでしょうか」

「いいえ、私はその患者さんの治療にあたった経験はありません」

「スティッフパーソン症候群の患者が事故を起こして問題になったとかというのは、あったのでしょうか」

「少なくとも私は知りません」

「学会で取り上げられたという事実はあるのでしょうか」

「それも聞いたことはありません」

「この病気が大音量、強い刺激によって誘発されるというお話ですが、海外で発表された論文を見られたわけですね」

「その通りです。アメリカで発表された論文です」

「大音量、強い刺激について具体的な記述はあったのでしょうか」

「多分そのようなものは書かれていなかったと思いますが、ここで明確に述べられるほどそこまで鮮明に記憶しておりません」

「わかりました。以上です」

飯島はスティッフパーソン症候群に加瀬がかかっていた可能性を否定することに躍起になっていた。

真行寺は、加瀬被告が明確な意識を持ったまま追い越し車線から対角線上に走行し、レクサスを突き刺すように追突したという検察側の主張には疑いがあることを提示すればいいのだ。上野教授の証言は合理的な疑いを十分に想起させるものだった。


休憩をはさんで午前十一時から再開された。三日間の休日が間に入ったために、タクシー運転手の召喚が問題なく進んだようだ。タクシー運転手の元町三郎《もとまちさぶろう》の尋問が予定されている。元町は、中央道八王子バス停から逃げてきた桑原麻由美を乗せ、八王子駅まで送ったタクシー運転手だ。

裁判長による人定質問に続く証人の宣誓にも、五日目とあって裁判員も慣れた様子で見守っている。元町はK交通に所属する運転手で、年齢は五十七歳。午前中の勤務時間中に出廷してくれたのか、K交通の制服姿で証言台に立った。

「では始めてください」福永裁判長が飯島に言った。

「まず元町さんの勤務体制についておうかがいします。タクシーの運転手さんというのは、普通のサラリーマンと勤務体制がかなり異なると聞いているのですが、勤務の体系を説明していただけるでしょうか」

「簡単に説明すると三つのパターンがあります。昼間だけ乗務する日勤、日勤ドライバーと交代し夜から明け方までの夜勤、そして隔日勤務です。業界では隔勤と呼ばれ、私の会社では午前七時から翌朝午前四時までの乗務となります」

「二十一時間乗務のしっぱなしなんですか」

「いいえ、そんなことはできません。隔勤乗務のドライバーは、その日の営業成績を考慮しながら適宜に休憩を取ります」

「朝の四時に会社に戻り、勤務が終了するのですか」

「車庫に戻ってからはその日の営業売り上げを精算し、タクシーの清掃をして終えます。次の勤務は翌日の朝七時からということになります」

「十二月〇日はどのような勤務体系で働いていたのでしょうか」

「私はずっと隔勤なので、前日の午前七時から乗務していました」

「日付が変わった○日の午前零時からの乗務はどのようなものだったのでしょうか」

「その日に限らず午前一時頃までは繁華街あるいはＪＲ八王子駅前で客を待っています。最終バスが出てしまった後、いっぱい飲んだ客を八王子郊外の住宅街まで運ぶ乗務が多くなります。その客を乗せて戻ってくるのは八王子駅です。中央線の最終電車が午前一時半に到着します。運が良ければ、乗り過ごしてしまった客を三鷹、吉祥寺、あるいは中野あたりまで中央道を使って乗せることもありますが、そうした客は少なく、八王子郊外の家まで乗る客がほとんどです」

「○日の夜はどんな具合でしたか」

「最終電車の客を横川町まで乗せました」

飯島はモニターに八王子市の地図を映し出した。

「この町ですね」

飯島はカーソルで横川町を指した。

「そうです。中央道の高架線を潜って二、三百メートルほど走ったところで客を降ろしました」

「地図だとここにＨ耳鼻科という病院がありますが、このあたりでしょうか」

「そうです。その手前で客を降ろしました」

「何時ころだったかわかりますか」

「午前二時二分です」

「その後はどうされたのでしょうか」

「タクシーの運転手というのは基本給があって、あとは歩合制の部分がかなりの割合になります。その日の売り上げはまあまあなので、そのまま八王子駅に戻っても、客足はもう途絶えているだろうし、駅で休むより静かな場所で仮眠を取ろうと、いつもの場所へ移動しました」

「仮眠を取る場所は決まっているのでしょうか」

「運転手によってコンビニの駐車場を使うドライバーもいるし、客を乗せた帰りに静かな場所を選んで休む者もいます。人によって違います」

「元町さんはどういうところで仮眠を取られるのでしょうか」

「八王子市内でもいくつか休む場所を決めています。あの夜は中央道沿いの道路で休むことにしたんです」

「その場所が休憩する場所なんですね」

「客を降ろしUターンし、中央道を潜ったところが中央道元八王子バス停という交差点で……」

「ちょっと待ってください」飯島は元町を制してカーソルでその交差点を指した。

「ここで間違いありませんね」

「そうです。その交差点を左折したところで仮眠を取ることにしました」

「中央道のすぐ横ですね。ここを休憩場所に選んでいる理由はあるのでしょうか」

「静かだということもありますが、中央道沿いに民家が立ち並び、タクシー強盗に襲われる心配がまずないというのがいちばんの理由です」

「では、このあたりで客を降ろし、この中央道元八王子バス停を左折して、この細い道に入ったわけですね」飯島がカーソルで元町が走ったコースを示した。

「そうです」

「どのあたりで車を止めたのでしょうか」

「私の他にもそこで休憩を取っているタクシーがあり、その最後尾につけました。地図でいうと、中央道のバス停から階段を下りてきたあたりです」

「地図に階段のマークがありますが、このあたりに間違いありませんね」

「はい」

「この夜、あなたは階段から下りてきた女性を乗せていますが、彼女を乗車させた時間はわかりますか」

「午前二時十二分です」

「間違いありませんか」

「間違いありません。タクシーに取り付けられているデジタル時計で確認しています。

タクシーの運転手は自分で事故を起こしてしまった時、あるいは起こされた時、すぐにその場所と時間がわかるようにしなさいと訓練されているんです。それに胸をはだけて乗車した女性を見れば、後で警察に事情聴取されるかもしれないと反射的に思ったんで、それで時間を確認したんです。今日の証言台に立つにあたっても、正確な時間が求められるだろうと思い、タコグラフでも確認してあるので間違いはありません」

「タコグラフですか。それはどのようなものなのでしょうか」

走行時間、速度、距離が記録され、タクシーや営業トラックなどの営業状態、行動がわかり、乗務員の健康管理などにも利用されている。

「つまり女性の乗車時間は、元町さんが確認したタクシーに取り付けられているデジタル時計、領収書の控えに刻印された乗車時間、そしてタコグラフと三つの計器で確認されているわけですね」

「そうです」

飯島の顔が引きつっているように見える。午前二時十二分以前には事故が発生していないのはほぼ明らかにされた。

飯島が明らかにすべき点というより突き崩したい事実は一点だけだ。桑原麻由美が元町のタクシーに乗車した時間だけだ。二時十二分では検察側の主張はほころびが生じる。

「車内に取り付けられた時計、タコグラフ、料金メーターの時刻、時計にはそれぞれ誤差が生じると思うのですが、乗車時間は三つとも同じ二時十二分を指していたのでしょうか」

「そうです」

「三つの時計は正確な時間なのでしょうか」

「正確です」

「どうしてそう言えるのですか」

「車内に取り付けられているデジタル時計がタコグラフ、料金メーター、さらには事故の時の様子を撮影するドライブレコーダーと連動するように設定されています。乗務前にデジタル時計に誤差がないか確認することが義務付けられています」

「車内のデジタル時計が正確かどうか、どうやって確認されるのですか」

「乗務前、会社の運行安全管理部のスタッフから点呼と健康管理のチェックが入ります。そこにはデジタルの電波時計があり、正確な時間がわかるようになっています」

「ということは、点呼、健康管理の時には正確な時刻はわかっても、そこからタクシー駐車場まで行けば、正確な時刻は確認しようがないということですね」

「私の腕時計も電波時計で、それでも確認し、誤差がないかを確かめています」

「では、会社のデジタル時計、元町さんの腕時計に誤差が生じていれば、他の機器にも誤差の生じた時刻が刻印されるということになりますね」

「それはそうなりますが……」

元町は不満そうに答えた。

「以上です」飯島は尋問を終えた。

次は真行寺が尋問を行った。

「深夜、八王子バス停から女性が階段を下りてきますが、その時、彼女はどんな状況だったのか、それを教えてください」

「まあ、今説明したようにまずまずの売り上げなので二時間ほど仮眠を取ろうと思って、その道に入ってきたわけですが、車を止めてリクライニングを倒したら、コートを抱えて階段を駆け下りてくる女性が見えました」

「下りてきたのはその女性だけでしたか」

「その女性は途中で後ろを振り返り、中央道バス停に入る扉の方を見上げて何か怒鳴っているように見えたので、私も身を起こして助手席側の窓から扉の方を見上げました。そうしたら男性が扉のところに立っているのが見えました」

「その男性は階段を下りてはこなかったのでしょうか」

「下りてきませんでした。あの時間には松本、長野方面に向かうバスに乗る客はいません。だから下り車線を走っていたカップルが喧嘩でもして、女性が車を降りて飛び出してきたのかと思いました。それに男性の格好が異様でした」

「異様というと？」

「上半身はシャツ一枚で、ズボンのベルトを締めているような格好をしていたんです」

「女性の方は？」

「階段を下りて、すぐに私の車のドアを叩いたので乗ってもらいました。彼女の方も何かがあったのはすぐにわかりました。車に乗ったらコートを着ましたが、ブラウスのボタンは全部外れていて、ブラジャーが丸見えでした。髪の毛もむしられたのかぐしゃぐしゃで、何かあったのは一目瞭然、警察に通報しますかって聞いたくらいです」

「それで彼女はどうしましたか」

「一刻も早くこの場所を離れたいから車を出してくれと頼まれ、取り合えずメーターを倒して走り出したんです」

「彼女を乗せた後、そのまますぐに八王子駅に向かったということですか」

「いいえ、すぐに停車しました」

「どういうことでしょうか」

「彼女を乗せて、走り出した瞬間、ものすごい音がしたんです」

「どんな音でしたか」

「車が追突する金属音でした」

「どちらから聞こえてきたのでしょうか」

「後方からです。最初は中央道高架下の中央道元八王子バス停交差点で、信号無視でもした車が事故を起こしたのかと思って、振り返ってみましたが、交差点での事故ではなさそうでした」

「その音に気づいたのは元町さんだけだったのでしょうか」

「いや、前に止まっていたタクシーの運転手も降りてきたくらいの大きい音で、外に出てきたドライバーのところで一瞬車を止め、窓を開けて、中央道で事故が起きたんだろうって数秒話をしました。何故運転手と話をしたかというと、一一〇番通報をしてもらおうと思ったからです。それから彼女を八王子駅までお連れしました」

「話をしたというドライバーはお知り合いですか」

「会社はMタクシーですが、そのドライバーとは八王子駅前に並んだり、タクシードライバーがよく訪れる定食屋やラーメン屋で顔を合わせたりする程度で、名前までは知りません」

「休憩を取るために中央道沿いのその周辺に集まるようですが、その晩、その周辺にいたK交通のタクシーはいなかったのでしょうか」

「私は中央道の下り車線側の一般道で車を止めましたが、上り車線側にも中央道に沿った一般道がありますす。地図を出してくれませんか」

元町が地図をモニターに示すように言った。書記官がパソコンを操作し、再び中央道元八王子バス停付近の地図を表示した。

「上り車線側に横川下原公園がありますが、この公園前に中央道高架下に道があって、その高架下で同僚がやはり休憩を取っていました。地図でいうとここです」

中央道の高架下を潜る道があった。

「そこで同じ会社のタクシーが休憩を取っていたわけですね」

「はい」

「そのタクシーは同じ機器を使用しているんですか」

「そうです。会社に戻り、横川下原公園前で休んでいたらすごい音を聞いたと言っていたので、私もその時、変わった女性客を乗せたという話をしました」

「横川下原公園前で休んでいたタクシーのタコグラフには、二時十二分には何が記載されるのですか」

「タコグラフには位置情報まで記載されませんが、その時間に車は停車しているので、走行距離ゼロ、速度もゼロで、停車していたことがはっきりするだけです」

「トラックとレクサスの事故があったことはいつ知ったのでしょうか」

「翌朝、大事故があの直後に起きたのをテレビで見て知りました。やはり彼女を乗せた直後に事故が起きたんだと確信したんです」

真行寺は「弁護人からは以上です」と着席した。

「では証人はこれで結構です」裁判長が元町の退廷を認めた。

15　審理最終日

六日目の法廷は、被害者と加害者が証言することになっている。

車椅子に乗った大河内壮太が法廷に入った。相変わらず残暑が厳しくブルーのTシャツに鼠色の上下のスウェットを着ていた。筋肉が萎えきった両足の骨格がパンツに浮かび上がっている。

「車椅子に座ったままで結構ですから」福永裁判長が言った。

しかし、大河内は二度と立つことができないのだ。桑原麻由美が証言する前であれば、裁判員の同情を集めることができたかもしれない。真行寺は六人の裁判員の表情をそれとなく観察してみた。

法廷に入った時から刺すような視線で大河内を見つめ、一番、四番、五番の女性裁判員の視線には憎悪が滲み出ている。他の三人の視線も決して好意的なものではない。加瀬忠を殺している事実、恋人の麻由美をレイプし、それが原因で流産もしている。

加瀬邦夫にかけられている容疑とは直接関係がないことがらだ。裁判官、裁判員の評議では、これらについて大河内に質問することは、裁判長から控えるようにと、裁判員に対して注意が出されているかもしれない。大河内は被害者であるのと同時に、裁別の事件では加害者でもある。それが明白になった以上、事故で下半身の自由を失ったと萎えた足を強調したところで同情を集めることはできないだろう。

人定質問を行い、いつもなら形式通りに行われる宣誓だが、福永裁判長は「虚偽の証言は法律で罰せられる」といつもより慎重に念を押した。

飯島検察官の尋問が開始された。

「十二月〇日午前一時、早稲田大学正門前での桑原麻由美さんとの待ち合わせですが、デートの誘いはあなたの方からしたのでしょうか」

「私の職業はホストです。自分の方からデートに誘ったことが他の客に知られれば、私の売り上げは激減します。だからそんなことは絶対にしていません」

「では、桑原さんの方から誘いを受けたということですね」

「そうです」

「どのように誘いの言葉があったのでしょうか」

「正確に覚えているわけではありませんが、二人だけになりたいみたいなことは言われました」

「過去に桑原さんとはいろいろあったようですが、あなたはその誘いに何のためらいもなかったのでしょうか」

「客としてスターダストに来てもらった以上、客のひとりとして対応しただけです」

大河内にとって、店に足しげく通う客、店外でのデートに金品を貢ぐ客が最良の客で、過去のいざこざなど気にも留めないのだろう。

「それで彼女の誘いを受けて富士急ハイランドでデートするために、富士吉田方面に向かったわけですね」

「そうです」

「走行中にあなたは調布インターから入ってきた加瀬被告が運転するトラックを追い越したか、あるいは追い越された記憶はあるのでしょうか」

「事故後、追突してきたトラックの写真を警察の方で見せてもらいましたが、多分、多摩モノレールの高架下を潜ったあたりで追い抜いたトラックではないかと思うけど、はっきり抜いたという意識はありません」

「それでは八王子バス停待避線に入った理由をお聞きします」

「だからあの女からセックスを誘われて、仕方なく八王子バス停に入ったんだ」

「仕方なくというのはどういうことですか」

「運転中に俺の何を触ってくるし、口の中で転がされたら、こっちだって反応するし、注意力が散漫になって事故るから……。それで待避線に車を入れたんだ」

「つまり走行中にあなたのペニスを触られ、彼女の口で愛撫されたから、仕方なく八王子バス停待避線に入ってレクサスを止めたということですね」

「そう、その通りだ。いや、その通りです」大河内が答えた。

「その後はどうなったんですか」

「口の中でいかされてしまって……。そうしたら突然態度を変えて、狂ったように自分の頭をかきむしり、ボタンを引きちぎるようにしてブラウスの前をはだけて、車から飛び出してしまったんだ」

「何が起きたんですか」

「いまだにわからないよ。あいつの取った行動の意味が」

「その後、あなたはどうしたんですか」

「あんなところで降りたって帰るのにも困るだろうし、戻ってくるように言ったよ」

「あなたもすぐに車を飛び出したのですか」

「いや、こっちもその気になっていたからズボンは脱いでいるし、裸同然で、着るものを着てから外に出たんだ」

「その時、彼女はどうしていたんですか」

「バス停横の階段を走って下りていた。勝手にしろと思い、俺はすぐに車に戻った」

「あなたの証言とはまったく異なり、桑原さんはあなたにレイプされそうになったと証言しているのですが」

「あの女がウソをしゃべくりまくっているんだよ。第一誘ってきたのはあいつだし、富士吉田のラブホに入ろうと言ってきたのもあの女だ。それなのに何で俺があんな場所であいつをレイプしなければならないんだ。あいつの言い分はホントにウケるよ」

大河内の話はしだいに熱を帯びてきた。同時に口調が仲間同士での会話のように乱暴になってきた。

車内からは大河内の大量の血液に混じって、体液も検出されている。大河内が車内で射精に至ったのは隠しようのない事実だ。

「では、車に戻ったあなたはどうしましたか」

「すぐに車を出して、相模湖インターで下りて東京に戻ろうと思った」

「それで待避線から出た後のことを覚えている限り話してください」

「バス停前からスタートして、車線の流れを確認したらトラックがよたよた走っているのが見えた。それでトラックが接近してくる前に第一車線に出てしまおうと思って思い切り加速した。ところが俺が加速したのと同時に相手も加速してきて、気がついたら追突されていた」

「その時間はわかりますか」

「二時過ぎだったのは覚えているが、正確な時間なんてわかるはずがない」

「追突された後、あなたは意識を失うことはなかったのでしょうか」

「意識を失ったのか、あるいは事故で激しく頭を打ったせいなのか、記憶は一瞬とんでいるんだ。その間が一、二分なのか五、六分なのかはっきりしない」

「意識がはっきりしたのはいつなのか、それは覚えていますか」

「人の声がした」

「加瀬被告の声ですね」

「すぐに加瀬被告とわかったのでしょうか」

「聞き覚えのある声だったし、こっちは救助を求めているのに、『助かるといいなあ』なんてまるで人ごとのように言うのを聞いて、忠のオヤジさんだと確信した」

「彼は助け出そうとしてくれたのでしょうか」

「すぐにオヤジさんの声が聞こえなくなったので一一〇番に通報してくれていると思った。ところがトラックのエンジンが聞こえてきて、レクサスにがんがんぶつかってきた。殺されると思った」

「どうして殺されると思ったんですか」

「トラックはものすごいエンジン音を立てているし、タイヤが軋み、スリップして焦げている臭いがした。踏みつぶされるのを覚悟した」

「その時の意識ははっきりしていたのでしょうか」

「時間が経つにつれて再びもうろうとしてきたけど、殺されるという恐怖感はあったよ。すぐにパトカーのサイレンが聞こえてきたので助かったと思った瞬間、完全に意識を失った」

「救出される時の記憶はあるのでしょうか」

「まったくありません。生きているとわかったのは病院に入って数日後だった」

「いま、こうして法廷に立って、加瀬被告に伝えたいことはありますか」

「確かに忠の命を奪ったのは俺が悪い。でも、だからといって俺を殺していいという理由にはならないと思う。罪を償ってほしいと思う。法廷で傍聴を続け、桑原の証言を聞き、これは完全に罠にはめられたと思った」

「罠ですか？　罠とはどういうことですか」

真行寺がすぐに立ち上がり言った。「異議があります。検察官の質問は被害者の想像を尋ねているにすぎません。加瀬被告の計画的犯行というのであれば、具体的な論拠を示し、それを被害者に訊くのが筋だろうと思います」

「異議を認めます」福永が答えた。

「では、以上で検察官の尋問を終えます」

飯島の最後の質問は蛇足だ。裁判官、裁判員、傍聴席の記者もすべてが計画性を疑っているはずだ。しかし、それを示す根拠は何一つとして裁判では明らかにされていないのだ。

真行寺が立ち上がり、反対尋問を始めた。

「事故直後のことをおうかがいします。頭部を激しく強打して記憶が一瞬とんでいるような証言をされていますが、どれほどの時間だったのか、その感覚は鮮明ではないのですね」

「はい、そうです」

「加瀬被告の声で、意識が戻ってきたわけですね」

「はい」

「加瀬被告の声は怒鳴るような声だったのでしょうか」

「いや、そんな大きな声ではなかったかと思う」

「レクサスが反転してしまうほどの大事故で、生存者の確認をするわけですから、大声だったと思うのですが、違うのですか」

「こっちは頭をブレーキの方に突っ込んでいて、出血した血が鼻や口、耳に流れ込んでくるような感じがして大声が出せなかった。それでも助けてくれって必死に叫んだ。聞こえてきたのは、ひとり言のような『助かるといいなあ』という呟き声だった」

「あなたは呟くような加瀬被告の声で意識が回復したんですね」

飯島が何かを言おうとした瞬間、「弁護人からの尋問は以上です」と真行寺は着席した。大河内の証言には一貫性が欠如しているという印象を裁判員に与えることには成功しただろう。

口ごもる飯島をしり目に、福永裁判長が裁判員に目配せをした。

四十代で子育てに追われているような雰囲気の一番裁判員が、「質問よろしいでしょうか」と控えめな口調で福永に聞いた。

「どうぞ」福永裁判長が答えた。

「今の質問に関連するのですが、大河内さんは加瀬被告の声で意識を取り戻したんですよね。その後、どれくらいして二度目の衝撃があったのでしょうか」

「忠のオヤジさんの声がしなくなったと思ったら、すぐにガーンときたから、一分もなかったと思うけど、どのくらいの間があったかは、よく覚えていません」

三番裁判員も間をおかずに訊いた。

「二度目の衝撃では意識が飛ぶことはなかったのでしょうか」

「意識が飛ぶどころか、その衝撃で殺されるという恐怖感でいっぱいでした」

六番裁判官が続けた。

「ということは何分くらいトラックの轟音が響いていたのか記憶はあるのでしょうか」

「多分、五、六分くらいだったと思うけど……」

大河内はあいまいな返事をした。

裁判員からの質問が終わると、「ではここで十五分ほど休憩を入れましょう」と福永裁判長が言った。裁判官、裁判員が一斉に席を立った。

休憩後、被告人質問が行われた。真行寺が明らかにすべき点は明白だった。大河内を殺したいという思いを被告人は強く抱いているが、それを実行に移すような人間ではないこと、そして殺人を試みた事実はないことを加瀬本人から引き出せばいいのだ。

手錠を外され、腰紐を解かれた加瀬邦夫が証言台に立った。法廷はこの日で結審する。今日一日を乗り越えればと思っているのか、加瀬の表情にも安堵がかすかに感じられる。

「大河内さんら三人によって、当時は未成年だったようですが、あなたの長男の忠さんが殺されています。そのことについてはどう思っていますか」

「家裁での審判は、あれでよかったと信じているというか、よかったと思っています」

「家裁での審判とは具体的にはどのようなことを指すのでしょうか」

「三人の少年に直接私の気持ちを伝えられたし、彼らも私の気持ちを理解し、更生を誓ってくれました」

「しかし、その時の償いの約束は守られていません。それが大河内への殺意につながっているのではないでしょうか」

「言葉にすれば殺してやりたいほど憎い。裏切られたという気持ちも人間だから当然あります。だからといって実際に殺害するかどうかはまったく別の話です」

「あなたが大河内さん所有のレクサスを最初に見たのはいつですか」

「事故の三、四ヶ月前だったかと思います」

「どこで見たのでしょうか」

「新宿歌舞伎町で大河内がスターダストに出勤してくるのを待ち受けていた時です」

「十二月〇日、つまり事故のあった夜ですが、そのレクサスを追い抜いたか、あるいは追い抜かれたという記憶はあるのでしょうか」

「大河内の車かどうかはわかりませんが、多摩モノレールの高架下付近で同じペイントをした車に追い抜かれたのは覚えています」

「八王子バス停付近を通過する時、待避線から第一走行車線に入ってくる車には気づかなかったのでしょうか」

「何で気づかなかったのか、何故ブレーキを踏まなかったのか、何度も思い出してみましたが、車が入ってくるのはなんとなく認識しているんです。でも、それがテレビか映画を見ているようで、自分がトラックを運転しているんだという感覚ではなかったんです」

「待避線から第一車線に入ってくるレクサスのルーフのペイントは見ているのでしょ

うか」

「多分見ているると思うのですが、はっきり見たと言えるほど記憶に残っているわけではないのです。見たような気もするし、見ていないような気も……。意識がぼんやりしていたんだろうと思います」

「追突した時はどうだったのでしょうか」

「衝撃、音、いずれもすごかったとは思うのですが、まるっきり他人の事故みたいに私には自覚がないんです」

「その後もレクサスに追突したままアクセルを踏み続けていたようですが、意識は相変わらずもうろうとしていたのでしょうか」

「もうろうとしていたというか、自分が運転していたという意識がなかった。身体が硬直していたというか、寝ている時に金縛りにあうといいますが、そんな状態でした」

「意識がはっきりするきっかけはあったのでしょうか」

「怖い夢を見ていて飛び起きたように、ある瞬間ハッと気がつき、目の前にひっくり返った車が見えて、事故を起こしてしまったとわかったんです。通り過ぎた車がクラクションを鳴らしっぱなしでした」

「その後は、どういう行動を取ったのでしょうか」

「エンジンを切り、前の車にすっとんで行きました」

「それで」

「先ほど私の声が小さかったという大河内君の証言ですが、万が一、死なれでもしたら大変なことになると思ったので、大声で呼びかけています。彼の声がしたので、私は大急ぎでトラックの運転席に戻り、コンソールボックスから携帯を取り出して警察に通報しました」

「あなたは事故を起こした直後、レクサスの運転手が大河内さんだとわかると、再びトラックに戻りエンジンをかけ、レクサスを押しつぶそうとした事実はあるのですか」

「目の前に私が起こした事故で車がひっくり返り、中に生存者がいるのにそんなことができるはずがありません。絶対にしていません」

「弁護人の質問は以上です」

飯島は極めて難しい反対尋問を迫られていた。

事故発生は、桑原麻由美が保管していたタクシー領収書、K交通のタクシー運転手、元町三郎の証言、タコグラフにより午前二時十二分だったという事実は覆しようがない。

母親の容態が急変し、甲府へ向かう渡昌弘が運転するアルトは、事故直後の現場を最初に通過している。検察の主張では通過したのは午前二時十分頃とされる。渡が現場を離れ警察に通報したのは午前二時十三分だ。

　そして次に現場を通りかかったのは塩野元気が運転するフィットで、八王子料金所を通過したのは午前二時五分で、八王子バス停付近を通過したのは午前二時十分台となっていた。塩野はトラックの運転席から飛び降りている加瀬を目撃したと証言している。

　しかし、渡、塩野の目撃した光景はその通りだとしても、通過時間、目撃時刻は完全に崩れたことになる。

　中平夫妻は現場を撮影し、それには運転席に座る加瀬が映り込んでいる。撮影時間も午前二時十五分五十六秒と写真データのプロパティに残されている。

　飯島の主張は塩野元気が八王子料金所を通過した時間を起点に導き出されたもので、推測でしかないのだ。塩野が八王子バス停を通過したとされる午前二時十分台という時間そのものが、最初から極めて不確かなものでしかなかったのだ。

　しかし、飯島は事故発生時刻を午前二時九分とし、その直後に加瀬はトラックから飛び降り、レクサスの車内に取り残されているのが大河内と確認、すぐにトラックに戻り、レクサスを押しつぶそうと加瀬が試みたという犯行態様を描いてみせた。

　大河内の証言を信じ、トラックから飛び降りるのを塩野が目撃した午前二時十分、その直後にトラックに戻り、少なくとも午前二時十五分五十六秒までは、アクセルを全開にしてレクサスをつぶそうとしたという主張だった。

検察側の主張する渡のアルト、塩野のフィットの現場通過時刻は、事故発生を午前二時十二分とする客観的証拠と明らかに矛盾する。

飯島は加瀬被告の殺意を明確にする尋問を開始した。

「大河内さんが所有するレクサスと同じペイントをした車に追い抜かれたようですが、その時はどのように思ったのでしょうか」

「どのように思ったかと言われても、その車に大河内が乗っているとわかったわけではないので、ああ追い抜かれたなというくらいで、特別に何も思いませんでした」

「あなたは陸運局でレクサスについて調べていますよね。当然、大河内さん所有のレクサスのナンバープレートの数字も知っていますね」

「もちろん知ってはいますが、それを暗記しているかどうかとは別問題です。私は法定速度で走っているわけで、猛スピードで追い抜いていった車のナンバープレートなんかいちいち見ていませんよ。そんなことをしたらすぐに交通事故を起こしてしまいます」

「あなたはレクサスの天井の特殊なペイント、そしてナンバープレートから大河内が運転していると確信したのではありませんか」

「今言った通り、ナンバープレートを見ていないし、彼の車のナンバーを記憶していたわけではないので、大河内が運転しているなんて確信なんかできません」

「では八王子バス停付近で、待避線から第一走行車線に入ってくるレクサスにいつ気がついたのでしょうか」

「これも何度も答えているように、私は石川パーキングエリアを出てからのことはもうろうとしていて、記憶は極めて不確かで、待避線から車が入ってくることがわかれば、私だってまだ生きていたいし、事故を未然に防ぐためにブレーキを踏んでいます。事故を起こせば会社にも迷惑をかける。車が入ってきたという意識もないし、ましてやレクサスだなんてそんなことまでわかるはずがありません」

「これまでに意識がもうろうとしたり、運転中に身体が硬直したりしたという経験はあったのでしょうか」

「ありません。あれば当然健康診断を受けています」

飯島の尋問は完全に空回りを始めていた。

「意識が戻ったというか、クリアになった瞬間、どうしたのでしょうか」

「目の前にひっくり返った車があるし、エンジンを切って、その車に乗っている人を助けなければと思いました」

「それでトラックを飛び降りてレクサスのところに行ったということですか」

「その通りです。でも私ひとりの力というか、人の手ではどうにもならないほどつぶれていたので、生存者がいるとわかった時点で、すぐにトラックに戻り一一〇番通報したんです」

「中平さんが撮影した写真では、あなたがトラックをまだ運転しているようにも見えるのですが、この時点ではまだ意識が覚醒していなかったということですね」

「確かに見せていただいた写真にはタイヤが焦げたと思われる煙が充満しているように見えます。しかし、助けられるかどうか確認していた時間はおそらく二、三十秒くらいで、すぐにトラックの運転席に戻り一一〇番通報しているところの写真だと思います。この直後にトラックから降りて、警察に詳細を伝えていたところに、力を貸しましょうかと大橋さんが来てくれたんです」

「以上です」

飯島は事故の発生時刻、渡運転のアルト、塩野のフィットの現場通過時間についての尋問はしなかった。

論告求刑の時に新たな見解を述べるのではないかと真行寺は思った。

「では、明日午後二時から論告求刑、最終弁論、被告人の最終陳述で、結審の予定です」

福永裁判長が言った。

審理最終日。飯島がどのような論告を展開するのか。真行寺も加瀬邦夫も、飯島の論告を、息を潜めるようにして待った。

福永裁判長が「では、始めてください」と飯島に言った。

「この裁判は、常日頃から大河内壮太に殺意を抱く加瀬邦夫が、トラックを運転中に引き起こした重大事故に続き、明確な殺意のもとに実行に移された殺人未遂事件を裁くものであります。

石川パーキングエリアから中央道に出た加瀬被告は意識もうろうとしたまま走行を継続したと主張しました。しかし、健康上には何の問題もなかったのは、木梨医師が明確にしています。弁護側の証人として証言された赤坂医師は、加瀬被告を睡眠時無呼吸症候群と診断しました。ですが、この診断は加瀬被告が同疾病を罹患していた事実を明らかにしたにすぎず、走行中に症状が現れた可能性を示唆するものではあっても、症状が現れたと事実認定をするものではありません。

石川パーキングエリアから八王子バス停まで七・五キロを蛇行しながら中央分離帯、あるいは路側帯のガードレールや壁面に激突しなかったのは、それを回避するだけの意識を加瀬被告が持ち合わせていたからにほかなりません。

にもかかわらず八王子バス停付近まで蛇行運転を続け、待避線からルーフに独特の塗装を凝らしたレクサスが第一走行車線に入ろうとしているのを確認したのと同時に、進路を妨害するために追い越し車線から直線走行に変えました。しかし、トラックが迫ってくるのを察知した大河内もレクサスを加速させ、衝突を回避しようと試みましたが、百十五キロの猛スピードで迫ってきたトラックによって、運転席側の後部ドアに追突されたものです。

上野医師は、体が硬直し、自分の意思では体を自由にできなくなってしまうスティッフパーソン症候群の存在を明らかにしてくれましたが、これとてもそうした病気が存在するというものであって、加瀬被告がその病気だったというものでは決してありません。

また桑原麻由美証言、元町三郎証言によって、事故発生時間は〇日午前二時十二分だったと弁護側は主張していますが、殺人未遂行為そのものを否定するものではありません。

事故発生直後に渡昌弘運転のアルトが通過しています。

渡は通過後、二時十三分に一一〇番に通報し、大事故の発生を知らせています。

アルト通過から間もなく、塩野元気が運転するフィットが通過しています。この時、塩野はトラックから飛び降りる加瀬被告を目撃しています。

午前二時十五分五十六秒に中平里美が現場を撮影しています。その写真には運転席に加瀬被告が乗り、空転するタイヤが摩擦で焼け焦げ、辺りには煙が充満しています。つまり事故発生直後から午前二時十五分五十六秒まで、加瀬被告は四トントラックでレクサスごと大河内壮太を押しつぶして殺そうとしたのは明白です。

さらに桑原麻由美が乗車したタクシーの領収書、タクシーのタコグラフですが、公判前整理手続ではいっさい提示されなかったものです。それが突如として申請されたもので、裁判員裁判の原則に反する方法で証拠として採用されています。こうした証拠による判断は極力避けられるべきだと考えます。

加瀬被告は過失運転致傷罪を主張し、殺人未遂について重大な殺意を抱いていたにもかかわらず、殺人未遂を認めず反省のかけらも見せていません。犯行態様も悪質極まりない。

証拠写真によって明らかにされてきたように、レクサスの破損状況を見れば、少なくとも大河内は三回の大きな衝撃を受けています。一度目は運転席側後部ドア部分へのトラックの追突、次いで反転しルーフを下にしたままガードレールへの衝突、そこに最後は助手席側にトラックが追突してきました。これらの衝撃の度合いは、事故専門の鑑定人によって詳細に明らかにされ、弁護側もこの事実については争っていません。

三度目のレクサスへの衝撃は、被告人が大河内壮太を殺そうと、アクセルを故意に全開にし、大河内壮太の殺人をもくろんだものです。

よって被告人加瀬邦夫を、危険運転致傷罪、及び殺人未遂罪で懲役十二年の実刑に処するのが相当と思われます」

飯島が着席した。飯島は事故発生時刻を明確にしないまま、論告を終えた。

次は真行寺の最終弁論だ。

「弁護人としては、改めて危険運転致傷罪の適用は誤りであり、あくまでも過失運転致傷罪を主張します。殺人未遂については、加瀬邦夫被告が大河内壮太を殺そうとした事実はなく、無罪を主張します。

大河内運転のレクサスに八王子バス停まで同乗した桑原麻由美、そして彼女を乗せたタクシーの元町三郎運転手によって、事故発生は午前二時十二分と客観的な証拠と証言によって確定しました。

検察側の当初の主張は午前二時九分と最初から極めてあいまいなものでした。はっきりしているのはアルトを運転する渡昌弘が事故最初の目撃者であったこと。そして、その直後に通りかかった塩野元気が、加瀬がトラックから飛び降りているのを目撃している事実。その次に現場を通過したのは中平夫妻で、妻の里美が撮影したスマホの写真撮影時間が午前二時十五分五十六秒であったこと。

検察側の主張によれば、事故発生直後に加瀬被告はトラックから降りて大河内壮太の生存を確認し、まるで息の根を止めるがごとくトラックで押しつぶそうとしたとしていますが、それを裏付ける物的な証拠は最後まで提示されず、最終的には大河内壮太の証言のみです。

果たしてその証言が真実であるのかどうか、よく検討していただきたいと弁護人は思います。

当然、大河内が受けたダメージは大きく、生死の境をさまよっていました。本人の証言の中にも記憶がとんでしまった旨の証言もありました。大河内が虚偽の発言をしているとまでは申しませんが、意識の混濁、記憶の混乱も十分に考えられる証言です。

そして加瀬被告がトラックを飛び降りているのを目撃した塩野元気が、現場を通過した時間を午前二時十分台としていましたが、それは塩野運転のフィットが午前二時五分に料金所を通過した時刻から割り出されたものです。時速八十キロ程度で走行していたという塩野証言によれば、フィットが八王子バス停を通過した時刻は午前二時十分台になります。しかし、警察の検証から導き出されたフィットの現場通過時刻には大きな疑問が残ります。

加瀬被告は事故を起こした後も、しばらくの間意識がはっきりしないままアクセルを踏み続け、意識を回復するのは塩野元気が運転していたフィットのクラクションでした。最初に通過した渡昌弘は後方から接近してくるフィットのヘッドライトを確認していません。つまり渡と塩野の車間距離はかなりあったと想像されます。

　接近してくる塩野のフィットからのクラクションで意識を取り戻した加瀬被告はただちにトラックから飛び降り、レクサスに向かったのです。塩野が目撃したのは、その時の加瀬の姿でした。つぶれたレクサスに生存者がいることを確認し、救出はひとりでは無理と判断し、すぐに加瀬はトラックに戻りました。それはレクサスを完全につぶすためではなく、携帯で一一〇番通報するためです。中平里美がスマホで撮影した時間は午前二時十五分五十六秒です。これはトラックのアクセルを踏んでいるのではなく、携帯電話を取り出しているところの写真と見る方が合理的です。

　では何故焦げたタイヤの煙が映り込んでいるのか。それはレクサスに駆け寄り、生存を確認した時刻と、加瀬被告が運転席に戻った午前二時十五分五十六秒との間にそれほどの時間の差がなかったからです。加瀬被告はこの間を二、三十秒と証言しています。

　加瀬被告は大事故を起こしてしまったことを認識するとレクサスに行き、ひとりでの救出を諦め、すぐに一一〇番通報しているのです。加瀬が事故を認識したのは、おそらく午前二時十五分過ぎではなかったかと推測されます。つまりその時間まではタイヤは猛スピードで空転していました。現場に煙が充満するのは当然です。しかも気象庁の発表によると、〇日午前二時頃の八王子の風力はゼロでした。

加瀬被告が自ら法廷で明らかにしているように大河内に対しては明確な殺意を抱いていましたが、事故後の対応は極めて人として当然の対応策を取っているのです。裁判に裁判員が加わるようになった一つの理由には市民感覚による判断も重要で、市民感覚が冤罪を防ぐからだとも言われています。事実を冷静に見極めた上で、厳粛な判断をお願いしたいと思います」

真行寺は着席した。残るは加瀬被告による最終陳述のみだ。

「被告の方から結審するにあたって言いたいことはありますか」

福永裁判長が加瀬に言った。加瀬が立ち上がり証言台に立った。

「重大な事故によって大河内君に大きな障害を負わせてしまったことに対しては心から謝罪したいと思います。しかし、殺そうなどと思ったことはなく殺人未遂についてはまったく身に覚えはありません。事故についての過失運転致傷罪ならいかなる裁きでも甘受するつもりです。公正な判決をお願いしたいと思います」

加瀬の陳述はこれで終わった。

福永は加瀬が被告席に戻ったのを確認し告げた。

「本法廷はこれで結審し、次回の法廷は二週間後、判決宣告とします」

加瀬に手錠がかけられ、腰紐が結ばれ退場した。

大河内はそれを不安な様子で見つめていた。

16　見えない真実

真行寺は公判前整理手続の段階で、塩野元気が事故当日の午前二時五分に八王子インターから入り、中央道八王子バス停を午前二時十分台に通過したという八王子警察署での証言を疑うことはなかった。しかし、桑原麻由美が証言台に立つ決意を固め、八王子バス停横の扉から一般道に出て、タクシーで八王子駅前まで乗車した事実を聞き出すと、真行寺は野村に桑原を乗せたタクシーの調査を依頼してきた。

その調査依頼を受けて、野村は深夜の二時に現場をオートバイで走ってみた。八王子市のおもなタクシー会社はM交通、朝日交通、飛島交通、西八交通、それにK交通の六社だった。

野村はオートバイを横川下原公園前に止めた。中央道に沿ってタクシーが五台ほど止まり、運転手が仮眠を取っていた。野村は昨年十二月〇日午前二時頃、八王子バス停から下りてきた若い女性を乗せたタクシーを知らないか、タクシー運転手に尋ねた。

仮眠中に客でもないのに起こされ、窓を開けてくれたものの「知らない」の一言ですぐに閉めてしまった運転手もいたが、三台目のタクシー運転手がK交通のドライバーが若い女性を乗せたと言っていたのを覚えていた。

「トラックが乗用車に追突したあの大事故の夜に乗せた女性客のことだろう」

「そうです。その女性を乗せたタクシー会社と運転手さんを探しています」

「それならK交通に行って聞いてみな。名前は知らないけど、K交通のドライバーがやばい女性を乗せたっていう噂は聞いたよ」

　野村はそれを聞くと、翌日K交通の八王子支社を真行寺と一緒に訪ねた。○日午前二時、八王子バス停付近で女性客を乗せたタクシー運転手の名前はすぐに元町三郎と判明した。元町は桑原が八王子バス停から駆け下りてきた時の様子や、乗車時間を記憶していた。

「私たちは、事故、事件に遭遇した時は、警察に通報した後、直ちに会社にも報告する義務があるんです。そうすれば事故・事件処理班が急行してくれるし、現場付近を走行中のタクシーが支援に駆けつけてくれるようにもなっているんです」

　元町は桑原の緊迫した様子から事件を感じ取り、反射的に時計を確認したようだ。

「乗せたのは二時十二分で、搭載してあるタコグラフのデジタル時計で確認していま す。乗せた瞬間、中央道八王子バス停付近で大きな音がしたので、なおさらあの夜のことは覚えているんです」

　真行寺は元町のこの時の証言で、事故発生は午前二時十二分であることを知った。事情を元町に説明し、事故の発生時刻について場合によっては証言台に立ってほしいと依頼した。

「今話したようなことであれば、俺はかまわないけど……。それよりタコグラフがあればもっと正確な時間が割り出せると思うけど」

元町は真行寺と一緒にK交通の総務課に話をしてくれたが、会社の情報をいかなる理由があっても簡単に提供することはできないとにべもなく断られてしまった。

「その女性に確か領収書を切ったように記憶しているんだが、彼女にそれを提出してもらえば、タコグラフと同じ時刻が刻印されている。そっちを探してもらう方が簡単かもしれない」

困り果てていた真行寺の表情を見て、元町が総務に言った。

「タコグラフの提供なんか、悪用されるわけじゃないし、法廷に提出するんだから出してもかまわないんじゃないか」

「そりゃ、警察とか裁判所から要求されれば、今すぐにでも出せるよ」

「その節はよろしくお願いします」

真行寺は元町と総務に礼を言って支社を離れた。

しかし、K交通の元町運転手の証言で、飯島の主張には大きな綻びがあるのが明確になった。検察が主張する事故発生時刻は、実際より三分も早くなっているのだ。

「ついでにもう一つ頼まれてほしい調査がある」真行寺が野村に言った。

「何をすればいいのよ」

検察側は塩野元気が運転するフィットが事故現場を通過した時刻を午前二時十分台としていた。しかし、事故は午前二時十二分に発生している。

「実際に塩野が現場を通過した時刻を知りたいんだ」

「だって塩野が八王子料金所を通過したのは、ＥＴＣカードの記録から二時五分と確定しているんでしょ。八王子バス停までノンビリ走っても五分もかからないと思うけど……。何か変ね」

「塩野はつぶれたレクサスを見ているし、トラックから飛び降りる加瀬も目撃している。塩野の実際の通過時刻は判決を大きく左右するんだ」

こうして野村は、塩野の調査も黎明法律事務所から依頼された。

塩野が午前二時五分に八王子料金所を通過しているのはＥＴＣカードによって記録されている。八王子バス停まで通常であれば四、五分で着いてしまう。警察、検察の描くシナリオに合わせて、二時十分台に通過と証言した可能性が高い。

しかし、元町の証言により飯島の主張は完全に崩れてしまう。塩野元気のフィットが実際に現場を通過するのは、事故発生の午前二時十二分から、中平里美が事故現場を撮影した二時十五分五十六秒の間と思われる。

事故発生直後に加瀬がトラックから飛び降りるのを目撃したというのであれば、事故後再びトラックでつぶされそうになったとする大河内証言を裏付ける一つの傍証にはなりうる。しかし、飛び降りた加瀬を目撃したのが、午前二時十五分五十六秒の直前であれば、今度は、警察に通報するためにトラックに戻ったとする加瀬証言への信憑性が増す。

野村はアポなしで、勤務が終了する夕方六時、塩野が働く八王子市内のネクタイ生産工場を訪ねた。事情を説明して、事故当日の話を聞こうとしたが、けんもほろろに断られてしまった。

「こっちもあんな事故現場を通ったばかりに、事件に巻き込まれて迷惑しているんだ。八王子警察署に呼ばれていろいろ話をしたのに、裁判にも出ろと言われているんだ。弁護士さんに頼まれている調査なら、その時に法廷で全部話すよ」

取りつく島もなかった。

塩野の婚約者の住所はわからなかったが、事務所のスタッフに翌日尾行をさせたら、豊田駅前のマンションはすぐに判明した。塩野は勤務が終わると、ほぼ毎日のように彼女のマンションに立ち寄り、その後、帰宅している様子だ。

婚約者のマンションに通っていることがわかると、野村は事務所のスタッフを日ごとに替えて、塩野の行動を監視し、チャンスがあれば、もう一度聞き込み調査を試みるつもりだった。マンション付近にあるコインパーキングに愛乃斗羅武琉興信所が業務用に使う軽乗用車を止め、いつでもフィットを追跡できるように待機させた。

塩野は勤務が終わると彼女のマンションに直行した。フィットは駐車場ではなく、マンション近くのコンビニの駐車場に止めた。塩野はそこで缶ビールを買った。尾行に気づかれないように、三日間連続で塩野の行動を調査した。よほどビールが好きなのか、三日間とも同じコンビニに入り、五百ミリリットル缶のビールを四本購入していた。

二日間は三時間ほどマンションで過ごし、国道二〇号線を使って相模湖町に帰宅していた。三日目は十二時を回っても塩野はマンションから出てこなかった。スタッフからの連絡で、午前一時になったら切り上げるように指示を出した。

しかし、午前一時少し前、塩野はマンションから出てきた。野村は尾行を指示した。塩野はフィットが止めてあるコンビニにビニール袋を持って向かった。ビニール袋には、空になったビールの缶が七、八本は入っている様子で、それをコンビニ前のゴミ箱に放り込むと、店内に入った。

塩野はコンビニでミネラルウォーター二本と眠気覚ましのドリンク剤二本、そしてミントのタブレットを購入した。店を出たところでドリンク剤一本を飲み、ミネラルウォーター一本も飲みほした。

それからフィットに乗り、向かったのは八王子インターだった。三日目は国道二〇号線を使って帰宅するのではなく、遅くなったせいか中央道を使うらしい。野村はそのまま尾行を継続するようにスタッフに命じた。

塩野は八王子インターに入ると、すぐにスピードを落とした。スタッフもフィットの後方に止めた。塩野は車を降りると、公衆用トイレに入ったのだ。スタッフも野村も、料金所を通過し、本線に合流する手前にトイレがあることなど知らなかった。

トイレを出てきた塩野は、フィットの後部座席から残っているミネラルウォーターとドリンク剤を取り出して飲み、タブレットのミントを口に放り込んだ。

塩野が酔いをさますために水を飲み、ドリンク剤とミントで眠気を防ごうとしているのは明らかだった。

中央道に合流すると、塩野は第一走行車線を制限速度いっぱいの八十キロで走行し、相模湖インターで下りて帰宅した。

この調査結果を真行寺に報告した。

「あの晩も婚約者とビールを飲んで帰宅が遅くなり、トイレに寄った可能性が極めて高いなあ」

「本人が素直に証言してくれるといいけどね」

野村が言った。

しかし、証言台に立った塩野は事実を証言しなかった。塩野はあの晩、コンビニの駐車場ではなくコインパーキングにフィットを止めた。婚約者のマンションに泊まるつもりだったのだ。当然、酒量はふえただろう。しかし、翌日の会議資料を自宅に置き忘れたのを思い出し、相模湖町に帰宅した。八王子インターに入ったところで用を足し、眠気防止のドリンク剤を飲んだのだろう。飲酒運転が明らかになるのを恐れて、結局、警察のシナリオ通りの証言をしたのだ。

それほどマスコミが注目する裁判だとは思えなかった。加瀬邦夫が大河内壮太に強い殺意を抱く背景を飯島がリークしたのだろう。初公判の様子は各紙に報道された。加瀬も殺意を否定しなかった。マスコミの注目度は増した。加瀬邦夫がいくら事故と主張しても、世間はそうは思わない。

桑原麻由美も最初は証言台に立つことを拒絶していた。彼女が証言台に立ち、それまでに大河内壮太から受けてきた性的暴力を証言すれば、裁判そのものに対する関心より、加瀬がどのように巧妙に罠をしかけたのか、世間の興味がそちらに傾くのは想像に難くない。

桑原麻由美の証言後、興味本位なニュースが流れた。その直後に紅蠍時代の友人、磯野夏雄が連絡してきた。

「新聞を読んだ。とんでもない事件を引き受けているんだな。さすが黎明法律事務所だ」

「そんなに深く考えずに受けたんだが、背景が複雑なんで正直に言えば、少々焦り気味だ」

「今日にでも明日にでも、一、二時間ほど時間を作れ。飲みながら内々にお前に伝えたいことがある」

「緊急ならお前の会社にこれから行ってもかまわんぞ」

「いや、会社はまずいんだ」

磯野の口調はいつになく歯切れが悪い。

「八王子の京王プラザホテルのバーで、今夜八時に時間は取れるか」磯野が言った。

「わかった。では京プラのバーで八時に会おう」

先に着いたのは磯野の方だった。真行寺が来たことがわかると、カウンターで飲んでいた磯野が「こっちだ」と手を上げた。

磯野はオレンジジュースを飲んでいた。

「お前、酒を止めたのか」

「酒だけは止められない。他はきっぱり縁を切ったがな」

磯野は覚せい剤にも手を出し、自助グループに入り覚せい剤とは決別していた。

「話すべきことを話してから、飲ませてもらう」

真行寺もジンジャエールを注文し、アルコールは磯野の話を聞いてから飲むことにした。

「うちの会社のことは知っているよな」

磯野の父親は自動車メーカーの中堅サプライヤーの創業社長だ。いずれその会社を継ぐことになっている。その重圧と決められたレールの上を歩かなければならない息苦しさから、暴走族に加わったり、覚せい剤に手を出したりして、その頃から真行寺と付き合ってきたのだ。

「俺がしばらく荒れた生活をしていたこともあって、『院卒』を工場で採用しているんだ。もちろん俺が面接した上で、本気でまじめにやるヤツを選んでいるが、なるべく多くの『院卒』にチャンスを与えるようにしている」

真行寺は磯野が何を言わんとしているのか皆目見当がつかなかった。

「新聞広告に『院卒』採用とでもうたって募集しているのか」

「いや、気に入って何年もうちで働き続けているヤツもいれば、三日で逃げ出すヤツもいた。数年頑張ってまじめに働くことを覚え転職するヤツもいる。そういった連中のツテを頼って、雇ってくれないかと『院卒』が面接に来るんだ」

少年院に収容される者の多くは中学卒業か、高校中退だ。磯野の会社で働きながら通信制高校か、定時制高校に通い、なんとか高卒の資格を取るようだ。

「それで?」

真行寺はジンジャエールを半分ほど飲んだ。

「加瀬忠殺しのひとりがうちで働いているんだ」

磯野の言葉に、真行寺は飲みかけのジンジャエールにむせて激しく咳き込んだ。

「ホントなのか」

「ああ、ホントだ」

加瀬忠は大河内壮太、山田竜彦、国東誠の三人に集団で暴行を受け殺された。山田竜彦は定職には就かず、パチンコ屋に毎日入り浸りの日々を送っているようだ。国東の行方を追ったが、真行寺にも国東の行方はつかめなかった。

「国東誠の名前が報道されているわけではないが、このあたりではどこも働くことができないと、ある人の紹介で、面接を受けに来たんだ」

「それで採用したというわけか」

「三ヶ月間は他の社員と同様に試験採用で、まじめに働けば社員にすると言ったら、とにかく定期収入がほしいと、三ヶ月間、無遅刻無欠勤で通し正社員になった」

国東には重い償いの日々が待っていた。大河内、山田の二人は加瀬邦夫への償いをすぐに放棄したが、国東だけは懸命に続けていたようだ。

「行方を戸籍から追ったが、本籍地を変えたようで追い切れなかった」

「生まれ変わったつもりで人生をやり直したいというので、本籍地を変更したらどうだって言ってみたら、そんなことできるんですかって驚いていた」

磯野の助言で国東誠は本籍地を変更していた。

「本人が何か知っているかもしれない。引き合わせてもらえるか」

「いくらお前の頼みでも無理だ」

磯野は強い口調で答えた。

「国東は本気で更生しようとしている。ここで俺があいつを裏切るようなことをすれば、あいつの人生を奪う結果になりかねない」

磯野の言うことはもっともで、真行寺はわかったと返事するしかなかった。

「ただ、裁判に関係すると思われるというか、気になることがあるんで、お前を呼んだんだ」

「気になること……」

「ああ、自動車のＩＴ関連の部品は、諏訪の工場で生産し、三鷹工場で組み立てているんだ」

長野県諏訪市は空気が澄んでいることから、時計などの精密機械を生産する工場が多く、最近はＩＴ関連の生産工場も少なくない。

「国東は諏訪工場から三鷹工場まで、部品の輸送を担当しているんだ」

何故磯野が真行寺を呼びつけたのか、その理由がなんとなくわかってきた。

「中央道を使っているのか」

「部品輸送は週二回で、渋滞の少ない夜に運ぶようにしている」

「あの晩も走っていたのか」

「諏訪から戻ってきていた。お前、タコグラフってわかるか」

「それくらいはわかる」

営業車両の走行距離、走行時速、走行時間帯がわかる装置だ。

「営業用の大型トラックには、タコグラフの設置が義務付けられているが、四トントラックに関しても、二〇一七年三月末までに取り付けなければならなくなった」

「お前の会社はどうしているんだ」

「輸送専門の会社、特に肉や野菜、あるいは鮮魚を輸送する会社は装着を嫌う。タコグラフを見られれば、速度違反が一発でばれるからな。でも、うちは社員に二時間に一度はパーキングに入り休憩を取るように指導している。速度も法定速度を守らせている。運転手の運行状況把握、健康管理からもすでにタコグラフは装着してあるんだ」

「国東の運転する車にも付いているのか」

「付いている」

磯野はここまで話をすると、ジョニーウォーカーのブルーラベルをダブルのオンザロックで注文した。タンブラーグラスが磯野の前に置かれると、磯野は半分ほど一気に飲んで言った。

「あの晩事故が起きたのは何時頃なんだ」

「午前二時十二分から二時十六分くらいに発生したと思われる」

磯野は残りのウィスキーを飲み、二杯目を注文した。

真行寺も同じものを注文した。磯野が呼んだ理由が真行寺にもはっきりとわかった。

「お前、国東が運転するトラックのタコグラフを見たのか」

磯野は黙って頷いた。

「国東はまじめな男で更生していると俺は信じているし、俺が保証する」

「何が言いたいんだ」

「お前は弁護士で法律に縛られている。でも法の正義が時には無力であり、人を殺すことがあるのはお前もわかっているだろう」

「ああ、それで」

「タコグラフはお前に見せてやる。だが、真実を見極めて、法律ではなく人間の正義で裁いてほしい」

仲間を裏切る結果になった苦い経験があった。真行寺も磯野も紅蠍に加わり、週末ともなれば紅蠍の先頭を走り、暴走行為を繰り返し、対立するブラックエンペラーとの抗争を繰り返していた。

高校を退学、編入を繰り返していて高校二年なのか三年なのか自分でもわからなくなっていた頃だ。暴走族同士の喧嘩もどのように情報が漏れるのか、事前に警察に知られ、指定された喧嘩の場所に行く途中に機動隊が待ち伏せしていることもあった。

夏が終わる頃だった。平塚海岸で二つの暴走族、どちらが国道一二九号線を支配するか白黒はっきりさせようではないかと、ブラックエンペラーが伝えてきた。もっともらしい喧嘩の理由を付けているが、手っ取り早く言ってしまえば、なんらかの理由で学校教育から落ちこぼれた連中が、自分たちの存在を誇示するための場が喧嘩だった。だから強い者が誰よりも注目された。

圧倒的に数の上では紅蠍は不利だった。それでも指定された場所に行かなければ暴走族の間では笑い者にされる。紅蠍はできる限りのメンバーを集めた。その中には中学を卒業したが高校にも進学せずに紅蠍のメンバーに加わっていたトシカズがいた。

トシカズは真行寺や磯野を「兄貴」と呼び、慕ってどこにでもついてきた。普段はゲンチャリで集会に来ていたが、湘南や都内を走る時は、磯野が運転する改造車に乗ったり、真行寺のバイクの後部シートに乗っていた。

その夜もトシカズはついてきた。体格はそれほど大きくはないが、喧嘩では一目置かれていた。タガがはずれると、無抵抗になった相手でも徹底的に痛めつけてしまうところがあった。

しかし、その晩は指定された相模川の河原で待っていたのは、交通課の警官とパトカーで喧嘩どころではなく、紅蠍も散り散りになってパトカーに追跡され、ほとんどのメンバーが逮捕されてしまった。それはブラックエンペラーも同じで、多くのメンバーが逮捕されていた。

すでに補導歴のある真行寺や磯野、幹部らは当然保護者が相模原市南警察署に呼ばれた。喧嘩が起きる前でケガ人はひとりも出ていなかった。ほとんどの者が厳重注意で帰宅を許された。しかし、トシカズだけが釈放されていないのが、二日後にわかった。

紅蠍のメンバーがどんな家庭なのか、そんなことに真行寺はまったく興味はなかった。だいたいが世間体を考えて高校だけは卒業しろ、大学に進学しろと口やかましい家庭か、あるいは崩壊家庭だった。家庭の事情など説明し合わなくても、およその見当はついた。トシカズもそんな家庭に育っているのだろうと、特に考えることもなかった。

トシカズには保護者が現れなかった。完全な崩壊家庭などというものではなく、母親はトシカズが小学校三年生の時、暴力団同士の抗争で、父親に向けて発射された銃弾を被弾し、死亡していた。父親は殺人事件を起こし服役中だった。時折、トシカズに送金してくる姉がいたが、二人が暮らす都営住宅に警察が何度連絡をしても姉とは連絡がつかなかった。

トシカズは、姉が手っ取り早く金を稼ぐために、ホテトル嬢をしていたのを知っていた。それを刑事に知られたくなかったトシカズは黙秘を続けた。それが刑事たちの反感を買ったのだろう。

結局、父親が服役中で、姉が売春防止法で逮捕歴があることを調べ上げた。

「そろいもそろってロクデナシの家族だな。テメーの家族は」

刑事のひとことがきっかけだったようだ。トシカズは取り調べにあたっている刑事になぐりかかった。刑事も取り調べ中に殴りかかってくるとは想像していなかったようで、前歯を二本折られた。

普通なら一晩か二晩で釈放されるのに、トシカズは家裁に送られ、結局、少年院に送致されてしまった。刑事にケガをさせたこと、そして家庭環境が劣悪であり、更生が困難ということでトシカズは二年の長期処遇となった。

「トシカズも何をいきがっているんだかなあ。パクられたらとにかく大人しくしておけって、あれだけ言っていたのによ」

磯野は真行寺にそう話しかけてきた。

「刑事相手にタイマンふっかけていくんだから、少年院に送られてもしょうがねえなあ」

真行寺も、トシカズに同情する気持ちなどなかった。

その後、真行寺も磯野も、トシカズのことなどすっかり忘れ、年とともに暴走族から足を洗い、二人は大学に進んだ。トシカズの出院も気に留めていなかった。いつ出院したのかも知らなかった。

トシカズの知らせを聞いたのは、黎明法律事務所の記事が新聞に掲載された頃だった。女性の声で不審な電話がかかってきた。

「紅蠍の真行寺さんですか」

電話をかけてきたのは、群馬県前橋市にある覚せい剤の自助グループ、グレイトラブクルーの代表、山際葉子《やまぎわようこ》だった。

「トシカズって子、知ってますよね」

「知っているけど、いまどこで何をしているかはわからない……」

「昨晩、亡くなりました」

山際葉子が涙をこらえているような声で言った。山際は通夜、葬儀の日時を一方的に伝え、話したいことがあるから必ず参列してほしいと言ってきた。

葬儀は仲間だけのさびしいものだった。その時、山際から、トシカズが育った家庭環境を知らされた。自助グループでは依存症患者同士が自分の生い立ちや悩み、すべてをさらけ出し、語り合い、激励し合って薬物から手を切ろうとする。

「真行寺さんと磯野さんの二人をホントの兄貴だと思っていたようです。トシカズには二人しかいなかったんです」

山際の言葉に、真行寺は胸を錐で刺されるような痛みを覚えた。

「トシカズがいつ出院したのかも知らなかった」

「でも、トシカズはあなたたち二人を訪ねていったようです」

その頃には紅蠍は解散させられ、二人も自分の道を歩み始めていた。そのことに後ろめたさを感じることもなく、二人には自然のなりゆきだった。

「トシカズは解体業をしたり、水商売をしてしばらくは生活していましたが、薬物に手を出し、ここに来た頃は身も心もボロボロでした」

生活保護を受給し、なんとか薬物と縁を切って自立した生活ができるようになると思われていた頃だった。

「もう大丈夫だって思われる頃がいちばん危ないんです」

「危ないって？」

「急に自殺願望が出てきたり、不安に襲われたりして薬物に再び手を出してしまうんです」

　山際のところに前橋警察署から電話があったのは明け方だった。

「トシカズを知っているかと聞かれ、私は反射的に死を思い浮かべました。これまでの経験では、病院から電話があった時はまだ生存している時で、警察からの電話は死んでいる場合がほとんどだからです」

　トシカズはマンションの屋上から飛び降り自殺した。

「きれいな顔で死にたいと座禅を組んだまま飛び降りたようです」

　真行寺は言葉を失った。

「あの時、少年院になんか送られていなければと、刑事に暴力を振るったことをずっと後悔していました。それと二年間、少年院に誰も来てくれなかったことはかなりのショックだったようです」

　真行寺はトシカズの家庭環境も知らなければ、トシカズに思いを寄せることさえしなかった。自分のことだけで精一杯だったというのが現実だ。

「トシカズはいつか兄貴がきっと会いに来てくれると思っていたようです。結局、誰も来てくれなかったと悲しそうに笑っていました。だからホントは真行寺さんをトシカズの葬儀には呼びたくなかったんです」

　逮捕された時、トシカズには身柄を引き受けてくれる家族はいなかった。当時の真行寺は警察から目を付けられ、いつ少年院に送られても不思議ではない状況だった。トシカズの苦境を知っていたところで、何もしてやれることなどなかった。

「あの時、少年院になんか入らないでいれば、きっと違った人生があったような気がすると、ミーティングでよく愚痴っていました。過去になんか戻れないんだから、あの時代があったから、今日の俺があるんだっていう生き方を見つけるしかないだろうって、皆で励ましていたんです」

　当時のトシカズに必要なのは少年院での矯正教育などではなかった。それは今ならわかるが、当時の真行寺にわかるはずがない。

　司法試験の勉強に没頭している真行寺を知って、トシカズはどんな思いにかられたのか。孤立感だけを増幅させたのは想像に難くない。

「実際、まじめに生きたいという気持ちは強く持っていた子でした。真行寺の兄貴について行きたかったって、口癖のように言ってました」

　こう言うと、山際はショルダーバッグからA４の茶封筒を取り出した。中から新聞の切り抜きを出して、そっと真行寺の前に差し出した。黎明法律事務所を紹介した記事だった。

「薬物から完全に手を切ったら、黎明法律事務所で働きたいというのがトシカズの夢でした。それを言いたくて葬儀に参列してもらいました」

新聞記事は血を吸ったのか茶褐色に染まっていた。

山際はそれまでこらえていたのだろう。大粒の涙を流しながら嗚咽した。

「あいつの胸のポケットに入っていました。二年間、少年院に入っていて、真剣にまじめになろうと考えるヤツもいるし、教官を欺いて一日でも早く、少年院から抜け出そうとするヤツもいる。見分け方は兄貴より、きっと俺の方がうまいなんて冗談で言っていました。どうかトシカズの思いを汲んで、トシカズのようなヤツが更生できるように、私たちの味方になってください」

山際の肩が激しく揺れていた。

17　判決

法廷は初公判の日とは打って変わって閑散としていた。最終審理の法廷から二週間後、判決の日、傍聴席に姿を見せた一般の傍聴者は、大河内壮太と車椅子を押す山田竜彦、それに野村の三人だけで、桑原麻由美の姿はなかった。記者席にもあくびを噛みしめながら三人が席に着いただけだった。桑原麻由美と元町三郎が証言し、勝敗はすでに決していると思っているのだろう。判決はおよそ見当がつく。

事故発生時刻が三分もずれていた事実は、検察側にとっては致命的な打撃になっているはずだ。福永裁判長はいっさい表情には出さず、心の内は読めないが、殺人未遂については無罪判決が下るのはほぼ間違いない。

書記官が起立するように呼びかけ、裁判官、裁判員が席に着くと、福永裁判長が、加瀬邦夫に告げた。

「被告人は前に出てきてください」

加瀬が証言台に立った。緊張しているのだろう。しかし、うつむきかげんに裁判長を凝視している。

「それではあなたに対する危険運転致傷罪、殺人未遂罪に対する判決を言い渡します」

福永裁判長の声に、加瀬は直立不動の姿勢を取り、背筋を伸ばし、顔を上げ正面を向いた。

「主文、被告人は危険運転致傷罪についは無罪、殺人未遂についても無罪とする。ただし過失運転致傷罪を適用し、被告人を一年六ヶ月の禁固刑に処する。ただしこの裁判の確定した日から四年間その刑の執行を猶予する」

加瀬が真行寺に視線を一瞬だが送ってきた。全面勝利の判決だ。

福永裁判長は「判決理由」を述べ始めた。

「被告人は平成二十七年十二月〇日午前一時頃から、業務として四トントラックを運転し、中央道石川パーキングエリアで十五分程度の休憩を取った後、再び中央道を走行したが、体調に異変を生じ、意識がもうろうとする状態で蛇行運転を開始した。すぐに路側帯にトラックを寄せ、停車させ、異変を通報し、事故を未然に防ぐ義務があるにもかかわらず漫然と蛇行運転を七・五キロにわたって継続した。同日午前二時十二分頃、加瀬被告運転のトラックは中央道八王子バス停にさしかかり、さらに体調は悪化し、身体を硬直させ、アクセルを踏み込み時速百十五キロに急加速した状態のまま追い越し車線から直線的に走行、八王子バス停待避線から第一走行車線に入ろうとしていた大河内壮太運転のレクサス右側面後部ドアにトラック前部を衝突させ、レクサスを反転させ、同人に腰髄損傷、右大腿骨骨幹部骨折等の傷害を負わせたものである。

殺人については、起訴事実は存在しないと言わざるを得ない。よって殺人未遂については無罪とする」

福永裁判長は、ここまで告げると、顔を加瀬に向け、さらに続け、「量刑の理由」を述べ始めた。

「それまで蛇行運転を続けてきた被告人が、八王子バス停付近を走行中から、突然直線走行に変わったのは、待避線から加速して第一走行車線に入ろうとしているレクサスのルーフを見て、運転手を確認しようと進路を妨害する目的のために加速し、検察官は上記運転行為は、『人又は車の通行を妨害する目的で、走行中の自動車の直前に進入し、その他通行中の人又は車に著しく接近し、かつ、重大な交通の危険を生じさせる速度で運転』に該当し危険運転致傷罪が成立すると主張した。

しかし、直線走行を開始する時、被告人は追い越し車線を走行中で、被告人がルーフに描かれているハートの塗装を確認し、進路を妨害するために加速したという主張は、走行実地検分を根拠とするもので、被告人がルーフを確認したと認定するには合理的な疑いが残る。

さらに四トントラックは時速百十五キロに加速し、ブレーキ痕はいっさい見られない。不幸にしてレクサスと衝突したが故に、被告人が運転するトラックは中央道の壁面と激突するのを免れたわけで、被告人自身が生命の危機を招く事態に陥った可能性もあり、それまで蛇行運転を続けてきた被告人が突然意識を回復し、進路妨害のために直線走行を行うに至った経緯について合理的な説明はされておらず、被告人には危険運転致傷罪は成立せず、過失運転致傷罪が成立するに止まる。

とはいえ、蛇行運転が突如として直線走行に変わったのか、医学的な見地からも十分な解明はされず、原因は不明というしかない。

被告人の運転するトラックには対人賠償無制限の任意保険が付されており、いずれ相当額の損害賠償がなされるであろうことなどの事情も認められる。以上の諸事情を総合勘案し、被告人を主文の刑に処した上、その刑の執行を猶予することとするが、その形責の重大さに鑑み、その猶予期間を四年とするのが相当である」

検察の主張は、殺人未遂罪が先にありきで、その前提として危険運転致傷罪の適用を主張したものだ。危険運転致傷罪が崩れれば、当然、殺人未遂罪の成立も困難になる。

「被告人は追突後、レクサスを運転していたのが被告人の長男を殺害した大河内壮太と知ると、すぐにトラックに戻り、レクサスを押しつぶそうとトラックのアクセルを踏み込み、殺害を試みたとされるが、そもそも追突した時間は、事故現場を二番目に通過した塩野元気が運転するフィットが八王子料金所を通過した時刻から推定されたもので、前提条件が極めてあやふやなものであり、被害者の大河内壮太が事故直後、救助を求めた後、再度トラックに押しつぶされそうになったという証言も、本人が瀕死の重傷を負い、意識が混濁した状態での記憶であり、この証言自体も事故一ヶ月後に八王子警察署の刑事による事情聴取時のものであることを考えると、記憶に混乱がないとも言えない。

事故発生時刻は桑原麻由美の証言と同証人提出の領収書、元町三郎の証言と同人が所属するK交通提供の事故当日の同人運転車両のタコグラフから午前二時十二分頃と推認され、午前二時九分に事故発生したとする検察官の主張と大きな齟齬が生じることになる。

被告人は逮捕直後から一貫して、事故発生当初から大事故を起こしたにもかかわらず意識は不鮮明で、反転し路側帯のガードレールにぶつかり止まったレクサスに、衝突したままの状態で相当時間アクセルを踏み続けていたと証言している。

意識を回復し、大河内の生存を確認直後、トラックに戻り、警察に通報したという被告人の証言に大きな矛盾は見いだせない。一方、衝突は午前二時九分で、その直後にトラックを降りてきた被告人が再度トラックでレクサスをつぶそうとしたとする検察官の主張には疑義が生じることになる。

したがって殺意を持ってレクサスを押しつぶそうとしたとする行為の存在そのものを認めるには合理的な疑いが残る。時間的な経過、三番目に現場を通過した大橋義郎証人などの証言に照らし合わせても、事故直後から相当時間アクセルを踏み続けたとする被告人の主張を覆すほどの立証はつくされていない。よって殺人未遂罪の成立は認められず、主文の通り判決する」

ここまで朗読すると、福永は大きく呼吸をし、改めて加瀬の顔を見た。

「この判決に不服がある時は、二週間以内に控訴手続きを取ってください。これで本法廷は閉廷します」

飯島はセンブリ茶を飲まされたような顔をしている。

加瀬被告は東京拘置所に戻り、すぐに釈放手続きが取られる。真行寺は「では後で」と加瀬にひとこと伝え、カウンター扉から傍聴席に入った。

「おつかれさま」

野村が話しかけてきた。その横を、大河内壮太は青ざめた表情で、山田に車椅子を押されながら法廷から出ていった。

「この判決、やばいっすよ」山田が大河内に話しかけたが、憮然としたまま何も答えなかった。

飯島は下を向き、膨大な書類をカバンに戻している。

「飯島さん、私にとっては荷の重い裁判でしたが、なんとか乗り切ることができました。いい勉強になりました」

真行寺のこの言葉が素直に受け取れず、皮肉に聞こえたのだろう。真行寺に聞こえるように舌打ちすると、

「たかが暴走族崩れの弁護士なんかに……」

飯島は真行寺に敗北したことが受け入れられないで、自分に腹を立てているのだろう。

真行寺は飯島の前で、人差し指で額の傷を指した。

「この傷、だてについている傷じゃありません。言ったでしょう、私、法廷リングの格闘技も強いって」

飯島は顔を真っ赤にして法廷を出ていった。


判決文を読みながら、真行寺の思いは複雑だった。弁護人としては思惑通りの判決を勝ち取ったことになる。

しかし、この判決はすべて誤りであると確信していた。

飯島が主張している危険運転致傷罪も誤りであり、加瀬邦夫は最初から事故を装って大河内壮太を殺そうと計画していたのだ。

一度、立川支部から事務所に戻った真行寺はポルシェで東京拘置所に向かった。釈放手続きが済めば、加瀬邦夫はその日のうちに釈放される。裁判の成り行きを見守っていた長女の沙織と東京拘置所前で待ち合わせをしているのだ。

沙織が東拘の駐車場で、真行寺を待っていた。沙織はすぐにポルシェのところに駆け寄ってきて、「父のことで本当にお世話になりました」と深々と頭を下げた。二人で東拘に入り、釈放の手続きを早々とすませると、加瀬邦夫が晴れ晴れとした表情で現れた。

沙織の姿を見て、加瀬は「心配ばかりかけて、ろくでもない父親だ。勘弁してくれ」と言った。

真行寺にも「感謝の言葉も見つかりません。ありがとうございます」と握手を求めてきた。

「刑が確定したわけではありません。ホッとするのはまだ早すぎます。検察が控訴する可能性もあります」

握手に応じたものの、真行寺は検察の動きによっては控訴審も闘う必要があると思っていた。もう一つ、加瀬本人から確かめたいこともあった。加瀬の対応如何によっては、身の処し方を考える必要があると考えていた。

「判決文にもあったように、大河内には多額の保険金が振り込まれると思います。忠君の損害賠償金は支払われていないので、差し押さえも可能ですが、どうしますか」

真行寺はその保険金を差し押さえ、忠の償い金を大河内に支払わせる裁判を起こすべきだとけしかけるように言った。

加瀬は一瞬のためらいもなく即座に答えた。

「金をもらっても、忠は戻ってこないし、あいつも車椅子生活を一生送る羽目になってしまった。保険金は大河内が自立した暮らしをするために役立てればいいし、その金をもらっても私はちっとも嬉しくないし、忠も喜ぶとは思えません。自立し、その中で得た収入の中からいくらかでも弁済してくれれば、私はそれで納得します」

その返事に、真行寺は体中の硬直した筋肉がほぐれていくような安堵感を覚えた。

「そうですね。そうであれば今回の事件を起こした意義がありますね」

真行寺は小さな笑みを浮かべて答えた。

加瀬は呼吸が止まったように一瞬目を見開き、それから無言で深々と頭を下げた。

「では、これで。控訴の可能性もあるので、必ず連絡が取れるようにしておいてください」

こう言い残して、真行寺は事務所に戻った。加瀬は沙織の運転する車で、妻と忠が埋葬されている青梅の墓地に向かった。

事務所に戻り、溜まった仕事を片付けひと段落した頃、野村がやってきた。近くの居酒屋で一審勝利の酒を飲むことになった。

「で、どうだった」野村がすぐに聞いてきた。

「保険金差し押さえの話には乗ってこなかったよ」

「まあ、それが救いだね。今日はおいしい酒が飲めそうよ。高いお酒、頼むわよ」

野村が楽しそうに言って、久保田万寿を注文した。運ばれてきた升酒を一気に飲みほしてしまった。

「修復的司法によって立ち直る人間もいれば、悪用するヤツもいるから、藤宮昭宏裁判官も慎重にやってもらわないとね」

野村は二杯目をすぐに注文した。真行寺も同じ酒を飲みながら頷いた。すべては修復的司法による家裁の判決から始まっているのだ。

桑原麻由美が恋人の忠の子供を妊娠し、その直後にレイプされ流産に追い込まれてしまった。怒った忠は抗議に向かったが、大河内と山田によって惨殺されてしまった。その場に居合わせたのが国東誠だった。国東は大河内に命令され、暴行に加わってしまった。

大河内は忠殺害までのウソのストーリーを描き、三人で口裏を合わせた。裏切れば、忠と同じ目に遭わせると、大河内は国東を脅迫し、国東は大河内の指示に従うしかなかったのだ。

桑原麻由美が三人の逮捕後、警察に出頭し、忠が大河内らのところに向かった理由を説明できれば、三人の処遇は明らかに変わっていただろう。しかし、流産のショック、忠の死で桑原は心のバランスを欠いてしまった。

「覚せい剤に手を出してしまい、彼女が警察に行ったところで相手にされなかったわね。あの頃は覚せい剤が切れたら、不安でたまらなくて二十四時間覚せい剤を打ちっぱなしの状態だったみたいよ」

野村は桑原と接触し、彼女の二年間の生活を聞き出していた。依存症の専門病院に入院、そして自助グループでの生活を経て、ようやく普通の暮らしができるようになるまで二年間を必要とした。

桑原がファミリーレストランで働くようになり、以前の仲間から大河内らが少年院を出てきている事実を知った。

「それで彼女は忠の墓参りに行くように説得するため、スターダストに通ったというわけね」

「そうだ。そこでやはり大河内にまじめに働いて償ってほしいと、押しかけていた加瀬邦夫と出会ってしまう」

桑原から真実を聞き出した加瀬は自分の愚かさに気づき、大河内を絶対許すまいと決意した。

「一度レイプされ流産し、恋人を殺されている桑原の誘いに、男って簡単に乗るもんなの？」

「多分、金をエサに誘い出したんだろうと思う。大河内も女と遊んでやれば金になると、世の中をなめきっていたんだろうよ」

「でもさ、八王子バス停で桑原はうまくレクサスから降りることができたから、加瀬の思っていた通りのシナリオで進んだけど、降りていなければどうするつもりだったのかしら……」

　真行寺は残っていた升酒を飲みほしてから答えた。

「その場合は中止になったんだ。桑原が乗っていないことを確認した上で、トラックを加速させて加瀬はレクサスに追突したのさ」

「どうやって、桑原がいないというのを確認したというの？　走行中のトラックから確認なんかできないでしょう」

「そうさ。この事件は加瀬、桑原、そして国東の三人が揃ってはじめて可能になった計画だ」真行寺が言った。

　山田竜彦はパチンコ店に入り浸りの生活を続け、加瀬への償いも少年院から出てきて、約束の金を数回振り込んだだけだった。八王子警察署は山田竜彦の周辺を捜査したものの、加瀬がつきまとっている様子はまったくなかった。

国東誠についてはまったくのノーマークだった。国東は時には約束の金額に満たない場合もあったが、加瀬の口座に償いの金を振り込んでいた。

「桑原は自助グループから離れて自立した生活を送るようになると、国東と接触したのだろう。国東から真実を聞き出し、スターダストに通うようになった」

「国東は、桑原がレイプされたり忠の子供を流産したりしていた事実は知っていたのかしら……」

「知らなかったのだろう。桑原も、国東は忠殺しのひとりだと思っていたに違いない。国東は、桑原から真実を聞かされ、大河内の命令に従ってしまったことを悔やんだ。さらに桑原が忠の墓で謝罪してくれと頼んでもまったく無視されたのを見ていて、感じるものがあったのだろう」

「そこへ加瀬邦夫がスターダストに行って、加瀬と桑原が合流し、すべての事実が三人に知れわたったということなのね」

「三人はおそらくこの計画を考えたころから、桑原と加瀬の二人は会うこともしなければ、電話で連絡を取り合うこともしていないはずだ。すべて国東を通していると思われる」

あの晩、中央道日野バス停手前で、加瀬のトラックは大河内のレクサスに追い抜かれた。加瀬は計画が順調に進んでいると確信した。八王子インター手前の石川パーキングエリアで休憩するのも予定通りだった。

再び中央道に出ると、後続車両を遠ざけるために加瀬は蛇行運転を繰り返し、後続車両との距離を開いた。

「桑原はレクサスを八王子バス停の待避線に導き入れるために、大河内が証言する通り、彼女の方からセックスを誘った。レクサスの車内には傷を負った大河内の血液に混じって、精液も検出されているのはそのためだ」

「車内でセックスして、その後飛び出したとしてもさ、それをどうやって加瀬に伝えたの。無理でしょう。二人の携帯にはそんな通話記録は残されていなかったでしょう……」

「国東が知らせたのさ。レクサスから桑原が計画通りに逃げたのを」

「えっ……」

野村は面喰った顔をした。

「紅蠍にいた磯野を覚えているだろう」

「大手自動車メーカーの自動車部品工場経営者の倅で、ヘルメットなしでオートバイに乗り二〇号を白バイとカーチェイスしたクレイジーなヤツのこと」

「そうだ。あいつも今はまじめになって会社を継ごうと必死になっている。あいつの会社では『院卒』を採用していて、国東は磯野のところでトラックの運転手として働いている」

「その国東がどうやって、桑原が車を降りたと加瀬に知らせることができるというの……」

野村は真行寺の言葉をまったく信じようとはしなかった。

「あの晩、国東は諏訪工場からＩＴ部品を三鷹工場に運ぶ途中で、国東の乗ったトラックにはタコメーターが装着してあり、午前二時五分から二時十二分まで停車していることがはっきりしている」

「だって事故が起きたのは下り線で、国東は上り線を走って……」

と言いかけて野村は目の前に落雷が落ちたような顔をした。

「まさか」

「そう、そのまさかだよ」

国東が運転するトラックは上り線の八王子バス停待避線に止まっていたのだ。加瀬は八王子バス停に近づくと追い越し車線を走るようになった。上り線下り線を隔てるものは中央分離帯だけで、追い越し車線を走行すれば、トラックの運転席からは上り線の車の流れは見渡すことが可能だ。

「おそらく国東はＬＥＤライトを点滅させたのか、あるいはレーザービームでも加瀬のトラックに向けて照射したのか、なんらかの方法で、桑原がレクサスが降りたのを加瀬に伝えたのだと思う」

　下り車線は加瀬の蛇行運転で事故を恐れた後続車両は車間距離を取り、がらがら状態で、八王子バス停の上り待避線からは下りバス停付近の様子は丸見えだった。

「国東からの連絡でレクサスにはひとりしかいないとわかって加瀬は思い切りトラックを加速した。こういう筋書きね」

　しかし、偶然の事故を疑った八王子警察署は、加瀬、そして桑原の携帯の通話記録を調べた。二人で会話していれば、当然計画的な犯行ということになる。事故直前に二人が話をした形跡はなかった。真行寺が不思議に思ったのは、加瀬、桑原の計画的犯行を疑いながら、上り車線の状況はいっさい捜査していないことだった。

「磯野の工場で、国東を働かせてやってほしいと頼み込んできた人間がいるんだ。誰だかわかるか」

「わかるわけがないでしょう。じらさないでさっさと教えないと請求書のゼロが一つ増えるよ」

　野村が苛立ちながら言った。

　この事件の捜査を担当した八王子警察署の馬場刑事だった。馬場刑事には真行寺も、そして磯野も迷惑をかけてきた。スピード違反で捕まった時も、親に心配をかけるな、警察に世話になるようなまねをするなと、声がかれるまで馬場は署内に響くような大声で怒鳴りまくっていた。

馬場刑事が国東誠の身をことのほか案じていたのにはわけがあった。まだ幼く、親を追って泣き叫ぶ国東誠から両親を引き離し、馬場刑事が逮捕した。覚せい剤の所持、使用、譲渡で再逮捕、特に父親は執行猶予が消え刑期が二人とも長期になった。母親も出所して間もなく自殺してしまった。

その後も馬場刑事は国東のことが気になり、児童養護施設を時折訪ねていた。中学を卒業すると国東は養護施設を嫌い、アルバイトしながら生活すると施設を出たが、結局は大河内、山田らのグループと付き合うようになってしまい、挙句の果てに加瀬忠殺人に巻き込まれてしまった。

「馬場刑事は時折少年院に面会に赴き、国東と会っていたらしい」

国東が出院後、事件の真相を本人から聞かされたようだが、すべてが手遅れでもはやどうすることもできなかった。まじめに生きると誓わせた上で、磯野に就職を依頼し、そこで採用された。

「馬場刑事は国東が中央道をあの晩走っていたのを知っているのかしら」

「磯野のところに、例の事件の捜査ということではなく、それとなくあの晩の国東の業務を聞いて帰ったそうだ」

「当然、上りの八王子バス停待避線に国東が止まっていた可能性があるのはわかっている。それなのに捜査を拡大していない。何故なの」

「真意は俺にもわからないが、きっとやる必要がないと考えたのだろう」

馬場は現場で多くの少年非行の現実を見てきている。国東から真実を聞き、うわべだけの反省ポーズで、更生を誓った大河内らを少年院送致に決めた修復的司法に疑問を感じたろうし、反感を抱いたことは十分に想像できる。

飯島も最初から大河内に同情し、加瀬、そして桑原が協力してまじめに更生をはかっていた大河内を殺害しようとした、というストーリーを描いていた。当然その検察官を苦々しく思っていただろう。

「事故偽装の殺人未遂だと薄々感じていたけど、捜査には消極的だったというの」

「俺にはそうとしか思えない」

修復的司法という理念は尊いと思う。しかし、理念だけで人間が更生し成長するわけではない。取り巻く環境が整っていなければ、大河内のように逆手にとって利用する者も現れる。

「独りよがりの崇高な理念より、現場を知った馬場刑事のような人がひとりいた方がよほど少年の更生には役立つような気がする。泥沼でもみくちゃにされてきた人間には、多少は汚れていた手の方がつかまりやすいのさ。泥やゴミが付いた手でも、温かみのある手を差し伸べた方が、よっぽど更生につながるというものさ」

真行寺の本音だった。

「人間によって傷ついた心は、人間によってしか癒されない。修復的司法はそれからの話だね。ところで今回の事件、真実が明らかになれば、あなた弁護士なんてやっていられなくなるけど、いいの」

「かまわんさ。ICUで意識を回復した大河内は、すべて仕組まれたことを覚ったと思う。いろいろ思いを巡らし、加瀬に殺人容疑をかぶせるにはどうしたらいいのか、あいつは必死に考えたんだろう。でも結局は失敗に終わった。真実が明らかになって、加瀬や桑原、国東が獄中につながれ、そんな大河内が大手を振って歩けるようにすることが、俺には正義だと思えない」

検察は控訴を断念した。その翌日、加瀬から、近いうちに大河内を見舞いに行くと連絡が入り、同行を求められた。

エピローグ　償い

大河内は小金井市にある機能回復訓練のリハビリ施設に入院し、残された機能を最大限に維持できるようにリハビリに励んでいた。真行寺は加瀬に同行した。

施設の受付で大河内への面会手続きを済ませると、病棟の屋上で大河内が待っていると告げられた。屋上には秋の穏やかな日の光がひろがっていた。大河内は車椅子に乗り、毛布を両足にかけていた。

車椅子を押していたのは山田竜彦だった。ひとりで会うのは心細かったのだろう。二人は秋空の遠くに浮かび上がった富士山を眺めていた。

「元気そうでなによりだ」

加瀬が背後から声をかけた。加瀬が来たことがわかると、山田が車椅子の向きを変えた。大河内の表情が強張る。

「そんな不安そうな顔をするな。屋上から突き落とすようなまねはしないから」

加瀬は冗談めいて話しかけているが、目は笑ってはいない。

「これからリハビリが待っているんで、さっさと用件を済ませようぜ」

大河内が開き直った口調で言った。

「まあ、そう慌てるな。俺には十分時間はある。免許証も失効したし、会社も解雇されたからな」

加瀬が言い返した。

「あんたに付き合っている時間は俺にはないんだよ」

「じゃあ聞こうか」

施設に来てくれと言ってきたのは、大河内の方だった。

「保険金が出たんだ」

「よかったなあ」加瀬はおどけた口調で言った。

「それで、忠への償いだがよ、一度に全部支払う。それでチャラにしてくれ」

「それは断わる」

加瀬は竹を真っ二つに割ったように言い放った。

「藤宮裁判官の前で、あの時、俺に何て言ったのか、思い出してみろ」

修復的司法を唱え、それを実践する藤宮裁判官は、忠を殺した大河内、山田、国東の三人と加瀬邦夫を引き合わせた。涙を流しながら大河内が言った。

〈必ず更生して、オヤジさんと一緒に忠の墓参りに行けるように、まじめに生きるようにします〉

「あの時、約束した金を毎月振り込んでくれ。できれば女から巻き上げたような金ではなく、一生懸命に額に汗して働いた金を振り込んでほしい。それが償いというものだ」

「金は金だ。女に貢いでもらった金だって、保険金だって、振り込めばそれが償いだろうが」

大河内は怒鳴り声を上げた。

「いいか、俺は一度に振り込まれてきた金は受け取らないからな。そうお前に伝えたことをはっきりさせておくために、今日は真行寺弁護士にも同行してもらったんだ。先生、いざとなったら証人になってください」

「わかりました」真行寺が答えた。

「元ヤンキーかなんか知らねえが、このクソ弁護士が。何をどうやったのかうまく裁判官をだまくらかしやがって……」

罵倒する大河内に真行寺は一歩一歩近づいていった。その恐ろしい形相に、山田が脅え、手押しハンドルから手を放し、車椅子から離れた。真行寺は車椅子の手押しハンドルを握ると、加瀬や山田をその場に置き去りにしたまま、車椅子を押し、屋上を囲む手すりのところまで進んだ。

手すりに車椅子がぶつかりそれ以上進むことができなくなった。真行寺はハンドルを握ったまま後輪を中に浮かせた。

「おい、もう一度言ってみろ」

大河内の身体が前のめりになり、眼下には一階の玄関アプローチが広がる。

大河内は何も言わなくなってしまった。

「元ヤン弁護士をなめるんじゃねえぞ」

真行寺はさらに高く後輪を上げた。シートから大河内の身体が滑り落ちて、手すりを両手でつかんで止まった。

「文句があるのか。あるんなら言ったらどうだ。びびって小便垂れ流すんじゃねえぞ」

大河内は首を横に振った。車椅子を元に戻し、大河内をシートに座らせた。

「判決はすでに確定している。文句があるなら裁判所に言え。二度とでけえ口を叩くなよ」

真行寺は車椅子を押しながら言った。

加瀬と山田の二人が真っ青な顔をしている。

「大河内君は、家裁で決まった金額を振り込んでくるそうです。それでいいですね」

加瀬が生唾を飲み込みながら首を縦に振った。

「では引き揚げましょうか」真行寺が帰るように促した。

視線を山田に向けて聞いた。「君は車を運転するのか」

「免許は持っている」

真行寺の質問の真意がわからずに怪訝な表情を浮かべた。真行寺は山田の真っ正面に立ち、顔を覗き込むようにして言った。

「いいか、お前もいつなんどき交通事故に遭うかもしれない。だからといって、償いを保険金で払おうなんてくだらない考えを起こさないようにまじめに生きるんだ。わかったな」

真行寺の言った意味が理解できたのだろう。唇は紫色に変わりわなわなと震え出した。

エレベーターに向かう二人の背中に大河内が叫んだ。

「償い、償いって俺にばかり謝罪を求めてよ、テメーが起こした事故で俺は障害を負ったんだ。一言も謝罪の言葉がなくていいのかよ」

加瀬が振り向いた。

「それはお前が俺と一緒に忠の墓参りに行けるようになるまで取っておくことにする。その日を楽しみにしているぞ」

そう言い放ち、加瀬は二度と後ろを振り向くことはなかった。

その後、加瀬は工事現場に派遣される警備員となり、長女の沙織と暮らし始めた。

大河内、そして山田からも定期的に約束の金が振り込まれてくるようになったということだ。

国東誠は、磯野の話では会社を退職し、大阪に転居した。大阪で引越専門の運送会社に就職し、大型トラックを運転しているようだ。

桑原麻由美は判決後、彼女も姿が見えなくなった。野村に行方を捜してもらった。桑原は以前世話になった薬物依存症の自助グループで、ボランティアとして薬物依存症患者の支援をしているらしい。野村の調査では、その後、三人が連絡を取り合っている様子はまったくみられなかった。

本作品は当文庫のための書き下ろしです。
本作品はフィクションであり、実在の個人・団体などとは一切関係がありません。

文芸社文庫

暴走弁護士

二〇一七年二月十五日　初版第一刷発行

著　者　麻野涼
発行者　瓜谷綱延
発行所　株式会社　文芸社
〒一六〇－〇〇二二
東京都新宿区新宿一－一〇－一
電話　〇三－五三六九－三〇六〇（代表）
〇三－五三六九－二二九九（販売）

印刷所　図書印刷株式会社
装幀者　三村淳

ISBN978-4-286-18394-7

［文芸社文庫　既刊本］

トンデモ日本史の真相　史跡お宝編
原田　実

日本史上の奇説・珍説・異端とされる説を徹底検証！　文庫化にあたり、お江をめぐる奇説を含む2項目を追加。墨俣一夜城／ペトログラフ、他

トンデモ日本史の真相　人物伝承編
原田　実

日本史上でまことしやかに語られてきた奇説・珍説・伝承等を徹底検証！　文庫化にあたり、「福澤諭吉は侵略主義者だった?」を追加（解説・芦辺拓）。

戦国の世を生きた七人の女
由良弥生

「お家」のために犠牲となり、人質や政治上の駆け引きの道具にされた乱世の妻妾。悲しみに耐え、懸命に生き抜いた「江姫」らの姿を描く。

江戸暗殺史
森川哲郎

徳川家康の毒殺多用説から、坂本竜馬暗殺事件の謎まで、権力争いによる謀略、暗殺事件の数々。闇へと葬り去られた歴史の真相に迫る。

幕府検死官　玄庵　血闘
加野厚志

慈姑頭に仕込杖、無外流抜刀術の遣い手は、人を救う蘭医にして人斬り。南町奉行所付の「検死官」が、連続女殺しの下手人を追い、お江戸を走る！